한국
시극
작품 에
나타난
공간성

지은이

이지아 李沚丫, Lee Ji-a

본명 이현정. 서울 출생. 중앙대학교 문학예술콘텐츠학과에서 문예학박사를 취득하고, 연세대학교 국어국문학과 박사과정을 수학 중이다. 2000년 『월간문학』에서 희곡 부문, 2015년 『쿨투라』에서 시 부문으로 신인상을 수상하며 등단했다. 시집으로 『오트 쿠튀르』와 『이렇게나 뽀송해』가 있다. 2022 년 제4회 박상륭상 수상, 제19회 서라벌문학상 신인상을 수상했으며, 현재 서울과학기술대학교에 출강중이다.

한국 시극 작품에 나타난 공간성

초판 1쇄 발행 2023년 3월 10일

초판 2쇄 발행 2023년 12월 1일

지은이 이지아 **펴낸이** 박성모 **펴낸곳** 소명출판 **출판등록** 제1998-000017호

주소 서울시 서초구 사임당로14길 15 서광빌딩 2층

전화 02-585-7840 **팩스** 02-585-7848

전자우편 somyungbooks@daum.net **홈페이지** www.somyong.co.kr

값 26,000원 ⓒ 이지아, 2023

ISBN 979-11-5905-764-9 93810

한국 시극 작품에 나타난 공간성

A STUDY ON THE SPATIALITY SHOWN IN KOREAN POETIC DRAMA WORKS

이지아 지음

인간의 말보다 언어를 믿었다. 언어보다 기적을 믿었다. 기적보다 기체를 믿었으며, 기체보다 침묵하다 사라지는 것을 믿었다. 나는 질문보다 대화를 좋아했고, 나는 해석보다 투명한 자리를 신뢰했고, 나는 인간의 눈빛보다 햇볕을 연구했으며, 22살에 나는 시와 극을 사랑했다.

Lee, Ji-a

시극은 시와 극의 특징을 통해 어떻게 창조될 수 있을까? 또한 그런 모습은 작품의 어떤 면에서 충돌하여 에너지를 만들고, 과연 무엇을 인간에게 보여주고, 형상화하려는 것일까, 이를테면 각 시대마다 새로운 시극 작품은 왜 끊임없이 탄생하고, 우리는 늘 그 창조의 울타리에서 얻은 감동을 후세와 전유하고 있는 것인가?

이러한 여러 질문들은 본 연구의 출발이 되었다. 저자는 어릴 때부터 막연히 '시극'에 대한 관심과 사랑밖에 없었으므로, '공부'하는 자의 태도를 갖는 것이 힘들기도 했다. 하지만 느리게, 조금씩 나아갔고, 이 문장들은 그런 하루 하루의, 그런 몇 초들이 쌓인 흔적이다.

시극에 대한 이론은 최일수의 '종합적 시극론'과 엘리엇의 내면 '변화'를 목적으로 하는 시극론을 병행하며 탐색했다. 그러나 이런 이론만으로 한국 시극의 100년의 역사와 의미를 다 적용시키기엔 한계가 있었다. 혼잡하고 분열된 한국 문학사에서 시극을 공부하는 것은 어떤 의미가 있을까?

이런 문제의식을 통해 시작된, 한국 시극의 형태는 시적인 것과 극적인 것이 통합되어 다양한 '공간성'을 확보하고 있음을 알게 되었다. 아리스토텔레스는 작가가 극에서 창작하는 과정에서 이루어지는 '필연성'에 대해 주목한다. 그 필연성은 시극 작품의 공간성에서 이루어지는데, 이 필연성에 따라 줄거리를 만드는 것이 아니라, 개연성의 한계에서 창작해야 하며, "비개연성의 개연성"이라는 역설적인 공식을 만들어낸다. 이 말은 무엇을 상징하는가. 아리스토텔레스는 작가가 작품 내의 필연성을 통해 개연성을 이루고, 그 과정을 통해 다양한 속임수, 역설, 황당한 사건, 반전, 불가능한 일을 일으켜야 한다는 것이다.

'시적인 것'과 '극적인 것'은 각자 다른 곳에서 발생하는 것이 아니라 하나의 공간에 모인다. 이것은 작품 내의 공간과 작품 외의 공간을 모두 포괄한다. 저자는 한국 시극 작품에 공통적으로 드러나는 '공간성'을 핵심 원형으로 삼고 있다. 이 지점은 다른 장르와 구별되는 지점이기 때문이다. 극시는 '시적인 공간성'의 많은 범위의 비중을 가지고 있고 희곡은 '극적인 사건'에 대한 비중을 중심으로 창작된다. 그러나 시극은 이 둘의 지점을 하나의 공통된 '공간'으로 집중하게 한다. 이 공간성은 시극이 가진 장르성을 드러내며, 개별적인 작품의 해석을 타진하는 계기가 된다.

'시극'에 대한 분석은 아리스토텔레스의 『시학』에서 시작된다. 문학의 장르는 서정·서사·극으로 구분되는데, 여기서 극은 희극과 비극으로 나뉜다. '서정시'는 오늘날의 시와 산문시 등으로 발전했으며, '서사시'는 소설이나 산문으로 확장되었다. '극시'는 이야기가 있는 그리스 비극을 지시하며, 작가의 문학적 사상이나 주제가 구체적으로 드러나 있다. 극시는 점차 공연을 전제로 한 '시극' 작품으로 발전했으며, 운문적인 대사와 더불어 '드라마트

부기'를 추가한 갈등과 극적 요소가 진행되기 시작했다. 독일의 비애극이나 그리스 비극 작품들, 괴테의『파우스트』, 엘리엇의 작품들을 살펴보면 운문으로 된 극시임을 확인할 수 있으며, 엘리엇이나 예이츠의 시극 작품에 영향을 준 것으로 보인다.

즉 "근본적으로 시극"인 것을 규정하는 것은 기본 매체를 '언어'로 하면서 '리듬과 멜로디'를 가지고 있는 장르이며, 때로는 '대사와 합창'이 교대로 이루어지는 경우를 포함한다고 할 수 있는 것이다. 작가들은 바로 이런 점에 강한 매혹을 느끼며 시극 창작에 도전했다. 무엇이 그들을 시극의 모험으로 이끌었던 것일까? 그것은 앞에서 주장을 펼친 것과 마찬가지로 시극이 지닌 시적인 것과 극적인 것이 한꺼번에 이루어지는 '공간성'에 있다. 이 공간성은 실제 무대를 의미하기도 하며, 텍스트 안에서 펼쳐지고 있는 배경, 시간, 음악, 사건, 인물, 효과, 미술, 이미지, 상징, 역설, 아이러니 등과 관객 및 독자들의 정신 변화와 삶 전체를 포함한다.

저자는 한국 시극 작품에 나타나는 공간성의 특징을 역사적 공간과 설화적 공간, 현실적 공간으로 구분했다. 첫째, 역사적 공간은 역사적 사건이나 역사적 인물을 변용하여 시극을 창작하는 특징을 가지고 있다. 역사적 사건이 일어난 특정한 장소와 희생당한 인물을 보여주기도 하며, 실제 무대에서 제한적인 공연 시간의 한계를 넘어 초월적 시간 속으로 넘나들게도 한다. 관객이나 독자가 작품을 수용할 때, 역사적 공간을 통한 작품을 보면서 자신의 상황을 반추하고 새로운 인식을 할 수 있다.

둘째, 설화적 공간에 대한 작품이다. 한국의 시극 작품에서 설화적 공간을 특징으로 하는 것은 우리 민족의 특징을 이해하고 익숙한 이야기에 상상을 부여하는 작업을 하게 한다. 가령 꿈과 현실의 공간을 합치거나 분리할 수 있다. 이분화된 공간에서 인물은 시련을 극복하고 새로운 환상을 가지게 될 수 있다.

셋째, 현실적 공간이다. 바슐라르는 문학에서 '공간'은 "내밀의 공간과 외부공간, 이 두 공간은 끊임없이 변화"하고 있다고 주장했다. 문학적 공간은 사람들의 현실에 반영되며 독자들의 내적 공간을 움직이게 한다. 이 말은 작가와 독자는 현실의 공간이 이상적인 공간으로 변화하는 것을 실감할 수 있다는 것이다. 현실적 공간은 실제 현실에서 경험할 수 있는 소재를 가지고 창작된다. 또한 무대가 없는 라디오 시극은 작품을 통해 청각적 효과를 밝힐 수 있다. 청각적 감각을 통해 현실에 없는 공간을 상상하는 일은 다른 현실을 창조하는 길이며, 시극 작품의 의의를 상승시킬 수 있다.

이 책에서는 한국 최초의 시극으로 김명순의 1920년 『창조』에 발표된 「朝露의 花夢」을 분석했다. 이후 한국 시극사의 주요 시극 작품을 '공간성'의 위 세 가지 특성에 맞추어 분류 및 연구했으며, 분석 방법론에 따라 통시적 방법과 다른 작품과의 비교 방법과 소재 및 형식적 차이를 논하는 방법으로 해석했다. 김명순의 작품부터 박아지 · 전봉건 · 신동엽 · 홍윤숙 · 장호 · 최인훈 · 문정희 · 김정환 · 황지우 등 모두 10명의 작가와 17편의 작품을 대상으로 삼았으며, 지금부터 이 작가들의 시극 정신이 어떻게 작품 안과 밖에 실험적으로 존재하는지 열어보고자 한다.

생각한다는 것은 확실한 일을 불확실하게 만드는 일이라는 것을 알게 됐지. 생각하고 생각한 끝에 결정했던 일들이 돌이켜 생각하면, 아무렇게나 결정해버리기나 했던 일처럼 자신이 없어졌지. 아마, 그때 생각했던 일을 잊어버린 탓도 있겠지. 그럴수록, 내 생애를 하나도 빠짐없이 모든 가닥이 서로 얽히게 생각 속에서 마무리를 지어야 했다. 사람이란 참으로 아무것도 아니다. 잊어버리면 아무것도 아니다. 없었던 것과 다름없다. 아무리 무겁고 깊은 일도 — 없었던 것과 같다. (…중략…) 그래서 나는 내가 본 것, 생각한 것, 한 일을 모두 차례대로 하나도 빠짐없이 차곡차곡 맞춰나가기 시작했지. 그리고 그것을 렌즈 속에 가두었지. 몇 달씩이나 걸렸지. 그러면 마침내 나는 기억의 큰 성당을 만들어낼 수 있었지.

최인훈의 시극 작품 「한스와 그레텔」 중에서
– 인물 '보르헤르트'의 대사

어느 겨울의 산과 나무를 생각합니다. 내내 도토리를 잃어버린 저에게, 학문의 소중함과 의미를 일깨워주신 은사님들께 진심으로 감사를 드리며, 이 책을 발간해주신 소명출판에 깊은 감사를 드리며, 두 딸 연우, 연제에게 사랑하는 마음을 전합니다.

2023년 2월
찬란히 빛나는 별들과
이지아

차례

들어가며

1. 시극의 정의와 문제의식

시극은 극이나 시와 구별되는 하나의 독립된 장르이다. 시극詩劇, poetic drama 은 공연을 전제로 하며 시적 필연성을 지니고 있다. 공연을 전제로 하지 않는 극시와 구별되며, 등장인물들의 사건과 갈등으로 이루어진 희곡과도 구분된다. 시극은 '극'에 조금 더 가깝게 있으며, 극시는 '시'에 조금 더 가까이 있다. 시극은 단순히 시적인 요소가 들어있다고 해서 작품이 되지 않는다. 시극은 시적인 대사와 지문, 음악적 효과, 미술적인 무대 설치, 배우의 연기, 갈등 요소, 극적 필연성, 시적 필연성을 통한 구성과 이미지, 관객과의 상호작용 등을 통해 한 편의 종합적 예술 작품으로 완성되는 것이다.

시극에 대한 정의에 대해서는 논자마다 조금씩 다른데, 가령 우리나라 시극론 논의에 영향을 끼친 최일수는 T.S. 엘리엇의 영향을 받으며 시극론을 전개했다. 그러나 그의 시극론은 논리적인 예시와 작품 분석이 부족하고 진술 중심의 장으로 구성되어 있다. 또한 엘리엇의 이론과 작품을 받아들이는 과정에서 번역 오류의 과정을 통해 잘못 해석한 부분이 보인다. 엘리엇은 시극의 극적인 구조보다는 대사의 운문적인 특징을 강조했다. 시극 작품을 통해 추구하는 방식은 관객이나 독자가 처해 있는 현재 상황이 "변화"[1]되는 지점을 강조하고 있다. 그러나 최일수는 시극 작품이 가진 대사의 운문성보다는 산문적인 극적 구조를 강조했다. 게다가 시극 작품이 "단순한 드라마트 루기가 아니라 모든 예술이 종합이 될 수 있는 하나의 무대적인 광장"을 의미하며 시극이 형성되는 요소에 집중했다. 이러한 시극에 대한 관점이 당시 작품을 해석하는 기저가 될 수 있으나 후세의 시극 문학을 개진시키기 위해서는 장호 작품 이외에 더 많은 한국작가와 작품을 다루었으면 설득력이 있었을 것이다.

이승하는 한국 변방의 문학을 논하면서 한국 시극에 대한 의견을 내세웠다. 그의 시극론은 최일수와 달리 엘리엇의 의견에 한정되어 있지 않으며, W.B. 예이츠의 「메이브 여왕의 노년」이나 「어쉰의 방랑」, 「연옥」과 브라우닝의 작품을 비롯하여 J. 드라이든의 극시도 살펴보며 시극의 범위를 넓게 인식하고 있다. 여기서 주목할 점은 우리가 한국 시극을 발전시키기 위해서는 서구의 이론을 통해 시극의 정의를 가져오는 것보다, 작품에 나타난 가치와 구조를 통해 '한국의 시극론'을 세우는 것이 합리적인 일이며, 한국 시극 작품이 무대나 텍스트로서 발전하기 위해서는 시극이 가지고 있는 시적인 특징과 극적인 특징의 균형을 중요시해야 한다는 점이다.

시극은 궁극적으로 시극적 필연성을 극으로 무대화하며 이루어진다. 김동현은 시와 극이 결합하여 "총체성이 분열된 근대 사회에서 변혁기에 적절한, 세계사적 개인이 총체성을 회복하기를 꿈꾸는 장르인 '시극'을 탄생시킨 것이라고 주장했다. 미래에 대한 문제의식과 그것을 향한 의지를 특성으로 하는 문제적인 양식인 극이 '시적 비전'을 내포한 서정 장르(시)를 만난 것이 역사적 장르인 '시극'이다. 김동현은 이러한 시각은 바로 유기론적 세

---

1   T.S. Eliot, *Poetry and Drama*, London : Faber & Faber, 1950, p.27.

계관과 연결된다"고 했다. 그는 시극과 희곡에 대한 차이를 언급하며 최인훈과 신동엽의 작품을 예로 시극론을 펼치고 있다. 그러나 그의 이론은 시와 소설로도 주목을 많이 받은 작가 중심의 글이며, 다른 작가들의 작품들에 대한 발굴과 분석이 부족하다. 이러한 태도는 객관적인 서술 방식을 벗어나 개인적인 관심으로 보일 수 있으며, 김동현의 작품 분석의 범위는 매우 한정적이며 내재적 비평에 머무르고 있는 지점이 엿보인다. 이승하는 자신의 시극론을 펼치며 신동엽·문정희·홍윤숙·장호의 시극 작품에 대한 비판을 날카롭게 제시했으며, 한국 시극이 놓치고 있는 것은 극적 개연성과 관객의 몰입도라고 주장했다.

이렇게 시극에 대한 정의는 조금씩 차이를 보이고 있다. 이 책에서 시극에 대한 이론을 기준으로 삼는 것은 최일수의 '시극론'이다. 그 이유는 다음과 같다. 시극의 '예술 종합성'을 주장한 최일수의 이론은 시극이 가지고 있는 '시적인 표현'에 치중한 엘리엇의 이론을 한국 문학 현실에 맞추어 부분적으로 비판한 부분이 논리적이기 때문이다. 반면 시극과 희곡에 대한 차이를 논하며 최인훈과 신동엽의 작품을 토대로 시극론을 펼친 김동현의 의견은 객관적인 자리를 확보하지 못했다. 이승하의 논지는 연구 분량의 면에서 아쉬운 점이 있다. 그러므로 이 책에서는 최일수의 '종합 예술성'을 주장하는 개념을 기준으로 세운다. 1920년부터 시작된 한국 시극은 1960년에 이르러 시극 운동과 더불어 가장 활발한 작품이 쏟아졌지만, 실패로 돌아갔다. 한국 시극의 특징은 텍스트의 문학성이 훌륭하지만 '극적인' 개연성이 부족해서 관객들에게 몰입과 즐거움을 주지 못한다는 주장이다. 즉, 시적인 성격을 잃지 않되 극적인 구성을 놓지 말아야 한다는 것이다.

그러나 이러한 시극론을 적극적으로 받아들이되 한국 시극의 주체적인 이론과 논리를 세울 수 있을 것인가? 이것만으로는 한국 시극 작품을 통찰력 있게 다룰 수가 없다. 시극이 가진 종합 예술성과 작품의 효과는 외연만을 다룬 시선이다. 외연을 지배하는 방식은 시극의 역사를 조명하고 그 특징을 밝히는 데 유효하다. 한국 시극 작품을 분석하고 연구하는 일은 한국 현대문학에 어떠한 영향을 줄 수 있는가? 과학기술의 발전과 더불어 현대문학은 변해 왔으나, 과거의 문예사조에서 크게 벗어나는 일은 드물다. 저자는 한국 현대문학이 지닌 상황을 보며, 이 연구의 가치가 새로운 시사점을 제공해 줄 것을 주장한다. 그것은 한국 시극 작품의 어떤 지점을 어떻게 분석하며, 어떤 기준을 가지고 논하느냐에 달려 있다.

먼저 시극이 가진 극과 시의 특성이 어떻게 발생하고 충돌하는지 그 지점을 확인해야 한다. 이 문제의식이 이 책의 동기가 된다. 이러한 문제의식을 통해 시극에서 시적인 것과 극적인 것이 통합되어 다양한 '공간성'이 확보된다. 시극의 극적인 구성의 기능을 강조하며, 그 부분을 이 책에서 밝히기 위해 "필연성"[2]에 집중하는 것이다. 그 필연성은 시극 작품의 공간성에서 이루어진다. 아리스토텔레스는 작가가 극에서 창작하는 과정속에서 이루어지는 '필연성'에 대해 주장했다. 작가는 이 필연성에 따라 줄거리를 만드는 것이 아니라 개연성의 한계에서 창작해야 하며, "비개연성의 개연성"[3]이라는 역설적인 공식을 만들어낸다. 이 말은 무엇을 상징하는가. 아리스토텔레스는 작가가 작품 내의 필연성을 통해 개연성을 이루고, 그 과정을 통해 다양한 속임수, 역설, 황당한 사건, 반전을 일으켜야 한다는 것이다. 즉, 필연성에

---

2   아리스토텔레스, 로즐린 뒤퐁록·장 랄로 주해, 김한식 역, 『시학』, (주)웅진씽크빅(펭귄클래식), 2010, 20쪽.
3   위의 책, 같은 쪽.

계속 머물러 있으면 안 되는 것이다. 저자는 시극 작품에 들어있는 필연성을 통해 다양한 시극적 특징을 생산할 수 있다고 주장한다. 이러한 분석 과정은 모든 작품에서 공통적으로 적용된다. 필연성을 통해 이미지나 상징이 나타나고 개성적인 인물이 탄생하며, 새로운 주제로 이어질 수 있다. 그러나 이 시적 필연성만으로 시극이 성립되지는 않는다. 즉 시적 필연성은 극적 필연성과 연결되는 것이다. 저자는 이것을 시적인 것과 극적인 것의 중요한 '공간성'으로 보고 있다.

'시적인 것'과 '극적인 것'은 각자 다른 곳에서 발생하는 것이 아니라 하나의 공간에 모인다. 이것은 작품 내의 공간과 작품 외의 공간을 모두 포괄한다. 저자는 한국 시극 작품에 공통적으로 드러나는 '공간성'을 핵심원형으로 삼고 있다. 이 지점은 다른 장르와 구별되는 지점이기 때문이다. 극시는 '시적인 공간성'의 많은 범위의 비중을 가지고 있고 희곡은 '극적인 사건'에 대한 비중을 중심으로 창작된다. 그러나 시극은 이 둘의 지점을 하나의 공통된 '공간'으로 집중하게 한다. 이 공간성은 시극이 가진 장르성을 드러내주며, 개별적인 작품의 분석을 진행하는 데 점층적인 발판이 된다.

'시극'은 시적인 것과 극적인 것이 융합된 것이지만, 플롯 구성이 내적 필연성을 가져야 한다. 문장이 운문이고 극의 형태를 갖추고 있다고 해서 시극이 되지 않는다. 내적 필연성을 통해 산문적인 대사라도 시극적 파토스를 일으키고 배우의 연기, 무대 연출, 시각적 이미지, 음악, 무용 등이 상호작용을 일으키며 시극이 되는 것이다. 이러한 모든 것들이 한 편의 시처럼 완성도가 뛰어나며 관객에게 시극을 통한 감상과 효과, 공연 후의 효과까지 고려하며 창작하는 것이다. 최일수는 "그것은 마치 공동 생활하는 하나의 운명체처럼" 모든 예술과 더불어 다른 하나의 새로운 '장르'로 성립될 수 있다고 말한다.

'시극'에 대한 장르 분석은 아리스토텔레스의 『시학』[4]에서부터 그 원형이 전해진다. 문학의 장르는 서정·서사·극으로 구분된다. 여기서 극은 희극과 비극으로 나뉜다. 이 비극은 그리스를 모태로 하는 서양의 장르 이론을 토대로 '시'를 붙여서 서정시·서사시·극시로 명명되곤 했다. '서정시'는 오늘날의 시와 산문시 등으로 발전했으며, '서사시'는 소설이나 산문으로 확장되었다. '극시'는 이야기가 있는 그리스 비극을 지시하며, 작가의 문학적 사상이나 주제가 구체적으로 드러나 있다. 극시는 점차 공연을 전제로 한 '시극' 작품으로 발전했으며, 운문적인 대사와 더불어 '드라마트루기'를 추가한 갈등과 극적 요소가 진행되기 시작했다. 독일의 비애극이나 그리스 비극 작품들, 괴테의 『파우스트』, 엘리엇의 작품들을 살펴보면 운문으로 된 극시임을 확인할 수 있으며, 엘리엇이나 예이츠의 시극 작품에 영향을 준 것으로 보인다.

이근삼은 그리스 비극의 원형이 시극의 모습을 지니고 있다고 언급했다. "리듬, 언어 그리고 멜로디를 써야 한다. 그리스의 극은 근본적으로 시극이며 (…중략…) 대사와 합창이 교대로 이루어져 있는 것이다"[5]라고 말한다. 이 의견은 그리스 비극의 원천에서 시극의 특징을 찾는다는 것을 보여준다. 즉 "근본적으로 시극"[6]인 것을 규정하는 것은 기본 매체를 '언어'로 하면서 '리듬과 멜로디'를 가지고 있는 장르이며, 때로는 '대사와 합창'이 교대로 이루어지는 경우를 포함한다고 할 수 있는 것이다. 작가들은 바로 이런 점에 강한 매혹을 느끼며 시극 창작에 도전했다. 무엇이 그들을 시극의 모험으로 이끌었던 것일까? 그것은 앞에서 주장을 펼친 것과 마찬가지로 시극이 지닌

---

4   아리스토텔레스, 앞의 책, 21~23쪽 참조.
5   이근삼, 「그리스 시극의 구성과 그 특징, 아이스킬로스 소포클래스」, 『그리스 비극』 1, 현암사, 2002, 590쪽.
6   위의 책, 같은 쪽.

시적인 것과 극직인 것이 한꺼번에 이루어지는 '공간성'에 있다. 이 공간성은 실제 무대를 의미하기도 하며, 텍스트 안에서 펼쳐지고 있는 배경, 시간, 사건, 인물, 효과, 무대, 이미지, 상징, 역설, 아이러니 등을 포함한다.

이 책에서는 한국 시극 작품에 나타나는 공간성의 특징을 역사적 공간과 설화적 공간, 현실적 공간으로 구분했다. 작품의 '공간'은 세부 긴장을 조성하고 극적 요소들을 구성하며 새로운 이미지나 상징을 창출하기도 한다. 모리스 블랑쇼는 문학에서 '공간'[7]은 작가에게 순수한 언어를 창작하게 하며, 언어라는 산물을 통해 본질을 찾게 한다고 했다. 역사적 공간은 역사적 사건이나 역사적 인물을 변용하여 시극을 창작하는 특징을 가지고 있다. 역사적 사건이 일어난 특정한 장소와 희생당한 인물을 보여주기도 하며, 실제 무대에서 제한적인 공연 시간의 한계를 넘어 역사적 시간 속으로 넘나들게 한다. 그러므로 작가는 역사적 공간을 통해 주제와 효과를 표현할 수 있다. 관객이나 독자가 작품을 수용할 때, 역사적 공간을 통한 작품을 보면서 자신의 상황을 반추하고 새로운 인식을 할 수 있다.

둘째, 설화적 공간에 대한 작품이다. 한국의 시극 작품에서 설화적 공간을 특징으로 하는 것은 우리 민족의 특징을 이해하고 익숙한 이야기에 상상을 부여하는 작업을 하게 한다. 가령 꿈과 현실의 공간을 합치거나 분리할 수 있다. 이분화된 공간에서 인물은 시련을 극복하고 새로운 환상을 가지게 될 수 있다.

---

7   "이러한 관점에서 우리는 통일된 지고한 자율 공간에서 소리, 형상, 운율을 통해 말들의 관계, 구성, 힘이 확인되는 그 힘찬 세계로서의 시를 되찾는다. 이리하여 시인은 순수한 언어의 작품을 만들고 이러한 작품 속의 언어는 그 본질로의 회귀이다. 시인은, 화가가 존재하는 것을 색채를 가지고 베끼지 않고 그 색채들이 존재를 부여하는 지점을 찾듯이, 언어의 산물을 창조한다." 모리스 블랑쇼, 이달승 역, 『문학의 공간』, 그린비, 2010, 45쪽.

셋째, 현실적 공간이다. 바슐라르는 문학에서 '공간'은 "내밀의 공간과 외부공간, 이 두 공간은 끊임없이 변화"[8]하고 있다고 주장했다. 문학적 공간은 사람들의 현실에 반영되며 독자들의 내적 공간을 움직이게 한다. 이 말은 작가와 독자는 현실의 공간이 이상적인 공간으로 변화하는 것을 실감할 수 있다는 것이다. 현실적 공간은 실제 현실에서 경험할 수 있는 소재를 가지고 창작된다. 또한 무대가 없는 라디오 시극은 작품을 통해 청각적 효과를 밝힐 수 있다. 청각적 감각을 통해 현실에 없는 공간을 상상하는 일은 다른 현실을 창조하는 길이며, 시극 작품의 가치를 상승시킬 수 있다.

권영민은 최인훈의 시극 작품과 소설을 비교하면서 "한 편의 시극, 극시를 쓰는 것처럼, 예술 작업을 가능케 하는 환상 속으로의 여행을 최대한 자유롭게 시도해 볼 수 있다는 데서 작가는 만족감을 느꼈던 것으로 보인다"[9]고 말했다. 최인훈의 시극은 소설과는 다른 면모를 보이고 있다. 최인훈의 기본적인 문학 세계가 세계와의 대면, 불화를 바탕으로 하는 것을 알겠으나, 형식적인 면에서 최인훈의 시극은 동화적 환상을 가지고 있거나, 설화를 환기하거나, 전통적인 우리 민족의 삶을 위트와 역설로 창작하였다. 이런 방향의 창작 방식은 최인훈의 문학세계를 풍요롭게 실천하는 원천이 되었다. 이렇듯 작가는 자신이 가진 문학의 전위를 위해서 다른 장르에 도전하며, 그 중에서도 시극을 창작하고 도전하는 활동을 통해, 문학의 다양성과 가치에 대해 의미를 부여한 것이다.

이상호는 "우리나라에서 시극poetic drama이라는 이름을 단 작품이 문예지

---

8   가스통 바슐라르, 곽광수 역, 『공간의 시학』, 민음사, 1990, 363쪽.
9   권영민 편, 『한국현대문학대사전』, 서울대 출판부, 2004, 984쪽.

에 처음 발표된 때는 1923년 9월"[10]이라고 밝혔다. 이 작품은 박종화의 〈죽음보다 압흐다〉이며 1923년 9월 『백조』에 발표되었다. 이상호뿐만 아니라 다른 논문에서도 한국 최초의 시극은 박종화의 작품으로 인식되어 왔다. 그러나 이 책에서는 최초의 한국 시극 작품을 김명순의 〈조로朝露의 화몽花夢〉으로 주장한다. 이 작품은 1920년 7월 『창조』에 발표되었다.[11]

왜 이런 역사적 오류가 생긴 것인가. 시대적인 발표 시간이 앞선다고 해서 무조건 최초의 작품이 되는 것은 아니다. 최초의 시극 작품이 되기 위해서는 그 작품이 어떤 한계와 저항하고 극복하려 했는지 밝혀야 하며, 작품의 가치 평가가 뒷받침되어야 한다. 김명순은 불안한 삶을 딛고 일어서기 위해 문학에 뜨거운 열정을 쏟아 넣었다. 그의 문학에는 기성의 인습과 기존 관념에 대한 부정의식이 가득했다. 그는 작품을 발표하면서 다양한 필명을 사용했다. 이러한 행동은 사회적인 비탄을 받던 당시 상황을 예상하게 하며, 개인의 비극적인 태생에 대한 회피이기도 했다. 또한 그의 문학이 그동안 주목받지 못한 이유는, 그가 신여성이라는 사실로 인해 부정적 선입관을 입힌 사회적 분위기, 그리고 자신의 불행한 사랑과 폭력적 사건에서 기인하는 바가 크다.

1920년 김명순의 〈조로朝露의 화몽花夢〉에서 시작한 한국의 시극사는 1999년 『실천문학』에 발표된 황지우의 〈오월의 신부〉에 이르기까지 30여 편에 이른다. 저자는 한국 시극사를 이루는 이 작품들을 분석하며 의문이 생겼다. 약 80년이란 시간 동안 30여 편이 창작되었다는 것은 그리 많다고 할 수 없다. 게다가 이 중 몇몇 작품은 기왕에 씌여진 작품을 소재와 주제 면에서 반복한 것이다. 또한 상당수의 작품은 문학적 성취도가 높다고 할 수 없다. 따

---

10   이상호, 『한국시극사연구』, 국학자료원, 2016, 17~18쪽 참조.
11   서정자·남은혜, 『김명순 문학전집』, 푸른사상, 2010, 704쪽.

라서 이 글에서 연구할 만한 작품으로 선별된 것은 17편으로 추려진다.

이 작품들의 선정 기준은 첫째, 작가가 시극으로 발표한 것과 저자가 시극으로 포함하는 작품을 선택했다. 둘째, 극적 특성과 시적 특성이 어느 한쪽에 치우치지 않고 팽팽히 긴장하며 공존하고 있는 작품을 결정했다. 각 작품들의 시극적 특성에 대해서는 실제 작품 분석에서 논의할 것이다.

또한 한 작가나 두세 명의 작가를 중심으로 했던 기존의 연구 방식은 한국 시극을 지나치게 협소하게 한정해 보았다는 회의감이 들게 했다. 최인훈과 신동엽을 중심으로 시극 연구를 한 김동현의 연구는 한국 시극의 단편적인 면만을 강조하는 듯 보였다. 그와 더불어 1923년부터 2000년 전까지 역사적 흐름에서 연구한 이상호의 작업은 시간적 흐름에 따라 나열식으로 분석한 결과이다. 물론 이상호의 연구는 '한국 시극사'에 대한 많은 정보와 소외된 작가들의 작품까지 다루었다는 면에서 가치가 있으나 비평의 방식이 내용 해석과 표면적인 인식에 머물러 있다. 그렇다면 이 책을 통해 연구하고자 하는 작품들은 어떤 특징을 가지고 있는가?

문학에서 '부정'은 세계와의 문제의식을 대하는 태도를 의미한다. 사회에서 일어나는 지배계급과 피지배계급의 폭력과 차별, 고통, 개인과 개인의 갈등, 정치적 사건과 생명의 가치 등을 긴장과 갈등으로 구성한다. 문학은 이러한 문제의식을 비극적으로 표현한다. 니체는 이런 인식을 '비극적'으로 사고하며, 이 인식을 통해 삶을 개척하고, 세계를 바꾸려는 행동을 '힘에의 의지'로 삼는다는 주장을 세운다.

이러한 정신은 한국 시극에 나타난 비극성과 길을 같이 한다. 일반 시극을 포함하여 '오페라 시극', '라디오 시극' 등은 개인의 슬픔과 시련, 공동체의 고통에 대한 비극성을 가지고 있다. 그 이유는 우리나라 시민들의 민족성과 역사적 사건을 둘러싼 민족사적 상황 때문이다. 설화나 민속 양식을 통해 삶의 역경과 고난을 극복했던 우리 민족은 무가·판소리·마당극 등 극 형식을 통해 즐거움과 여유를 찾았다. 이야기를 즐기는 민족으로서 창작의 소재가 다양하고 상상력이 뛰어났다. 질병이나 가난을 겪으며 다른 이상세계를 꿈꾸듯이, 이야기를 전하고 이야기를 창작하는 행위는 '설화, 전설, 민담'을 발전시켰으며 이것을 변용하여 작가들은 시극을 창작했다. 또한 일제강점기와 한국전쟁, 광복 이후의 불안한 사회, 4·19혁명, 광주민주화운동과 6·10항쟁 등의 사건을 통해 급진적인 역사변화를 겪으며 시극 작가들도 그 변화에 민감히 반응했다.

한국의 시극은 개인의 현실적인 문제와 사회적인 문제, 양쪽 모두의 균형을 중요시하며, 시적인 형식과 극적인 구성력을 통합하려고 했다. 이러한 한국 시극의 특징은 서양의 다른 극시나 시극과 많은 차이를 가지고 있다. 한국의 시극 논의는 엘리엇에서부터 시작되지만, 그의 시극과 이론은 한국의 문학성과 상황에 맞지 않는 부분이 있었다. 엘리엇은 시적인 대사를 중심으로 시극을 창작했다. 시적인 대화를 무대에 옮기면 시극으로 완성된다는 주장을 펼쳤지만, 그 후대에 발전된 한국 시극의 입장을 미국의 시극론에 맞추는 것은 비합리적인 일이다. 그렇다면 한국 시극의 이론을 통해 분석한 작품의 특징은 무엇이고 이것을 시극적 '공간성'으로 보는 것은 타당한가? 이 책은 세 가지 목적을 가지고 있다.

첫째, 한국 시극 작품에 나타난 '공간성'을 통해, 공간의 특징을 분석해 볼 수 있다. 실제 무대 상연을 전제로 한 작품도 있지만, 라디오 시극처럼 실제 무대가 없는 경우, 공간성은 어떻게 드러날까? 이 연구에서 중심으로 다루고자 한 '공간성'은 작품 안의 공간성과 작품 밖의 공간성이다. 시간, 배경,

인물의 갈등, 시적인 것과 극적인 것이 접목되는 긴장된 상태, 혹은 시간이 분리된 현실과 꿈의 공간도 있다. 역사, 설화, 현실적 공간의 분리를 통해 다양한 작품을 분석할 수 있다.

둘째, 작품의 '공간성'을 통해 현실에 없는 '공간'을 창조할 수 있다는 것이다. 작품을 통해 독자나 관객은 현재에 있는 공간이 아니라 다른 공간을 상상할 수 있다. 이것은 시극이 가진 시적인 필연성과 극적인 필연성을 통해 이루어진다.

셋째, 한국 시극 작품을 연구하면서 전개를 이해하고 최초의 시극 작품을 밝힐 수 있으며, 기존에 희곡으로 간주해왔던 최인훈의 작품을 시극으로 규정할 수 있다. 즉, 이런 과정을 통해 시극 작품의 다양성을 이해하고 새로운 작품을 발견하고 분석하는 계기가 될 것이다. 소설이나, 시, 시나리오, 무용극 등 다른 문학과의 접목이나 진위적 실험을 시도하기에 좋은 시초가 된다.

세계를 향한 문제의식은 다른 문학 작품들과 더불어 시극 작품에서도 일어난다. 시극의 내용과 구조를 분석하면서 시극적 필연성을 이끌어낼 수 있으며, 그것은 작품의 '공간성'에서 드러난다.

현대 사회는 과학기술과 발전하면서 편리해지고 풍요로워졌다. 그러나 새로운 문제들은 계속 나타나고 계급 간의 문제들보다는 개인의 소외, 개인과 제도의 갈등이 심해지고 있다. 이런 문제들은 시대가 변화함에 따라 달라진다. 시극이 오늘날의 문제들을 성찰하고 해결을 모색하는 역할을 할 수 있을까? 사람들은 시극을 관람하거나 시극 대본을 거의 읽지 않는다. 연극의 경우도 많은 관객수를 확보하지 못하고 있다. 무대 공연은 기술적 발전에 근거한 영상 매체의 압도적인 확장 속에서 한없이 작아지고 있다. 문화산업의 발달은 온라인 세상에서 개인들의 영상이나 음원, 효과음, 텍스트, 이미지들을 기하급수적으로 확산시키고 있다.

시극은 관객과 텍스트, 배우가 만들어내는 상호작용의 결과물이다. 80년 이상의 역사를 이어가고 있는 '시극'이 현대에 이르러 그 명맥이 거의 끊긴 듯이 보이는 것은 사실이다. 그러나 2022년 8월에 인공지능 '시아'가 시를 쓰고 그것을 바탕으로 창작된 시극 작품 〈파포스〉가 대학로 예술극장에서 공연되었고, 시극 영화 〈홀로 빛나는 어둠〉이 대한극장에서 '세계일화국제영화제' 작품으로 상영되었다. 과거에는 시극이 '라디오 시극'이나 '동시극'으로 장르가 확산되기도 했으며, 현대에는 이렇게 미디어 시극, 시극 영화, 시낭독, 무용극, 그림자극 등으로 장르들과의 접점을 연결하여 변화되기도 했다. 이는 시극이 수용자와 상호소통할 수 있는 유의미한 장르라는 것을 암시하며 사람들은 여전히 창의적인 일상생활에 관심이 있다는 것을 증명한다.

현대에 이르러 독립된 예술 작품이나 대중문화를 받아들이는 '수용자'는 매우 중요한 기능을 한다. 홍용희는 "텍스트와 독자의 상호 관계에서 독자의 능동적인 심미적 창조성의 역할은 오늘날 문화 산업의 극대화와 함께 심각한 변화를 겪게 된 것으로 보인다. 문화산업의 확대는 문화의 대중성과 상업성의 범람을 초래시켰으므로, 그로 인해 문화의 창의성과 감수성은 점차 생산성과 사물화로 전환되고, 독자의 능동적인 주체성과 자율성 역시 점차 수동적이고 종속적인 성향으로 변화"되고 있다고 했다. 현대사회에서 작품과 작가, 무대와 관객은 유기적인 형태로 이어져 있으며, 그 현상을 창조적으로 이끌기 위해 한국 시극에 대한 연구는 계속 확대되어야 한다.

2. 시극 연구의 지속성

한국 시극은 1920년대 이래 지속적으로 창작되었지만 타 장르에 비해 열세를 면치 못했다. 시극 작품 창작 자체가 활발히 이루어지지 않았을 뿐만 아니라 시극이 무대에서 공연되는 경우도 드물었다. 그런 만큼 한국시사에서 시극이 차지하는 비중은 미비하다. 작품 창작과 공연이 제대로 이루어지지 않은 것은 시극 연구에도 영향을 미쳤다. 시극에 대한 연구 역시 여타의 문학연구에 비해 제한적으로 이루어졌다.

시극은 시와 극 양자를 포괄하며 창작과 연구가 확대되기보다, 시극 특유의 세계를 확보하지 못한 채 위축되었다. 시극은 시 분야에서 확고한 하나의 장르로 인식되지 못했을 뿐만 아니라 극을 중심으로 한 무대 예술 쪽에서도 주요한 장르로 인식되지 못했다. 시극은 문학과 연극의 주류 질서 안으로 수용되지 못한 채 변방에 머물게 되었다. 하지만 시극은 시와 극을 결합하여 개성적인 특성을 만들어낸다는 점에서 결코 변방의 장르로 치부되어서는 안 된다. 오히려 시극은 시의 한계를 확장할 수 있다는 점에서 더욱 깊이 있는 연구와 창작이 진행되어야 하며, 극의 상징성과 운문성을 심화시킬 수 있다는 점에서 큰 가치를 지닌다.

시극에 대한 연구는 시극 초기인 1920년대 연구를 비롯하여 80년대 민중 문학과 연관된 연구와 90년대에 이르기까지에 다양한 측면에서 이루어졌다. 특히 시극의 초창기인 1920년대 시극에 대한 연구가 다수 있다. 하지만 2000년대 이후의 경우, 일부 작가에 의해 시극이 창작, 공연되는 경우가 있지만 매우 제한적일 뿐만 아니라 독자적인 장르로 인식되는 경우도 희박하다. 시극에 대한 연구는 시극 작가와 작품의 경향이 다른 장르에 비해 상대적으로 제한적이어서 다채로운 양상으로 전개되지 못한 측면이 있다. 외국 시인의 시극에 대한 연구 역시 제한적으로 이루어졌다. 시극과 관련하여 연구의 대상이 되는 주요 시인은 엘리엇과 예이츠이다.

시극을 연구한 학위논문으로는 강철수와 곽홍란, 권경수, 김동현, 김부영, 김재화, 이현원 등의 박사논문이 있다. 한국 시극에 대한 연구는 시극의 전개과정과 관련하여 문학사적으로 접근한 논문과 한국 시극 전반을 고찰한 논문이 주를 이룬다. 시기적으로는 1920년대와 1960년대 시극 연구가 주요하게 다루어지고 있다. 영문학과 관련한 시극 연구는 엘리엇에 대한 논문이 다수를 차지하며 예이츠에 대한 연구가 있기도 하다.

강철수는 1960년대 신동엽·홍윤숙·장호의 시극을 중심으로 연구를 전개한다. 강철수의 논문은 시극의 양식적 위상을 검토하고, 이를 바탕으로 1920년대 한국 시극의 전개 양상을 살핀다. 그리고 1960년대의 대표적인 시극 작품인 신동엽의 〈그 입술에 파인 그늘〉, 홍윤숙의 〈여자의 공원〉, 장호의 〈수리뫼〉에 대한 연구를 전개한다.

곽홍란은 한국현대시극의 형성과정을 내적 요인과 외적 요인으로 파악하고 있으며 번역시극과 중국 희곡의 영향을 함께 분석한다. 1920년대부터 1960년대 한국 시극의 전개 과정을 일제강점기와 해방 이후의 시기로 구분하여 파악하고 있다. 일제강점기 작가로는 박종화·오천석·박아지에 대한 연구를 개진하고 있으며, 해방 이후 시극 연구는 시극연구회·시극동인회 등의 단체와 장호·신동엽에 대한 연구를 전개하였다.

김동현은 장르론적 관점에서 시극과 극시에 대한 논의를 검토한다. 시극과 극시의 개념적 정의를 내려 장르적 특징을 명확히 한다. 김동현은 최인훈의 시극에 나타난 민요, 동화, 설화 등의 특징을 파악하며 역사철학적 가치를 파악한다.

이현원은 시극과 극시의 개념적 혼란 양상을 파악하였다. 시극과 극시가 유사한 개념으로 사용되고 있으나 서로 다른 특성을 지니고 있다는 면에서 이현원의 연구는 의미를 지닌다. 1920년대 작가로 박종화·오천석·노자영을 1930년대 작가로는 박아지의 작품을 분석했다. 1960년대 작가는 이인석·신동엽·전란·홍윤숙·장호의 작품을 분석했으며 1970년대는 문정희와 이승훈의 작품을, 1980년대 작가로는 강우식과 하종오의 작품을 분석했다. 이현원의 논문은 1920년대 한국 시극의 발생 초기부터 1980년대에 이르기까지 시극사 전반을 파악했다는 점에서 의미를 지닌다.

권경수는 예이츠의 시극을 상징적 관점과 신화적 관점으로 파악했다. 또한 예이츠의 가면이론과 제의적 관점에서 작품을 분석하기도 했다. 예이츠가 처한 정치적 상황을 통해 작가가 조국에 대해 지니고 있던 사명감에 대한 언급했으며 이러한 작가의 현실과 작품의 상관관계를 연구했다.

김부영은 엘리엇을 중심으로 시극에 대한 논의를 전개한다. 죽음과 욕망의 갈등 양상을 다루고 있으며 죄의식과 고독감을 파악했다.

김재화는 엘리엇의 사회관과 구원의 개념을 연구하고 종교를 통한 구원의 문제를 파악한다. 또한 죄의식과 속죄 그리고 성자적 신앙의 모형과 세속인의 구원에 대해 의견을 개진한다.

시극은 학위논문보다 학술논문을 통해 활발한 연구가 이루어졌다. 그러나 이 경우에도 다른 장르에 대한 연구보다 양적 측면에서 제한적으로 이루어진 것은 마찬가지이다. 학술논문은 개별 작가에 대한 연구가 주를 이루었고, 이외에 시대와 연관하여 시극사의 관점으로 파악한 연구, 타 장르와의 비교 연구 등으로 나눌 수 있다.

개별 작가를 중심으로 한 연구는 강영미, 김경복, 김경애, 김홍우, 민병욱, 손종상, 여석기, 이민영, 이상호, 이현원, 이혜경 등의 논문이 있다. 이들의 논문은 시극으로 널리 알려진 박아지, 신동엽, 김명순, 박세영, 장호 등의 국내 작가와 엘리엇 등의 해외 작가에 집중되어 있다. 시극 작가에 대한 연구는 일부 작가에 집중되어 있는데, 그것은 시극 작가의 외연이 협소하기 때문이다. 시극사를 분석한 연구는 박정호, 이상호, 임승빈 등의 논문이 있다. 박정호[12]는 극시의 형성과정과 함께 장형화의 특성을 연구했으며, 이상호[13]는 우리 시극사에서 단 두 번뿐이었던 조직적인 시극 운동을 다루었다. '현대시를 위한 실험무대'는 1979년 벌어진 조직적인 시극 운동이다. '현대시를 위한 실험무대'의 핵심 구성원은 강우식·김종해·김후란·이건청·이근배·이탄·정진규·허영자 등인데 관객의 호응을 이끌어내기도 했다. 이상호는 그동안 미진했던 이들의 시극운동을 통해 한국 시극사의 중요한 지점을 파악했다. 임승빈[14]은 1920년대 시극을 중심으로 시극의 운문성과 극적 형식과 갈등 구조를 파악했다. 아울러 1920년대 시극에 나타난 감상적 낭만주의와 기독교적 구원의식을 연구했다. 또한 타 장르와 연계한 연구는 이현원[15]의 논문이 있다. 이현원은 시의 영상화에 관심을 기울여 영상시의 전개와 영상시의 논리적 시각을 분석했다. 특히 그는 시극의 대화를 시 중심의 대화와 극 중심의 대화로 나누어 파악했으며, 극화의 과정을 내용에 의한 극화와 매

---

12 박정호, 「극시 형성 및 장형화에 대한 일고찰」, 『한국어문학연구』 제8권, 한국외대 어문학연구회, 1997.
13 이상호, 「'현대시를 위한 실험무대' 연구」, 『한국언어문화』 제51집, 한국언어문화학회, 2013.
14 임승빈, 「1920년대 시극 연구」, 『한국극예술연구』 제16집, 한국극예술학회, 2002.
15 이현원, 「시의 극화와 영상화에 대한 고찰-현대시의 극화 양상과 특성 및 영상화 모색을 중심으로」, 『한국어문연구』 제51집, 한국어문연구회, 2004.

체에 의한 극화로 구분하여 분석했다.

시극에 대한 평론은 김동현, 손필영 등의 글이 있으며 김정환과 이인성의 대담에 시극에 대한 언급이 있다. 김동현은 신동엽과 최인훈의 시극을 중심으로 시극의 장르적 특징과 한국 시극의 가능성을 모색했다. 손필영은 한국 시극의 가능성을 파악하고자 했다. 시극에 대한 평론 역시 다른 문학 분야에 비해 연구 성과가 많지 않다. 시극 장르가 폭넓게 쓰이거나 논의되지 않았기 때문이다. 시극이 문학 장르로서 널리 쓰이거나 공연되지 않았기 때문에 시극에 대한 현장 비평 역시 외연이 축소될 수밖에 없었다.

시극을 분석 대상으로 삼은 단행본 역시 많지 않다. 시극을 집중적으로 분석한 단행본 가운데 주목할 만한 것은 이승하와 김동현과 이상호의 저작이다. 김동현의 『한국 현대 시극의 세계』는 1960~1970년대를 대표하는 시극 작가인 최인훈과 신동엽의 작품을 다루고 있다. 시극과 극시의 개념을 정립하여 장르적 특징을 분석했다. 1960~1970년대 시극의 전개 양상을 파악하고 있으며, 시극에 대한 장르 정립을 새롭게 함으로써 최인훈의 희곡을 처음으로 '시극'의 관점에서 연구했다. 최인훈 희곡에 대한 새로운 해석을 통해 한국 시극사의 새로운 의미를 부여했다.

이상호의 『한국 시극사 연구』는 1920년대 초창기 시극부터 90년대에 이르기까지 한국 시극사를 세밀하게 분석했다. 초창기 작가인 박종화·오천석·유도순·이헌·마춘서·노자영부터 50년대 장호, 60년대 이인석·신동엽·홍윤숙·장호·전봉건를 다루고 있다. 70년대 작가로는 장호·이인석·문정희·이승훈·박제천을 분석하였고 80년대 작가로는 문정희·신세훈·강우식·하종오 등의 작품을 다루고 있다. 또한 시극의 맥을 잇고 있는 이윤택·진동규·황지우의 작품을 분석했다. 『한국 시극사 연구』는 시대적 연구는 물론이고 대중극과 연관하여 시극의 지속 가능성의 위기를 파악했으며 방송 시극과 무대 시극에 이르기까지 시극의 다양한 양상을 탐문했다.

이승하는 앞에서 언급한 『한국 시문학의 빈터를 찾아서』2에서 한국 시극 작품을 분석했다. 신동엽·홍윤숙·장호·문정희의 시극을 평가하며 서양의 이론과 작품에 의지하는 세태를 비판했다. 극적인 요소보다는 시적인 대사 와 정황에 중심을 둔 신동엽의 시극은 관객들의 몰입도를 하강시킨다. 이승 하는 홍윤숙의 〈에덴, 그 후後의 도시都市〉는 텍스트로서는 완성도를 지니고 있지만 공연으로 재현되었을 경우 각색을 필요로 한다고 한다. 또한 이 작품 에 드러난 '독백과 방백'은 극의 개연성을 부자연스럽게 만들며, 긴장감을 잃게 만든다고 했다. 장호와 문정희의 시극은 우리 고유의 설화를 바탕으로 시극을 창작했으며, 극적 구성을 이루고 있다고 밝혔다. 시극은 대화와 사건 중심의 희곡과 달리 시적인 것과 극적인 것의 양면성을 확보해야 하며, 서양 이론에 의지하여 정의를 규명하기보다는 다양한 작품을 통해 우리 시극의 위상을 높이기를 주장했다.

시극은 작품의 절대적인 양이 많지 않다는 점에서 한국문학사에서 차지 하는 비중이 크지는 않다. 하지만 시극을 양적 측면으로만 파악해서는 안 된 다. 시와 극은 장르적으로 유사적 특성을 지니고 있다. 그런 만큼 시극은 두 장르의 특성을 결합하여 형상화된다. 시극은 시와 극이 지니는 장르간의 친 화력을 바탕으로 새로운 미적 효과를 제시한다. 따라서 시극을 통해 시적 요 소와 극적 요소의 문학적 결합이 나타낼 수 있는 효과를 분석하는 것은 중 요하다. 하지만 그동안 시극에 대한 연구는 미진한 편이었다. 한국 시극사를 분석하고 시극 작품의 전개 과정을 파악하는 것은 유실된 한국문학사를 복 원한다는 점에서 중요한 것이다.

3. 시극의 선별과 분석 기준

1) 작품과 작가를 어디까지 규명하는가

이 글은 한국 시극 작품에 나타난 '공간성'을 중심으로 시극적 필연성을 밝히는 것이 목적이다. 본 연구를 통해 최초의 시극으로 발굴한 김명순의 〈조로朝露의 화몽花夢〉 이후 한국 시극사의 주요 시극 작품을 통시적으로 분석했다. 김명순의 〈조로朝露의 화몽花夢〉은 1920년 『창조』에 발표했다. 그동안 최초의 시극 작품으로 알려진 박종화의 〈죽음보다 아프다〉보다 3년 앞선 것이다.

김명순의 작품부터 박아지·전봉건·신동엽·홍윤숙·장호·최인훈·문정희·김정환·황지우 등 모두 10명의 작가를 분석 대상으로 삼았다. 우선 시극에 대한 기준을 세웠다. 당시 작가가 작품을 발표할 때 명시한 것과 이 책에서 시극적 기준으로 정한 작품을 선택했다. 그 시적 특성과 극적 특성의 관련에 대해서는 실제 본론에서 시도할 것이다.

2000년 황지우 이후 한국 시극의 작품에 나타난 특징은 극적 특성보다는 시적 특성을 지닌 경우가 많았다. 일반 시극 이외에 '라디오 시극'과 '오페라 시극'도 함께 진행할 것이다. 작품을 소재나 주제 면에서 나눈 분석으로는 첫째, 역사적 공간이 있다. 이것은 역사적 사건을 주목하여 시극을 창작한 경우이다. 황지우·박아지·신동엽·김정환·최인훈의 작품이 여기에 해당한다. 둘째, 설화를 기준으로 창작한 설화적 공간에 대한 분석이다. 전설, 민담, 설화 작품을 변용하거나 패러디한 최인훈과, 문정희의 작품을 다룬다. 셋째, 현실적 공간을 말한다. 인간의 현실적 경험을 소재로 창작한 시극으로 김명순의 작품과 홍윤숙의 작품이 대상이다. 총 분석한 작품은 17편이다.

〈표 1〉 시극 작품의 발표시기와 공연 내용

	작가	작품제목	발표연도	발표지면	공연여부	공연장
1	김명순	朝露의 花夢	1920	창조	×	×
2	박아지	아버지와 딸	1937	박아지 작품선집	×	×
3	전봉건	꽃소라	1964	전봉건 문학선	라디오	×
4		무영탑	1960 추정	전봉건 문학선	×	×
5	신동엽	그 입술에 파인 그늘	1966	시극동인회작품/ 신동엽전집	4회 공연	국립극장 외
6	홍윤숙	에덴, 그 後의 都市	1967	현대한국신작전집5 (長時, 詩劇, 敍事詩)	×	×
7	장호	사냥꾼의 일기	1960 추정	학교연극	라디오	×
8	최인훈	어디서 무엇이 되어 다시 만나랴	1969	옛날옛적에 훠어이 훠이	1회	국립극단
9		옛날 옛적에 훠어이 훠이	1976	옛날옛적에 훠어이 훠이	6회 공연	극단산하 외
10		첫째야 자장자장 둘째야 자장자장	1978	옛날옛적에 훠어이 훠이	×	×
11		둥둥 낙랑樂浪둥	1978	옛날옛적에 훠어이 훠이	×	×
12	최인훈	달아 달아 밝은 달아	1978	옛날옛적에 훠어이 훠이	1회 공연	아르코 대극장
13		한스와 그레텔	1981	옛날옛적에 훠어이 훠이	×	×
14	문정희	나비의 탄생	1974	현대문학	1회	명동 예술극장
15		도미	1986	구운몽	2회	쌀롱 데아뜨르 외
16	김정환	열려라, 미래의 나라	1999	김정환 시집	×	×
17	황지우	오월의 신부	1999	실천문학	4회 공연	예술의 전당 외

이 작품들을 시대순으로 나열하면 먼저 김명순의 〈조로朝露의 화몽花夢〉1920이 있다. 박아지의 〈아버지와 딸〉1937, 전봉건의 〈꽃소라〉1964, 〈무영탑〉1960년대 추정, 신동엽의 〈그 입술에 파인 그늘〉1966, 홍윤숙의 〈에덴, 그 후後의 도시都市〉1967, 장호 〈사냥꾼의 일기〉1960년대 추정, 최인훈의 〈어디서 무엇이 되어 다시 만나랴〉1969, 문정희 〈나비의 탄생〉1974, 최인훈의 〈옛날 옛적에 훠어이 훠이〉1976, 〈첫째야 자장자장 둘째야 자장자장〉1978, 〈둥둥 낙랑낙랑樂浪둥〉1978, 〈달아 달아 밝은 달아〉1978, 〈한스와 그레텔〉1981이 있다. 또 문정희의 〈도미〉1986, 김정환의 〈열려라, 미래의 나라〉1999, 황지우의 〈오월의 신부〉1999 순이다. 위의 표는 작가와 작품 제목에 따라 발표연도와 발표지면 · 공연여부 · 공연장에 따라 조사했다.

최인훈의 작품을 희곡으로 보거나 시극으로 연구하는 사람들로 나뉜다. 이 책에서는 그의 작품을 시극에 포함시킨다. 희곡과 시극의 차이점을 설명하며 그의 작품이 시극인 타당한 이유를 다룰 것이다. 연구대상 작품들은 '공간성'을 중심으로 주제와 소재 등으로 나누어 분류했다. 위의 작품을 선정한 이유는 한국 시극 작품에 나타난 '공간성'을 모토로 주제를 분석할 수 있으며 장르의 구분으로 나아갈 수 있다. 분류의 기준은 작가의 능동적인 명시와 이 책이 정한 기준에 해당하는 자리에 포함시켰다. 또한 독자의 입장에서 어떻게 수용되었는지에 따라 결정되었다. 김준오는 "장르란 제시 형식"[16]이라고 말했다. 즉, 작품의 분류기준은 독자나 관객이 어떻게 받아들이냐에 다르다. 독자에 대한 작가의 성격과 자세를 알 수 있다. 작품의 시대 기준은 문예지에 발표하거나, 무대 위에 공연으로 올린 시기를 기준으로 한다. 또한

---

16   김준오, 『문학사와 장르』, 문학과지성사, 2000, 15쪽.

후에 작품집으로 묶인 경우는 명기된 작품의 창작 시기를 기준으로 한다. 같은 작가의 작품일지라도 유사한 소재거나 시극으로서 분석할 가치가 높지 않은 것은 제외했다. 아울러 작가가 발표 당시 '시극', '라디오 시극', '오페라 시극'이라고 밝힌 경우를 대상 작품으로 선정했다. 그리고 문예지 발표 여부, 텍스트의 작품성 등을 종합적으로 파악하여 연구범위를 정했다.

또한 이 글은 시극 작품의 공연과 관련된 평가나 대중성, 배우의 연기와 광고 효과는 분석의 대상으로 삼지 않는다. 시극 작품의 텍스트로서의 문학성을 주요 대상으로 분석한다. 무대 공연 방식으로 전개된 '포에트리 슬램'이나 '시낭독 대회'는 다루지 않는다. 그 이유는 시극 연구의 문제의식을 무대 이미지와 함축적인 메시지와는 별개의 것으로 파악했기 때문이다. 2019년 서울 LG아트센터에서 공연된 로베르 르 빠주의 〈바늘과 아편〉 등의 작품 역시 문학성보다 공연성에 집중한 시극이므로 연구에서 제외한다. 또한 다른 작품과의 비교를 개진한다. 세대 문제와 역사적 문제를 다룬 〈오월의 신부〉와 박아지의 〈아버지와 딸〉을 비교 분석했고, 여성의 문제와 관련하여 문정희의 〈나비의 탄생〉과 최인훈의 〈달아 달아 밝은 달아〉를 비교 분석했다. 또한 개인적 사랑과 사회적인 사건에 대한 갈등을 다룬 문정희의 〈도미〉와 전봉건의 〈무영탑〉을 비교했다. 또한 시극 작품 안에 대사나 지시문에 나오는 작품이나 비슷한 주제를 가진 작품이 있는 경우에는 그 유사성과 차이를 밝혔다.

2) 시극을 어떻게 분석하는가

시극을 연구하기 위해 어떤 방법론을 구성할 것인가의 문제는 시극 자체의 기능과 구조에 근거하는 중요한 문제일 것이다. 우선은 시극이 시와 극의 결합이라는 점이 그 성격과 구조를 좌우한다. 즉 시의 기능과 구조, 극의 기능과 구조, 시와 극이 결합한 형태의 양상에 따른 기능과 구조에 대한 이해가 시극을 탐구하기 위한 기본 전제로 작용한다. 이때 각각의 장르적 성격은 상대 장르를 보완하고 활성화하여 일종의 종합을 유도함으로써 예술적으로 새로운 경지를 창출해 내는 의지와 행동을 유발하며, 궁극적으로 그 실제적 결과가 시극이 된다고 가정할 수 있다.

'시극'에서 '시'의 특성은 무엇인가? 우리가 살펴보고 있는 시극들에 비추어 보면 '서정적 장르'에 대한 근대적 정의의 주요 특성들은 중요한 관련은 없는 것으로 보인다. 즉, 디히터 램핑이 '자기발화'라 명명한 바와 같은 개인적 심사의 표현으로서 시를 대하는 태도는 시극의 '시'에 중요하게 작용하지 않는다. 그보다는 오히려 시에 대한 고전적인 관점들이 더욱 유관한 것처럼 보인다. 즉 '운문'적 특성을 가지고 있다는 것이다. 여기에서 운문적 특성을 가진다는 게 무엇인가, 라는 질문은 잠시 유보하기로 하자. 다른 한편 극의 특성은 극의 핵심요건인 '행동'에 근거하는 것으로 보인다. 행동이되 그것이 삶의 전체상을 보여주는 행동이라는 점에서 극의 특성은 무대에서 나온다고 할 것이다. 이러한 기본 구상은 엘리엇이 '시극'에 대해 쓴 일련의 글들에 기대고 있다. 이에 대해 좀 더 자세히 살펴보고자 한다. 이 책에서는 시극 연구 방법을 시도하는 방법으로, 기존의 시극 연구 방식과 개념에 대한 비판으로 시작한다. 첫째, 최일수 시극론의 문제와 엘리엇의 시극론을 비교하면서 한국 시극론에 대한 방향은 어떤 것이 합당한 것인지 말해보고자 한다. 둘째, 한국 시극 작품에 나타난 '공간성'을 구조주의 비평 방식으로 논하고자 한다.

한국에서 '시극'이 일종의 운동 형식을 갖추고 이론과 실천 양쪽에서 실험을 시작한 건 1960년대였다.[17] 이때 시극의 논리를 만드는 데 공력을 기울였던 이는 평론가 최일수였다. 그는 「시극과 종합예술」1960, 「시극의 가능성」1966, 「시극의 현대적 의의」1972 등 일련의 논문을 통해 시극의 의의를 강력히 주장하였다. 그의 논지는 다음과 같은 의도하에 전개되었다.

첫째, 그는 시극을 종합 예술로 간주하였다.

둘째, 그 점에서 그는 시극을 예술의 궁극적 지평으로 설정하였다.

셋째, 그는 서양의 시극론을 넘어서는 새로운 시극론을 만들고자 했다.

이런 결과는 그의 시극론이 이상주의적 열정에 의해 점화되어 열정적으로 추진되었다는 것을 알려준다. 그는 "시극의 종합적 성격은 수차 되풀이하다시피 근원적인 창조의 계기를 직시하고 이를 개시하는 시 정신의 세계가 모든 예술의 전체적 광장인 무대에서 여러 '장르'들과 완전한 통일을 이룬 그러한 종합적인 것"426쪽이라 언명하였다. 그렇다면 이 종합적 성격은 무엇에 근거하는 것인가? 그는 엘리엇을 참조해 이렇게 우선 말하였다.

서정은 서정대로 주관을 고집하고, 서사는 서사대로 객관만을 고집하고 있었다. 물론 서정과 서사의 소리는 저대로의 의미와 존재성을 가지고 있다. 허나 이 두 개의

---

17   최일수, 『현실의 문학』, 형설출판사, 1976, 433~438쪽 참조.

고집으로 해서 빚어지는 소리의 빈곤을 어떻게 해결하느냐 (…중략…) 이러한 소리들이 합석할 수 있는 유일한 장소는 다름 아닌 '극'의 세계였다. 이리하여 시는 새로운 소리를 찾아 극장의 문을 두들겼고 또 '극' 속의 무대가 공동의 광장이라는 것을 발견했다.432쪽

서정의 주관성과 서사의 객관성 편향을 극의 무대성으로 종합한다는 것이다. 그런데 그는 여기에서 한 걸음 더 나아갔다. 그는 '극'마저 넘어가려고 하였으니, 즉 서정과 서사를 극으로 통합하는 데 만족하지 못하고, "보다 풍부하고 보다 차원 높은 세계에서 이른바 세 가지 소리가 종합 되어"435쪽야 한다고 주장했던 것이다. 그러면서 그는 시극을 운문에 한정해 놓고자 했던 엘리엇을 비판하고 산문으로 나아가야 한다는 제안을 했다.

하지만 그의 논리는 타당한가. 무엇보다도 이러한 주장이 궁극적으로 설정하고 있는 예술적 세계가 잘 보이지 않고 비평가 스스로 거기까지 이르는 도정을 논리적으로 설명하고 있지 않다. 그 점을 찬찬히 살펴보기로 하자. 우선 그는 시극을 엘리엇에 기반하여 종합예술로 보았다. 그런데 이 종합예술에 대한 그의 전망은 아주 새로운 것이라는 점을 되풀이해 표명한다. 이는 또한 그와 함께 시극 운동을 주도했던 시인들의 목표이기도 했으며 최일수의 시론은 그들의 시극을 적극적으로 옹호하는 정치적 성격도 포함하고 있다. 여하튼 그러면 그 전망은 무엇인가? 앞의 주장에서 우선 읽어야 할 것은 그가 엘리엇의 "세 가지 소리"에 대해 비판하는 게 아니라는 점이다. 얼핏 읽으면 그가 '서정', '서사', '극'에 각각 소리를 할당하고 그 세 소리를 통합해야 하는 것처럼 읽힐 수 있다. 그렇게 읽으면 서정과 서사를 극에 통합시키고자 했던 엘리엇과 다른 안을 제출하는 것이 된다. 그러나 그게 아니다.

그는 문제의 세 소리가, "시인 자신으로 향하는 목소리와 청중으로 향하는 목소리와 그리고 가공인물의 입을 통해서 나오는 목소리"이며 이들은 "필연적으로 무대 위에 통합되어야 한다"368쪽고 엘리엇이 말한 그 소리임을 이미 인용했었다.

엘리엇은 '시극poetic drama'을 또 하나의 장르로 간주하여, 그 체계를 만들고, 그것을 실현시키려고 노력한 거의 유일한 시극 이론가이다. 문학·예술에 관한 많은 서양의 사전들은 '시극' 장르에 대해 항목을 배정하고 있지 않으며, 심지어 '극'이나 '시' 항목의 내용 설명에서도 poetic drama, poetic theater 등의 용어가 등장하는 경우는 극히 드물다. 그렇다고 동양에 '시극'이라는 장르가 있었던 것도 아니다. 원로 중문학자 허세욱의 논문에「동양시극의 원점」[18]이라는 글이 있으나, 이는 한말의「공작동 남비」[19]라는 희곡적 특성을 가진 민간서사시를 임의적으로 말한 것에 지나지 않는다.

통상적으로 서양에서 시극이라 번역될 만한 'verse drama'라는 일반적인 용어는 운문으로 된 극을 통칭하는 어휘로 쓰인다. 그리고 많은 사전들은 verse drama의 사례들로 셰익스피어, 오든Auden 등 많은 작가들의 작품을 거론하고 있지만, 그것의 이론적 정립에 대해서는 T.S.엘리엇의 글들만이 거론될 뿐이다. 게다가 20세기 중반기부터 verse drama는 급격히 쇠퇴하였다고 한다.[20]

---

18 허세욱,『중국문학론』, 법문사, 1999, 113~122쪽.
19 「孔雀東南飛」(혹명 焦仲卿妻)는 총 353구(1,765자)의 중국 최장편 서사시로 徐陵 편,『玉臺新詠』에 실려있다"고 한다. 한말 建安時(196~219)의 작품으로 알려졌다. 허세욱은 이 서사시가 "희곡의 주요한 형식요소로 보는 대화·독백·卜書 등을 갖추고 있는가 하면 그 내용을 장막으로 선명하게 나눌 수 있는 여건으로 미루어 오히려 시극으로서 충분한 조건을 가졌다"고 주장한다. 위의 책, 113쪽.
20 Colin Chambers(ed), *Continuum Companion to Twentieth Century Theatre*, London : Cotinu-

한국에서 '시극'이라는 용어가 강한 유인력을 가지고 있었다면, 이는 무엇보다도 엘리엇의 영향력에 의한 것이라 추정된다. 이는 우리가 비판적으로 검토한 최일수의 글에도 역력히 나타나 있다.[21] 그리고 짐작하건대 흔히 서양의 세 장르를 서정시·서사시·극시라고 번역하는 관행이 암시하듯이, '시'의 원형성이 갖는 아우라가 포개져서 '시극'에 대한 '염원'을 증폭시켰던 게 아닌가 한다. 여하튼 한국에서는 일찌감치 시극이 특유의 장르로 간주되어 1960년대에 운동을 일으키면서 과거의 희곡 작품들에 대해서 '시극'이라는 명칭을 부여했고 나름의 역사를 만들게 되었고, 그것은 오늘날 김경주의 시극 운동으로까지 이어오게 되었다. 하지만 이러한 시극 운동에도 불구하고 시극 공연이나 작품 창작은 저조했고 실패한 흔적이 있다. 그 이유는 '관객'의 호응을 얻지 못하고 독자층을 확보하지 못한 이유였다. 관객의 호응 없이 공연을 준비한 사람들은 경제적 부담을 극복하지 못하고 포기했다.

이 움직임의 시발점에 엘리엇이 있다면, 그의 시극론을 검토하지 않을 수 없다. 시와 극의 관계, 그리고 시극에 대한 그의 견해는 다음의 글들에서 주로 표명되었다.

「"수사학"과 시극"Rhetoric" and Poetic Drama」1919

「시극The Poetic Drama」 1920

「시극의 가능성The Possibility or a Poetic Drama」1921

---

um, 2002, p.295.

21 1959년 말 일본에서 발표된 아베 타모츠(阿部 保)의 「T.S.엘리엇의 시극론 ティ・エスエリオットの 詩劇論」(『美學』, 제10권 4호)가 어떤 관련이 있는지는 분명치 않다. T.S. Eliot, edited by Jewel Spears Brooker, Ronald Schuchard, *The Complete Prose of T.S. Eliot(1905-1933)*. 4 VolumesBaltimore : Johns Hopkins University Press, 2014~2015.

「시극에 대한 대화A Dialogue on Dramatic Poetry. With the Original Preface」1928

『시와 극Poetry and Drama』1950[22]

이 목록을 보면 엘리엇이 30여 년에 걸쳐 시극론을 건립했다는 것을 알 수 있는데, 마지막에 언급된 그의 얇은 저서는 그런 사정을 소개하면서 지금까지 그가 추구해 온 시극론을 종합하고 있다. 따라서『시와 극』을 중심으로 논지를 전개해나가고자 한다.

한국의 시극 운동이 엘리엇의 시극론에서 촉발되었다고 할 때 정확히 어떤 글들이 읽혔는지, 어떤 태도가 시극 운동가들에게 자극을 주었는지 분명히 알 수가 없다. 시극 운동의 이론적 기수였던 최일수의 글에서 엘리엇에 대한 언급들의 출전이 제공되지 않고 있다. 그래서 더욱 최일수가 주장하는 엘리엇 시극론에 나타난 관점의 사실성을 파악하기가 힘들다. 더욱이 최일수의 반박이 아니라 그의 주장에 해당하는 대목이 엘리엇에게 발견되는 경우는 빈번히 일어난다. 가령 그는 셰익스피어의 시어들이 시어 같은 형식을 빌려서 이루어진 "운문극의 독백임을 알 수 있을 뿐 아니라 하나의 독백 형식으로 된 철학성 있는 무운체가 사용되고 있는 것이지 그것이 결코 시가 아니라는 것을 알 수 있다"390쪽라는 과감하고 아이러니한 ("시어 같은 형식"을 빌린다는 게 무슨 말인지, '무운체'란 무엇을 가리키는지 알 수가 없다) 주장을 하고 있는데, 그런 주장의 근거는 셰익스피어의 시어가 "시라고 하는 하나의 통일된 작품 속에" 녹아 있지 않다는 판단인 것 같다.

---

22   마지막 저서를 제외한 다른 글들은 T.S. Eliot, edited by Jewel Spears Brooker, Ronald Schuchard, *The Complete Prose of T.S. Eliot (1905-1933)*, 4 Volumes. Baltimore : Johns Hopkins University Press, 2014~2015에 수록되어 있다. 마지막 저서는 London : Faber & Faber에서 출판되었다.

그는 "시어의 특성은 시 전체가 지니는 통합된 '톤'에 의하여 비로소 '이미지'가 형성된다"고 하면서 "부분적으로 삽입된 시어는 그것이 수어로서 생명을 상실해 버린 한낱 감언이나 미사여구나 단순한 의미 표기에 불과"하다고 말한다. 셰익스피어의 시어가 그렇다는 것이다. 그런데 엘리엇도 이미 시극에서 시어가 '미사여구'로 쓰여서는 안 된다는 점을 명시한 바가 있다.

> 나는 시가 단순히 미사여구나 부가된 장식에 지나지 않는다면, 그것이 그저 문학적 취향을 가지고 극을 관람하는 관객들에게 시도 동시에 듣게 해주는 쾌락을 제공하기만 한다면, 그건 피상적이기 짝이 없는 것이다. 시는 그 자체 극으로서 정당화되어야 한다.[23]

이런 유사한 전제에도 불구하고 엘리엇은 셰익스피어에 대해 최일수와 다른 판단을 한다. 즉 그가 보기에 셰익스피어의 시극적 재능은 "요소들을 유기적으로 연결시켜 보다 풍부한 설계 속으로 짜 넣는"[24] 데서 나온다. 그는 셰익스피어의 햄릿의 첫 장면에 대해서도 이렇게 말한 바가 있다. "어떤 것도 피상적이지 않다. 그것의 극적 가치에 의해 정당화되지 않는 시행은 하나도 없다."[25] 그러니까 최일수가 요구하는 것들을 셰익스피어가 충족시키고 있다는 것이다. 좀 더 들여다보면 이런 판단 상의 상이相異는 심층적인 차원에서 둘의 견해가 다르기 때문으로 보인다. 우선 '시'에 대한 정의가

---

23 T.S. Eliot, *Poetry and Drama*, London ： Faber & Faber, 1950, p.12.
24 G. Wilson Knight, "Introduction to *The Wheel of Fire*", T.S. Eliot, edited by Jewel Spears Brooker, Ronald Schuchard, *The Complete Prose of T.S. Eliot* Volume 4, English Lion, 1930~1933 (Baltimore ： Johns Hopkins University Press, 2015, p.150).
25 T.S. Eliot, op. cit., p.15.

다르다. 이미 인용한 최일수의 발언을 다시 인용해보자.

시어의 특성은 시 전체가 지니는 통합된 '톤'에 의하여 비로소 '이미지'가 형성되고 그 형성되어진 '이미지'에 의하여 선택된 언어들이 근원적인 창조적 계기를 내재하고 있는 그러한 시어가 된다.378쪽

최일수에게 시는 '시 전체'로서 전제된다. 그것을 시어들 밑에서 시어들에 생기를 부여하는 "근원적인 창조적 계기"를 만드는 원천이다. 간단히 말해, 시=근원적 창조의 계기이다. 엘리엇에게도 그런 생각이 안 보이는 건 아니다. 그러나 그는 시를 전제하지 않는다. 시는 때마다 다른 모습을 띠며 다르게 기능한다. 그래서 시를 시로서 쓸 때 그것은 서정시에 대한 일반적 정의에 합당하게 "나의 목소리로 쓰는 것"이다.[26] 그러나 시가 극 안으로 투여될 때는 완전히 다르다. 왜냐하면 극에서는 여러 다른 목소리들을 드러내고, 거기에 시가 쓰인다는 것은 알지 못하는 목소리들을 낸다는 것이며, "모든 시행은 극적 적합성이라는 새로운 법칙에 의해 판정"[27]되어야 한다. 즉 극에서의 시의 기능은 시의 고유한 기능과 완벽하게 다르다.

이로부터 두 번째 차이가 나온다. 그리고 이것은 매우 중요한 단서가 된다. 최일수의 시극, 즉 시와 극의 결합은 시라는 '근원적 창조의 계기'를 풍요화하는 양태로 기술된다.

---

26 이는 '재현(mimesis)'이 아니라 '진술(diegesis)'로서의 언어를 말했던 플라톤의 관점, 서정시를 "자기 발화"라고 규정했던 디히터 램핑의 관점 등을 통해 반복적으로 인정된 생각이다. T.S. Eliot, op. cit., p.21.

27 Ibid., p.22.

시극에 있어서 시의 위치란 종래의 단순한 서정시나 서사시가 아니라 창조의 근원적인 계기를 개시하는 그러한 의미로서의 시를 말하는 것이며 또 한 어기서 극을 말할 것 같으면 그것은 단순한 '드라마·츄르기'가 아니라 모든 예술이 종합이 될 수 있는 하나의 무대적인 광장을 의미하는 것이다. 다시 말하면 시극에 있어서 시는 창조의 근원적인 계기의 개시요, 극은 종합적인 '이미지'의 원천을 이루는 복합감각의 광장이다.372쪽

시와 극 사이에는 연속성 혹은 협동이 있다. 시는 근원을 확보하고 극은 공간을 확장한다. 극은 시적 이미지의 다양화, 입체화이다. 반면 엘리엇은 시극을 다르게 생각한다.

우리가 하는 일은 시를 관객의 일상세계, 즉 그들이 극장을 떠날 때 돌아가는 곳 안으로 넣는 것이다. 관객을 어떤 상상 세계, 흔히 시가 허용된다고 하는 그런 비현실적 세계로 데리고 가기 위해서가 아닌 것이다. (…중략…) 즉 우리는 인공 세계로 트랜스 포팅 되어야 할 게 아니라, 반대로 우리 자신의 추잡하고 음울한 세계가 갑자기 환히 빛을 내면서 변신해야 하는 것이다.[28]

이는 전혀 예기치 않았던 새로운 비전이다. 시극에서 시의 기능은 두 가지라는 것이다. 첫째, 극 안에 시를 도입한다는 것은 극의 세계를 현실 세계로 이월시키는 역할을 한다. 아마도 시가 본래 자기 자신의 목소리를 내는 성질을 갖고 있기 때문일 것이다. 극에서의 여러 다른 목소리들은 관객이 극장을

---

28   Ibid., p.27.

나와 귀기하는 순간 자신의 목소리로 투영된다. 시로 쓰이지 않았다면 그냥 여러 다른 목소리를 청취하는 것으로 끝났을 것이다. 시로 창작되었기 때문에 그 다른 목소리들이 나의 고유한 목소리로 수렴될 수 있는 것이다. 시의 두 번째 기능은 현실 세계를 무의미하고 지저분한 일상에 시의 빛을 쬐어서 변화tranfigure[29]시키는 것이다.

엘리엇에게 시의 기능은 '변화'이다. 시는 우선 극을 바꾸고 다음 현실을 바꾼다. 극장의 갇힌 무대를 일상세계의 무대로 열어 놓으며, 현실의 진부함에 다른 숨은 의미를 투영한다. 그러기 위해서 시는 "현대의 구어에 맞춤한 리듬을 발견하는 것"[30]을 숙제로 갖는다. 시극에서 시와 극의 관계는 협동 혹은 확대가 아니라, '변화시킴'이다.

그렇다면 시의 무엇이 이런 중층적 변화를 가능케 하는가? 단순히 시의 '고유한 목소리'가 미지의 숨은 목소리로 기능하기 때문이다. 엘리엇은 공연이 끝나고 뒤에 무언가가 있다고 한다. 인물들과 행동을 넘어 더 실재적인 무언가가 있다는 가정을 독자관객가 하게 만들고, 독자에게 드러난 것과 숨은 것 사이의 간극에 대해 성찰케 하고 그 성찰의 과정 자체가 시의 흐름 속에서 현실의 모습을 변화시키는 효과를 산출하는 것이다.

이로써 두 개의 목소리가 동시에 출현하는 근거가 성립하는데, 그렇다면 이 둘의 관계는 어떻게 나타날 것인가? 이에 대해서 우리는 엘리엇 스스로 시극을 쓴 체험에 근거해 길어냈던 이론을 분석해야 한다. 즉 그는 자신이 쓴 최초의 시극이 다음과 같은 형식으로 이루어졌음을 제시한다.

29　이것이 예수가 제자들과 함께 산에서 엿새를 보낸 후, 하산하면서 그에게 일어난 일이라는 데 근원을 두고 있다. transfiguration은 어떤 존재가 다른 존재로 변신하는 게 아니라 그 자신이 변화하는 것을 가리킨다.

30　T.S. Eliot, op. cit., p.22.

나는 이 희곡에서 그토록 성가대에 의존했던 이유를 알게 되었다. 두 가지 이유가 있었고 그것은 그 당시에는 정당한 것이었다. 첫 번째 이유는 희곡의 근본이 되는 사건—역사적 사실이면서 동시에 나의 발명이기도 한—이 얼마간 제한되어 있다는 것이다. 한 사람이 자신이 살해당할 것을 예측하면서 집으로 돌아온다. 그리고 그는 살해당한다. 나는 인물들의 수를 늘리고 싶지 않았다. 나는 12세기 정치의 연보를 작성하고 싶지는 않았으며, 무분별하게 하찮은 기록들로 오염을 시키고 싶지 않았다. 나는 죽음과 순교에 집중하고 싶었다. 때때로 히스테리컬하기까지 한 한 여인을 성가대로 도입한 것은 이 사건의 중요한 정서를 반영함으로써 훌륭하게 나의 의도를 보완해 주었다. 두 번째 이유는 이렇다 : 처음으로 극 대본을 쓰는 시인은 극적 대화보다 성가대의 운문에 더 끌린다는 것이다.이것이 내가 할 수 있는 것이고 아마도 극적 취약함을 여인의 비명이 덮어줄 수 있으리라고 나는 분명 느끼고 있었다. 성가대의 활용은 역동성을 강화하고 나의 연극적 기술의 부족을 감추어주었다. 이런 이유로 나는 다음번에는 성가대를 좀 더 긴밀하게 결합시키기로 마음을 먹게 되었다.[31]

여기서 '성가대'는 앞에서 언급한 '숨은 목소리'에 해당한다. 그것의 역할은 바로 "죽음과 순교에 집중"시키는 것, 즉 사건을 주제의 빛으로 쬐는 것이다. 사건을 주제로 조명한다는 것은 성가대와 사건 사이의 거리에 의해 가능해진다. 우리가 상식적으로 알고 있듯이 성가대는 배음背音으로서 기능한다. 의미를 부여하는 게 아니라 의미를 환기한다. 그럼으로써 사건들을 집중시키면서 동시에 그것들을 정화하고 제련한다. 그러니까 그것은 이미 일어난 사건들에 의미를 부여하는 것이 아니라, 일어나고 있는 중의 사건들에 의미

---

31   Ibid., pp.24~25.

를 개입시키고 변동의 실마리를 제공하는 것이다. 그런데 그는 이런 자신의 시도에서 무언가 불편함을 느꼈다. 무엇보다도 성가대의 개입이 지나치게 인위적이라는 것이다. 성가대의 존재는 무대의 사건에 배후가 있다는 사실을, 직접적으로 주어서 사건이 그 자체의 운동을 변화하는 과정을 억압한다. 그리고 관객으로 하여금 사건에 자연스럽게 동참하는 것을 방해할 수도 있었다. 그것은 그의 운문이, 운문 시극을 관람한다는 걸 사전에 알고 마음의 준비를 한 관객에게조차도, 매우 장식적으로 느껴진다는 것과 상통하였다. 이러한 어색함은 엘리엇의 원래의 의도, 즉 앞에서 말했듯, 극장의 간힌 무대를 일상세계의 무대로 열어 놓으며, 현실의 진부함에 다른 숨은 의미를 투영하고자 하는 의도에 반하는 것이었다.―"(글을 통해서) 우리가 인공 세계로 옮겨져서는 안 될 일이었다. 반대로 우리 자신의 더럽고 데데한 일상 세계가 불현듯 환한 조명을 받아서 빛나야 하는 것이다."[32]

그래서 그는 다음 작품 『가족 재회*The Family Reunion*』에서 "오늘날 세계의 현재의 시간"을 다루면서 "작시법versification"에 집중하게 된다. "현대의 화법에 근접한 리듬을 발견하는 것"이 주 관심사가 되었다. "우리가 때마다 특정한 문장을 발성할 때 자연스럽게 강세를 주는 방식으로 그렇게 강세가 놓일 수 있어야 하는 것"[33]이었다.

그러나 그는 나중에 그것이 결국 플롯과 성격을 훼손하는 대가를 치르는 것이었음을 발견한다. "나는 실로 성가대를 없앰으로써 얼마간의 진전을 이루긴 했다. 그러나 네 명의 적은 인물들을 활용하면서, 그들에게 때로는 개별적 성격을 맡기고 또 때로는 성가대의 기능을 담당하게 하는 것은 내게

---

32   Ibid., p.27.
33   Ibid., 같은 쪽.

썩 만족스럽지 않은 듯이 여겨졌다."[34]

한편, 그는 인물들의 대화와는 별도로 짧은 두 행의 서정적 시구를 끼워 넣었는데, 이 시구들은 "인물들 너머로 화자가 그들을 말하는 데 있어서 일종의 무아지경 속에 빠져 있는 듯이 제시되도록" 하는 것이었는데, 실제 이 시행들은 "사건의 필연성과는 너무 동떨어져 있게 되어서, 하나마나한 것이 되거나, 지나치게 '오페라스러운 아리아' 같은 것이 되고 말았다"[35]고 한다.

그러다가 문득 그는 셰익스피어의 "순수하게 시적인 행"을 다시 읽게 되었는데, 거기에서 중요한 각성을 한다. 놀랍게도 그것은 "사건에 개입하지 않으며, 또한 인물들 바깥에 놓여 있는데도 불구하고, 어떤 신비스런 방식으로 사건과 인물을 한꺼번에 지원support하고" 있는 것이었다. 시는 극에 자연스럽게 녹아 있으면서도 극에 시적 분위기를 쐬고 있었다. 그는 "분노하는 계부와 친구들 앞에서 오델로가 노래하는 아름다운 시구"를 소개하면서 이렇게 풀이하고 있다.

번쩍이는 칼들을 거두시오. 밤이슬에 녹이 슬겠소.[36]

우리는 셰익스피어가 시행을 시적으로 아름답게 쓰려고 했거나 그의 극적 영감이 최고조에 이르러 시로써 채우려고 했다는 느낌을 갖지 않는다. 이 행들은 충격적이다. 그러면서도 인물들에 딱 들어맞는다. 혹은 우리는 인물들에 대한 우리의 생각을 저 시행에 어울리게끔 맞추어볼 수밖에 없게 된다.[37]

---

34   Ibid., p.28.

35   Ibid., 같은 쪽.

36   윌리엄 셰익스피어, 이상섭 역, 『셰익스피어 전집』, 문학과지성사, 2016, 546쪽.

37   T.S. Eliot, op. cit., p.29.

엘리엇의 결론은 이렇다. "오델로의 발언은 아이러니, 위엄, 담대함을 표현하고 있다. 그러면서 순간적으로 우리에게 저 장면이 전개되는 밤의 시간대를 상기시킨다. 오직 시만이 이렇게 할 수 있다. 그러나 이건 '극적인 시dramatic poetry'이다. 즉 이 시구는 극 상황에 개입하는 게 아니라 극 상황을 강화intensify한다.[38] 그에 비하면, 자신의 『가족 재회』는 "시 자체에 지나치게 주의를 집중하도록 요구했고 그러면서도 극적으로 정당화되지 못했음"을 그는 시인한다. 이 자책을 거꾸로 뒤집으면 시극에서 시의 바람직한 존재의 기본 양태를 뽑아낼 수 있다. 즉 시극에서 시는 표면화되지 않고 극에 통합되어야 한다. 완벽히 극의 사건에 맞추어 가면서 사건들에 시의 '효과'를 주어야 하는 것이다.

엘리엇이 인식한 시극의 존재론은 이중의 전복적 사유를 통해서 이루어진다는 것을 분석할 수 있었다. 전복은 시와 극의 결합을 통해서 미적 공간을 입체화하는 것이다. 그런데 이러한 입체화는 상투적인 기대와는 다른 것이다. 그걸 말하기 전에 두 번째 전복에 대해서 미리 언급하자. 그것은 엘리엇이 셰익스피어의 몇몇 구절을 통해서 그 단편적 완성을 보았으나 부단히 실패했으며 그러나 끊임없이 추구된 입체성 자체의 보이지 않음이다. 즉 시와 극의 결합으로 넓혀진 모종의 공간에서 시와 극은 구별되지 않으며 서로가 서로에게 온전히 들어맞아 시도 극도 아닌 것, 즉 말 그대로 시극이 상연되는 경지이다. 그러니까 이 두 개의 전복 자체가 뒤집기전복로 이루어진다. 처음엔 넓히고 다음엔 접는다. 좀 더 정확히 말하면 처음엔 확장하고 다음엔 삼투시킨다. 전자를 통해서 엘리엇은 지금까지 없었던 새로운 장르의 기본

---

38 Ibid., 같은 쪽.

아이디어를 제공했으며, 후자를 통해서 그 아이디어가 실제로 현상되는 구경을 추구했다.

엘리엇의 『시와 극』에서, 이후에 이어지는 문장들은 시행착오의 되풀이에 대한 기록들이다. 그러므로 그의 시극의 최종적 완성은 관념적 목표에 머물러 있는 것이다. 그럼에도 불구하고 그 목표를 결코 포기하지 않았다는 것도 그는 끈질기게 되풀이한다. 이러한 그의 집념은 사실 한국의 시극을 탐구하는 우리에게 낙관적인 표지가 되어줄 수 있다.

엘리엇은 〈대성당의 살인〉, 〈가족의 재회〉, 〈칵테일 파티〉, 〈비서 노정치가〉의 시극을 창작했다. 엘리엇은 시극 작품에서 비극적인 태도를 보이고 있다. 이준학은 이 "정신의 틀"은 삶에 대한 '회의'로 볼 수 있다고 했다. "회의가 추구하는 것은 더 깊은 회의가 아니라 진리라는 사실이다. 끝없는 진리는 끝없는 진리탐구이다." 시극은 삶에 대한 인간의 존재를 드러내는 작업이며, 한국 시극의 실패와 추구 사이에서 탐구의 가능성이 무한대로 열릴 것이기 때문이다. 그 전말을 재구성해보면 다음과 같다. '시극'이란 장르는 서양에서 집단적이거나 공적으로 존재한 적이 없었다. 그것은 T.S. 엘리엇에 의해 구상되었고 이론화되었으며 추구되었다. 그와 동시대의 몇몇 시인 혹은 극작가들도 엘리엇의 구상에 발맞추어 20세기 전반기에 한때 시극 작품들이 다수 생산되기는 했으나 20세기 후반기로 넘어가면서 급격히 퇴조하였다. 그런데 이 우발적으로 태어나 단명한 서양의 장르가 T.S. 엘리엇이라는 문화 대시인의 광휘에 싸여 한국에 도래하고, 한국의 시인들과 비평가들에게 큰 영감을 주게 된다. 그리하여 1960년대에 한국 시극 운동이 일어나고, 한국시에서 시극에 합당한 실천들을 찾아내 한국 시극의 역사를 구축하는 한편 한국 시극에 대한 이론화를 꾀하게 되고, 작품 생산과 공연에 들어가게 된다.

그러나 시극 이론가 최일수가 증언하듯이 실제적인 작품의 생산은 무참한 실패로 끝나고 만다. 문제는 그럼에도 불구하고 1960년대의 실패에 아랑곳하지 않고 그 이후에도 많은 시인들이 시극에 도전하였고 오늘날에도 그 시도가 끊이지 않고 있다는 것이다. 때문에 우리는 시극이라는 새로운 장르를 한국 문학의 장에서 설정할 수 있다고 생각하며, 그 설정 자체가 한국 문학을 통한 세계문학의 재편성을 향한 자그마한 계기를 이룰 수도 있다고 생각한다.

우선 엘리엇의 첫 번째 전복을 따라서, 이렇게 말할 수 있다. 시극은 시와 극의 결합을 통해서 미적 공간을 입체화한다. 시극은 연극이 중심이 되고 시적인 요소가 부가되는 것이 아니라, 시적인 요소와 극적인 요소가 동시에 발생하며 균형을 가져야 한다. 이 입체화는 그러나 풍요화와는 다르다. 또한 그것이 입체화인 만큼 둘을 하나로 통합하는 것도 아니다. 그것은 오히려 둘의 분할을 명료하게 지킴으로써 각각 상대방의 변동을 초래하고 이는 새로운 미적 공간의 창출을 위해 기능할 수 있어야 한다. 동시에 이러한 미적 공간의 새로운 형성은 미적 실천과 일상적 현실 사이의 새로운 관계를 요구하며, 그 요구는 필경 시극이라는 장르 자체의 존재 양식 안에 수렴되어야 한다. 그것을 요약하면 이렇다.

첫째, 시극은 시를 현실의 일상 세계로 투사하는 실천적 수행이다.

둘째, 시는 현실에 극적 성격을 부여하는데, 그것은 현실에 농축된 사건성을 구축하는 행위이며, 동시에 '극'을 현실과 다른 면폐쇄된 극장에 두지 않고 현실과 통하도록 만드는 행위이다.

이상을 통해서 시와 극의 관계를 상호 변동적으로 설정하는 한편, 이 상호 변동을 문학과 현실 사이의 상호변동으로 연동시켜, 그 연동의 형식을 시극 안에 내장시킨다는 첫 단계 방법론이 구상될 수 있다. 반면 엘리엇을 매번 실패로 몰아넣은 두 번째 단계, 즉 시의 투명화 혹은 시와 극의 혼연일체는 말 그대로 우리 앞에 펼쳐져 있다고 할 수 있다. 그뿐만이 아니라 1960년대 의 열기를 통해 인공적으로 구축된 한국 시극사의 작품들로부터도 새로운 원료들을 추출해 낼 수 있을 것이다. 시극의 이름으로 재전환된 한국의 시들 자체가 아직 정립되지 않은 시극의 자원을 이룰 근거는 무척 명백한 것이다.

따라서 엘리엇의 이론을 바탕으로 시극이 독자나 관객들의 일상과 현실 에 '변화'를 주는 것을 목적으로 이루어진다는 것을 알게 되었다. 시극의 이 러한 기능을 분석할 때 구조주의 비평을 중심으로 밝히고자 한다.

한국 시극의 작품들에 나타난 '공간성'은 작품 안에서 작용하고 있는 시 적 필연성과 극적 필연성, 시간과 배경, 인물의 대화, 갈등 구조, 무대 상황이 해당한다. 시극에 나타난 다양한 '공간성'이 독자나 관객의 현실에 변화를 주고자 하는 것이다.

문학은 언어로 이루어진 예술이다. 언어의 구조와 형태를 분석하는 일은 문학을 이해하고 연구하는 일의 기본이다. 인간은 세계의 혼란 속에서 자신 의 가치와 질서를 찾으려고 한다. 문학은 세계를 대하는 다양한 방식으로 존 재한다. 시극은 시적인 특징과 서사의 극적인 요소를 바탕으로 하고 있다. 문학의 서사를 분석하는 것은 서사의 구조와 언어의 구조를 밀접하게 연관 시켜 파악하는 것이다. 이때 구조주의 비평을 통해 시극의 서사를 깊이 있 게 다룰 수 있다. 시극이 가진 서사의 종류는 다양하지만, 각각의 서사적 특 징과 인물의 성격, 원형적 사건들은 구조주의 비평을 통해서 더욱 심화될 수 있다. 구조주의비평은 다른 작품들과의 연관성과 정치적·개인적 문제 등의 관련을 거시적인 안목으로 분석할 수 있는 특징이 있다.

　구조주의비평 중에서도 롤랑 바르트의 의견을 참고한다. 김치수는 롤랑 바르트의 이론을 해석하며, 작품의 "이야기에는 다층적 체계를 지니고 있으며 그 체계와 분석을 통해 이야기의 의미를 인식할 수 있다"고 했다. 작품이라는 대상은 변화없이 고립되어 있는 것이 아니라, 관객이나 다양한 물리적인 활동을 통해 변화한다는 것이다. 이 글에서 중점을 둔 것은 시극 작품에 나타난 '공간성'이다. 이 공간성은 엘리엇의 '입체성'과도 통한다. 시극 작품은 '공간성'을 통해 다시 분석된다. 대사나 인물의 액션을 통해 다른 공간을 만들어낼 수 있다. 각 작품들이 지닌 시극적 필연성을 통해 일정한 과정이 이루어진다. 예를 들어 인물의 시극적 상황은 '이미지'나 '갈등'이 발생하며 새로운 캐릭터를 생산한다. 또한 작품 안에 한정되어 설정되어 있던 장소나 배경을 포함하던 공간이 새로운 이상적인 공간을 향하기도 한다. 이것은 작품의 문제를 인물이 해결하면서 다른 세계를 제시하는 것과 같은 이치다. 이 방식은 엘리엇이 주장한 시극론과도 연결된다.

　엘리엇이 인식한 시극의 존재론은 이중의 전복적 사유를 통해서 이루어진다는 것을 분석할 수 있다. 전복은 시와 극의 결합을 통해서 미적 공간을 입체화하는 것이다. 그런데 이러한 입체화는 상투적인 기대와는 다른 것이다.

　그러므로 시극의 '공간성'을 분석하는 작업에 구조를 살피는 방법은 필수적이다. 이 연구의 목적은 시극의 다양한 공간을 분석하고 연구하는 것이다. 역사적 공간, 설화적 공간, 현실적 공간의 차이와 특징을 파악해야 한다. 시극 작품의 '공간성'은 실제적인 무대 공간이기보다는 작품 내의 갈등, 시간, 긴장, 상징, 이미지, 인물 등을 말한다. 서사구조와 인물 간의 관계, 인물과 사건의 관계, 작품과 사회와의 관계를 분석하고 밝히기 위해 구조주의 비평은 반드시 필요하다. 구조주의[39]는 하나의 작품이 어떤 의미를 지니는지 분석하는 것이 아니다. 그 작품이 어떤 과정을 통해 탄생되었으며 어떤 위치를 지니는지를 탐색하는 과정이다. 언어와 인물, 사회적 구조와 사건들의 관계는 복잡한 구조로 짜여 있다. 이러한 구조를 파악함으로써 인간의 의식 구조를 밝히고 인간을 둘러싼 사회 구조를 분석할 수 있다. 따라서 시극의 장르적 특징과 미학 구조를 밝혀내는 데 구조주의 비평은 적절하다.

'공간성'을 통해 작품의 형식을 분석하는 것은 체계와 요소를 다루는 것이며, 다른 작품들과의 관계를 파악하는 것이다. 그러므로 구조주의 비평은 단지 독립적인 작품의 내용과 주제를 분석하는 데 머물지 않고, 다른 텍스트와의 비교를 통한 비교문학 비평을 하게 되는 것이다. 무대에 공연된 시극은 문학성과 공연성으로 분리하여 파악할 수 있다. 이 책은 시극 작품이 공연으로 올렸을 때의 성과나 무대 공연 장치와 효과에 대한 연구는 주요

---

39 "구조주의는 1950년와 1960년대 프랑스에서 처음 그 중요성을 입증한 복합적인 사상운동이다. 1960년대 말, 1970년대 초까지 클로드 레비-스트로스, A.J. 그레마스, 롤랑 바르트 같은 사상가들의 작업은 미국과 영국에서, 특히 언어학자와 문학비평가들 사이에서 상당한 영향을 미쳤다. 구조주의의 토대는 여러 군데에 걸쳐 있다. 그것은 언어는 비슷함 혹은 유사성의 체계가 아니라 차이의 체계라는 스위스의 언어학자 페르디낭 드 소쉬르(1857~1913)의 언어 이론을 대부분 기초로 한다. 그것은 또한 러시아형식주의자들의 작업과 블라디미르 프롭의 서사학적 저작, 특히 1928년의 저작『민담형태론』을 바탕으로한다. 현대 사상에 대한 구조주의의 가장 중요한 공헌 중의 하나는 모든 인간 활동은 구축되 있다는, 자연적이거나 본질적이지 않다는 구조주의 자체의 기본 가정이다.(ESSENTIALISM 참조) 레비-스트로스가 이 원리를 문화 분석에 이용했을 때 그는 관습의 체계가 — 예를 들면 어떤 문화에서는 무엇을 어떻게 먹는가, 문화적으로 중요한 스토리가 어떻게 차례가 정해져 이야기되는가, 혹은 친족 관계는 어떻게 만들어지는가 — 그 체계 속에 정렬되어 있는 특정한 내용보다 중요하다는 것을 강조했다. 구조주의자들에게 중요한 것은 조직화의 체계(systern of organizaton) 그 자체이다." 조셉 칠더즈·게리 헨치, 황종연 역,『현대문학·문화비평 용어사전』, 문학동네, 1999, 399쪽.

하게 다루지 않는다.

작가가 표현하고자 했던 의도는 작품의 결과와 일치하지 않는다. 작가의 의도는 그대로 텍스트로 재현되지 않는다. 텍스트는 작가의 의도와 무관하게 독립적인 의미 구조를 지니기도 한다. 따라서 작품 자체가 지니고 있는 의미를 분석하기 위해서 작품 자체를 파악하는 일은 중요하다. 시극 작품의 텍스트는 시적인 구조와 내적 필연성, 시적 대사 연결, 시적 지문 등이 복합적으로 연결되어 있으며 감각과 이미지가 텍스트와 함께 작동되는 장르이다.

작품 내에 드러난 상징과 이미지, 주제, 인물, 시점 등을 통해 작품 자체의 의미를 파악할 수 있다. 그런 점에서 구조적 비평을 통해 언어가 만든 질서와 객관적 실재를 살펴야 한다. 본론서 시극 작품에 나타난 '공간성'에 대해 분석하고자 한다. 이 공간성은 역사적 공간성, 설화적 공간성, 현실적 공간성으로 나누어 연구하고자 한다.

제1부

사극의 역사적 공간

역사적 해석에 따른 창작

역사는 현재의 상황에서 과거를 비추고 미래를 계획한다. 역사는 인류의 창조와 더불어 사회적 현상과 개인적 상황으로 연결된다. 노명식은 "역사의 과정은 선善과 악惡, 의義와 불의不義, 사랑과 미움이 서로 싸우는 과정이다. 인간은 이 과정 속에 태어나서 이 과정 안에서 살다가 죽는다"라고 말한다. 역사와 인간은 평행한 구조를 지니고 있지 않다. 역사와 인간은 서로를 침범하며 대결하고 협력하는 대상으로 인식한다. 인간의 욕망은 세계를 바꾸려고 하고 세계는 다양한 모습으로 인간과 맞선다. 그 과정 속에서 상처와 이념과 이상이 출현한다. 작가는 이런 의식을 포착하여 문학을 창조한다. 작가는 역사와 인간의 세계를 통찰하며 침략하고 분석한다. 작가는 작품을 통해 인간의 가치를 역사와 반역사적인 세계현존하는 세계와 현존하지 않는 세계를 통해서 증명하려고 한다.

아리스토텔레스는 인간의 역사와 문학에 대해 명시하기도 한다. "시인의 임무는 실제로 일어난 일을 이야기하는 데 있는 것이 아니라 일어날 일로 예측되는 일, 즉 개연성 또는 필연성의 법칙에 따라 가능한 일을 이야기하는 데 있다 한다. 아울러 역사가와 시인의 차이점은 한 사람은 실제로 일어난 일을 이야기하고, 다른 한 사람은 일어날 것으로 예측되는 일을 이야기한다는 점에 있다 한다."[1] 따라서 문학은 역사가 지닌 객관성을 넘어 인간의 삶을 재창조하는 것이다. 왜냐하면 일어날 일을 예측하고 일어나야 할 일을 상상하여 물질성을 부여하기 때문이다. 사실적 기록과 증명이 가진 합리성을 바탕으로 문학을 창조하는 일은 사람들에게 개연성과 구체성을 전할 수 있다. 역사를 바탕으로 사람들은 영화나, 소설, 시, 미술, 음악 등 창조적인 결

---

1   한국문학연구회 편, 『다시 읽는 역사문학』, 평민사, 15쪽.

과를 생성한다. 작가는 역사를 작품의 바탕으로 하여, 주관적이고 사소한 개인의 일을 공적이고 사회적인 사건으로 확대할 수 있다. 역사적 배경은 다른 종류의 작품 속 배경과 달리 과거 역사를 비판할 수 있다. 또한 시대에 의문을 제기하고 새로운 길을 모색하게 하며, 반성과 도전을 가능하게 한다. 그렇다면 역사적 사건을 바탕으로 시극을 창조한 경우는 어떤 모습을 지니게 되는 것인가. '역사적 공간'에서 시극은 어떤 구조로 이루어져 있는가. 구체적인 작품에 나타난 공간성을 분석하며 시극적 필연성을 밝히고자 한다.

1. 역사적 사건과 〈오월의 신부〉[1]

황지우[2]는 '광주민주화운동'이라는 역사적 사건을 소재로 시극을 창작했다. 이 작품의 장소는 서울과 광주가 중심이 된 '서울역', '광천동', '황금동'

---

1 황지우의 〈오월의 신부〉 공연 현황

장소	날짜	극장	극단이름
서울	2000.5.18	예술의전당야외무대	극단이다
광주	2005.5.19~20	광주문화예술회관	연희단거리패
서울	2005.5.31	대한극장국립극장	연희단거리패
서울	2005.6.3	하늘극장 마산MBC홀	연희단거리패

본 연구를 위한 텍스트는 황지우의 『오월의 신부』(문학과지성사, 2000)이다. 공연 내용은 다음과 같다. "전남대학교가 5·18주년을 기념으로 광주·마산 MBC와 공동 제작한 〈오월의 신부〉는 지난달 19일 광주 공연을 시작으로 서울·부산·마산 등 전국 4개 도시에서 공연하여 총 8차례의 공연에 총 1만 600명이 관람한 것으로 집계됐다."(『호남매일』 2005.6.7) 보도에 따르면, 이 작품은 4개 도시에서 1만 명 이상의 관객을 동원하였다. 이는 회당 평균 약 1,257명이 관람했다는 것이니 시극으로서는 보기 드물게 상당한 인기를 끈 셈이다. 이상호, 『한국시극사연구』, 국학자료원, 2016, 550쪽.

2 1952년 전남 해남 출생. 본명은 황재우. 서울대학교 미학과와 동대학원 철학과를 졸업했으며 1980년 『중앙일보』 신춘문예에 「연혁(沿革)」이 입선되어 등단했다. 1983년 시집 『새들도 세상을 뜨는구나』로 김수영문학상을 수상했다. 시집으로 『새들도 세상을 뜨는구나』, 『겨울-나무로부터 봄-나무에로』, 『나는 너다』, 『게눈 속의 연꽃』, 『어느 날 나는 흐린 주점에 앉아 있을 거다』, 『오월의 신부』, 『뼈아픈 후회』 등이 있다.

이 있다. 역사적 사건이 있었던 도시를 배경으로 창작된 이 작품은 '역사적 공간'을 통한 시극적 필연성을 가지고 있다. 이런 도시의 풍경은 '황지우의 시세계'에서도 나타난다. 자본주의의 병폐를 비판하고 현실참여적인 문학적 형식과 태도는 시극에서도 이어진다. '도시를 배경으로 한 역사 시극'은 도시인의 삶과 고뇌를 역사적 사건과 함께 다룰 수 있다. 현대인의 상실과 다양한 심리의 형상과 갈등 구조로 이루어진 작품의 구성을 통해 욕망과 권력의 문제, 인간 본성의 문제와 개인과 정치적인 관계까지 다룰 수 있기 때문이다. 작품의 에너지는 시극이라는 형식으로 관객과 독자들에게 의미 있게 다가간다. 척박한 세계에서 인간은 어떻게 문제를 해결하고 어떻게 소멸하고 어떻게 무력한지, 어떻게 살아가느냐에 대한 철학적 질문을 포함하고 있다. 사건을 해결하려는 광주 시민들의 몰락과 죽음, 성장이 없는 인물의 변화, 방법이 없는 도시와 국가의 모습을 상징적으로 보여줌으로써 비참한 인간의 세계를 절실하게 드러내고 있다.

폭력적인 세계에서 살아남은 '장 신부의 반성과 고백'은 근대의 현대성을 자아내며, '정신을 잃은 허인호'의 몰이성은 '살아남은 자'들의 모멸과 슬픔을 보여주고 있다. 그러나 황지우는 인물들의 사회적 실패를 통해 비극성을 전달하고자 한 것이 아니다. 황지우는 개인적 심리에 대한 본질을 탐구하였다. 그것은 도덕심, 죄책감·사랑·배신·미움 등으로 분석할 수 있다. 이러한 인간상의 모습은 새로운 세계를 예감할 수 있다. 작가는 '오월의 신부新婦'라는 제목에서 은유하는 것처럼 같은 시간과 공간에서 '숭고한 타자'를 기다린다. '신부'는 김현식과 강혁이 사랑하는 여인의 '신부'이기도 하고, 5월의 사건을 경험했던 광주 시민들의 평화를 의미하기도 하며, 5월의 시대적 비극성과 '신부새로움을 시작하고 싶은 대상라는 이데아'를 결합한 단어를 대립적으로 만든 것이기도 하다. 인간들은 위기와 고통을 통해 사랑을 확인하고 미래를 상상한다. 더 나은 물질과 정신을 얻기 위해 자신을 기만하고 상대방을 이용한다. 이런 복잡한 인간상을 '이야기'라는 형식, 시극이라는 형식을 통해 발산한다.

이야기, "그것은 말하기라는 인간학의 기본 범주의 해명과 관련되어 있다. 우선, 그 문제는 수다 / 진정한 ― 말의 대립이 근원적인 것인가, 피상적인 것인가라는 문제를 낳고, 말하기 / 행동하기의 관련을 해명하는 문제를 낳고, 정제된 형태의 말하기의 범주 해명이라는 문제를 낳는다. 그다음, 그 문제는 말하는 주체와 말해지는 것, 그 둘을 아우르는 말의 정황들과 관계 규명이라는 문제를 낳고, 말하는 주체에 중요성을 부여한 역사적 정황의 해명이라는 문제를 낳는다".[3] 즉, 황지우의 시극은 대사와 지문이나 음악적 효과를 통해 시성과 극성을 발휘한다. 작품의 주체는 이야기를 전달하는 자가 아니라 시적인 모순과 아이러니를 발생시키며, 시극적인 구성으로 엮여 있다. 먼저 작품의 구성을 살펴보자. 이 작품은 세 가지로 구성되어 있다.

① 성직자와 비성직자의 행위 :

　　장 신부와 허인호의 갈등 → 사람들을 돕고 사람들에게 베푸는 계몽주의적 태도.

② 지식인들의 사랑 관계 :

　　오민정과 김현식과 강혁의 갈등 → 청춘들의 사랑과 이별, 외사랑에 얽힌 사연, 감정을 숨기거나 감정을 억지로 얻으려는 행동. 지식인이라는 범위 안에 있으

3　　김현, 「이야기의 뿌리, 뿌리의 이야기」, 『문학과 사회』 1989년 봄호, 238쪽.

며 서로의 상황을 이해하지만 자신의 고집대로 행동함.

③ 민중들의 생존과 삶 :

이영진, 김광남, 김혜숙, 황금동 건달, 작부들, 양아치들과 구두닦이들, 기타 시민들 → 서로 경쟁하지 않으며 서로의 삶을 이해하고 공유함. 소중한 인물을 위해 희생할 수 있음.

작가는 작품에서 '광주'라는 특정 장소에서 일어난 역사적 사건을 바탕으로 위의 다섯 가지 구성을 통해 입체적인 주제를 이끌어내고 있다. 성聖과 속俗이라는 수직적 관계의 도출을 설명한 이 작품의 해설자는 인물들의 행동과 심리가 인물들의 위치범위를 나타낸다고 증명했다. 둘의 관계는 이분법적으로 분리되어 있는 것이 아니라, 한 인간의 내면과 외면에 복합적으로 자리하고 있다. 이것은 인간의 '변화'에 의한 것이며, 이 변화는 외부의 사건과 선택에 의해서 결정된다. 그러므로 이 둘은 서로 섞여야 하며, 양면적인 모습을 모두 가진 '생명체'가 인간이라는 것을 상기시키고 있다. "또한 성과 속은, 의미와 무의미는 각각 자율적인 성격을 갖고 있어야 한다."[4] 또한 해설의 제목이 '신부神父에서 신부新婦로 가는 길'인 것을 탐구하면, 문장에서 일어나는 리듬과 언어 유희, 중의적인 의미를 예견했다는 것을 알 수 있다. '성과 속'에 대한 본문 내용과 달리, 신부神父는 성직자를 의미하지만 신부新婦는 추상적인 존재를 의미하기 때문이다. '성과 속'은 성직자의 성스러움과 풍속적인 속세의 특징을 일컫지만, 신부神父와 신부新婦의 관계는 현세에서 신과 소통하는 신부대리자와 삶에 대한 기다림과 평화를 줄 수 있는 대상, 극 안에

---

4   황지우, 『오월의 신부』, 문학과지성사, 2000, 223쪽.

서의 김현식과 오민정의 결혼과 사랑, 이상적이고 추상적인 세계나 인물, 심리를 뜻하기 때문이다. 이런 해설의 구조는 황지우 시극의 원초적인 주제의식을 깊이 헤아린 셈이 된다. 이상호는 "그 사건의 아픈 장면들을 들추어내기보다는 그런 참상과 비극이 역사적으로 되풀이되지 않기를 소망하는 의미에서 인간의 밑바닥에 깔려있는 근원적 물음을 예술적으로 형상화"하려는 의지였다고 분석한다.

이 중에서 ①은 성직자와 비성직자의 심리적 차이와 행동의 차이에 따라 갈등을 일으키는 구조를 말한 것이다. '장 신부'는 기도를 통해 신과 인간을 연결해주며 기도 형식을 나누는 사람이다. 장 신부는 허인호에게 열등감을 지니고 있다.

장 신부 아무도 돌아보지 않는 이 버림받은 땅에 찾아와 준 젊은이들이, 처음엔 대견하고 고마웠지요. 허나 차츰 내가 뭔가 밀리고 있다고 느껴졌고, 특히 허인호 이 사람, 이 이는 내가 가고자 하는 길에 언제나 한 발 앞서서 바닥을 쓸어놓고 있는 거예요. 저 사람은 주민들이랑 금방 친해졌고 주민들도 애기들이든 노인이든 모두 그를 따랐습니다. (인호, 어떤 주민에게 해 부죽하게 인사한다) 그는 아무렇게나 하는데도, 내가 오래 기도하고 생각했던 자리에 이미 가 있는 거예요. 이제 말하지만 나는 그 자에게 묘한 도덕적 질투 같은 걸 느꼈습니다.

신부는 성직자로서 만인들을 위해 기도하고 봉사하는 신의 대리자 역할을 하는 인물이다. 그러나 극 속의 '장 신부'는 욕망을 지니고 있다. 사람들 사이에서 리더가 되고 우러러 보일 수 있는 인물이 되고 싶어 한다. 그런데 마을에 새로운 사람이 들어오면서부터 상황이 달라진다. 허인호는 자신보다 사랑과 기도를 먼저 '실천'하고 있었다. 장 신부는 허인호에게 '질투'심을 느끼고 자신의 정체성을 잃어간다. 장 신부는 평범한 신부의 캐릭터를 벗어난다. 허인호가 어려운 시민들을 돕고 삶의 활력을 얻어가면서 장 신부는 자신의 역할이 없어지고 있다고 생각한 것이다. 허인호는 사람들과 지내면서 자신의 '이름'을 불리어지고, 자신을 존중받는다고 생각한다. 이 구조는 성직자와 비성직자의 구분과 차이에 있는 것이 아니라, 타인에게 도움을 주고 타인에게 인정을 받는다는 욕망은 인간의 본성임을 보여주고 있다. 또한 성직자와 비성직자 모두 '집단'의 동조와 공유를 통해 새로운 세상을 만들 수 있다는 '계몽주의'적인 성격이 강하다. 인간의 생활이 바뀌면 삶의 터전도 발전할 수 있다는 의식은 결여된 개인과 사회를 반영한다. 작가는 이 갈등을 플롯의 'A-B-A의 구조'로 설정한다. 20년 전에 일어난 사건을 회상하면서 장 신부와 허인호는 등장한다. 이 A-B-A의 액자식 구조를 통해 인간의 생활은 심리적인 고민과 변화로 바뀌지 않으며, 사회와 정치적인 외부 관계에 의해 억압되고 변형된다는 것을 강조하는 것이다.

②에서는 '김현식'이 서울역, 남대문, 퇴계로 주변의 시위대 상황 속에서 등장한다. 계엄령을 반대하는 '시위대'의 행렬이 '자유'를 외치며 줄지어 있다. 김현식은 민정의 사랑을 받을 자신을 의심하며 "괴로운 청춘"을 코러스를 통해 보여주고 있다. '오민정'은 광주에서 야학을 운영하며 김현식을 그리워한다. 강혁은 오민정과 함께 야학도 운영하며 십만 군중 앞에서 연설을 한다. 강혁은 광주에서 스타 같은 존재다. 하지만 강혁은 잠수함을 타고 광주를 떠날 생각을 하고 있다. 사랑을 받아주지 않던 오민정에게 함께 잠수함을 타고 떠나자고 하지만 거부한다. 강혁은 오민정에게 억지로 사랑을 받고

싫어 무례히게 행동한 경우도 있다. 강혁은 외면적으로 자존감이 높으나 그의 내면은 민정으로 인해 자존심이 하락했다. 강혁은 잠수함을 타고 떠났다가 다시 돌아온다. 김현식은 강혁을 보호하고 시민들을 안정시키고자 강혁의 이름을 빌려 연설문을 쓴다. 광주의 강제 진압이 심각해지자 김현식은 오민정을 지키고 싶어한다. 강혁에게 민정을 맡기며 광주의 안정과 자신의 목숨을 내놓는다. 하지만 민정은 현식의 의도를 알아채고 되돌아온다. 이 세 명의 삼각 구조는 단순한 사랑의 관계가 아니라 시민의 안전과 투쟁을 도우며 살아가던 지식인들의 상황을 그리고 있다. '강제 계엄령'은 사람들을 억압하고 자유를 빼앗아 간다. 시대를 이끌어가고 변화시킬 '청춘' 인물들은 결국 광주의 문제를 해결하지 못하고 죽음을 맞이한다. 작가는 이런 구조를 통해 '사랑'하는 동료와 애인을 구하고 지키는 '순수한 인간'들의 모습을 보여주고 있다. 이들의 사랑은 선과 악을 구별하는 사회의 냉담한 구조와 대립되는 현실을 전하고 있다.

오민정   오빠! 왜 그런 말을 했어? 혁이 형하고 거래하자고 했다며?

현식은 민정을 와락 안는다. 민정은 그의 품에 머리를 파묻고는 억제하려 해도 새어나오는 흐느낌으로 바들바들 경련한다.

위의 지문은 현식이 동료인 강혁에게 민정을 부탁하고 혼자서 남은 상황을 정리하는 상황이다. 그런데 떠났던 민정이 돌아와 현식의 사랑을 느끼고 우는 장면이다. 현식은 사랑하는 사람을 공포와 불안으로부터 지키는 것이 마지막 할 일이라고 생각했다. 민정과 현식은 서로의 슬픔을 나누고 사랑을 공유한다. 이들의 구조를 통해 '현실참여'적인 인물들의 혼란스러운 모습을 보여주고 있다. 이렇듯 삶의 구체성을 통해 역사적인 사건은 독자와 관객들에게 공통된 감정과 개연성을 부여할 수 있다. 인물은 인물을 사랑하면서 서로를 이해하고 서로의 잘못과 실수를 인정한다. 헤겔은 "역사서술은 주관적 측면과 객관적 측면의 통일체이다. 즉 역사는 과거의 사건과 행위의 단순한 기록을 의미하는 것이 아니라 인식주체와 인식대상 사이의 내적인 연관 관계에 의해 구성되는 높은 차원의 질서라는 것이다. 과거의 기억은 단순히 주어진 것이 아니라 그러한 기록이 활동성을 부여하는 배열의 주체가 전제되어야 한다. 따라서 역사의 서술은 그것을 서술하는 주체의 현재성과 긴밀히 결부되어 있는 것이다".[5] 이들은 탄압받는 광주 시민들을 위해 "민주시민학생투쟁위원회"를 이끌고 있다. 오민정은 무대 위에 올라가 연설한다. "열렬하게, 뜨겁게 박수를 보내줍시다! 우리는 끝까지, 마지막 한 사람까지 광주를 지킵시다! 광주! 만세!"라고 외친다.

③의 구성은 작가가 작품 속의 인물을 두 그룹으로 나눈 것 중의 하나이다. ①+②를 한 그룹으로 정하고 ③을 한 그룹으로 정한다. '①+②=지식인'[6]으로 분류할 수 있으며 ③은 민중들로(비지식인)으로 구분한다. ③그룹 인물들의 특징은 노동자이며 가난하다. ①+②그룹처럼 삼각관계가 형성되어 있다. 이영진은 김혜숙을 좋아하지만 김혜숙은 김현식을 좋아한다. 혜숙은 검정고시를 보고 ①+②그룹에 들어가고 싶어한다. 그곳에서 자신

---

5 한국문학연구회 편, 앞의 책, 19쪽.
6 ①+② = 장 신부와 허인호, 오민정, 김현식, 강혁을 지식인 그룹에 둔다. 특히나 허인호는 비지식인에 해당하는 배경을 가지고 있으나 극의 내용을 살펴보면 민중들을 돕고 이끌며 장 신부가 질투할 만큼 시민들을 리드하고 있다. 또한 ①+② = 지역적으로 광천동에 위치하며, ③그룹은 황금동으로 구분할 수 있다.

의 사랑을 이부고 싶어한다. "김혜숙 : 아녜요, 걱정하지 마세요. 검정고시 해서 / 꼭 대학 나와 선생님 계신 곳까지 쫓아가겠어요, 죽는 날까지 선생님 을 / 바라보겠어요. 오늘도 방적기 앞에서 / 끊어진 실을 찾아 잇다가 그 실따 라 / 서울 낯선 거리 걷는 선생님 생각했어요 / 선생님 해진 옷 솔기에서 풀 리는 실밥을요." 공장에서 일하던 혜숙은 지식을 통해 자신의 행복을 성취 하려고 한다. 김광남은 김혜숙의 오빠이자 황금동의 건달이다. "광남 : 앗따, 엄니도, 텔레비 고칠라고 헌당께요. 오늘이 박찬희, 따블유비씨 참피온 2차 방어전"에 관심이 많다. 여기서 '방어전'이라는 단어가 혜숙의 죽음을 알게 된 후, 광남이 행동할 모습을 암시한다.

①+②그룹의 대학생 강학들은 ③그룹에게 이념을 가르친다. 공부를 하 면 ③그룹을 벗어날 수 있으며 노동해방과 개인의 의식을 계몽시키고 있다. "대학생 강학들 : 우리는 그대들을 가르쳤지만 배운 것은 우리들이었습니 다. 노동자의 철학 우리가 그대들에게 진 빚, 그대들에게 돌려주었을 뿐. 그 러므로 여러분의 사상의 뇌성번개로 우렁차게 외치십시오. 노동해방 만세!"

또한 ①+②그룹은 어떤 상황에서 ③그룹에게 실수를 하기도 한다. 장 신부는 헌혈을 하러 온 작부들을 상처를 준다. "황금동 작부들 : 옴매, 우 리가 머하고 있당가? / 큼메 피 부족하다고 해서 피 빼러 왔는디 / 애 말이 요, 피, 엇서 빼요? / 영진이 나서려는 것을 저지하는 장 신부 : 저 사람들 피 는⋯⋯? / 그래, 우리들 피가 어때서요? 아하, 신부님이시마안? 신부님, 우 리가 냄비들이다, 이거지라우?" 죽어가는 사람들을 위해 헌혈을 하러 온 작부들은 그들의 피가 다른 사람들과 피와 다르다는 차별을 받는다. '피'는 사람을 구분하고 출생과 신분을 구별하지만 살아 있는 사람들이 공통적으 로 가지고 있는 것이다. 작부들의 헌혈 행동은 헌신과 도움의 상징하며 그들의 행동은 외면당한다.

③그룹의 인물들은 '민중'에 속한다. 황지우는 1985년 『동아일보』에 이런 글을 쓴다. "지금은 영웅시대가 아니라 민중의 시대. 좀 더 정확히 말한다면 '민중'의 시대이다. '민중'의 시대라고 말하는 것은, 지금의 시대가 반민중적反民衆的이라는 의미의 울림을 안으로 준다. 즉 민중이 이 시대의 주체이자 객체라는 것이 많이 요구되고 있는 시대에 우리는 살고 있다."[7] 작가는 80년대의 혼란스럽고 비참한 시대를 통과해왔다. 작가의 현실 경험과 문학적 경험은 그의 사유를 더 단단하게 만들었다. 문학은 현실을 반영하는 것이지만 해결책을 알려주는 방법론이 아니다. 작품을 통해 독자나 관객이 현실을 극복하고 더 나은 세계를 나아갈 수 있도록 만드는 것이 작가의 역할이다. 황지우는 이 점을 통찰하며 시극을 썼으며 구체적인 광주 시민들의 역사적 삶과 문학성에 집중한 것이다.

③의 인물들은 사회적 약자이며 '가난'은 이들의 자존감을 떨어트리고 힘든 생활을 유지하게 만든다. 〈오월의 신부〉 실제 공연은 "내용은 거의 다큐멘터리 수준이라 해도 과언이 아닐 정도로 광주민주화운동의 실상을 상당히 적나라하게 묘사했다. 특히 작품 중간 중간에 당시의 참혹한 사진을 삽입하여 사실성을 높이도록 구성한 것만 보더라도 작자의 의도가 매우 뚜렷하게 드러난다."이상호 아래의 글은 극의 인물 중 당시 광주 시민을 재현하는 구두닦이 소년의 대사이다. "바리게이트 너머로 날이 저물 때" 계엄으로 갇힌 광주는 큰 희생에 직면해 있었다. 죽음과 공포로 하루하루를 살던 민중들은 "침 퇴퇴 발라 솔질했던 구두처럼" 성실하게 살던 과거를 그리워한다. 시대

---

7   황지우, 『사람과 사람 사이의 신호』, 한마당, 1993, 206쪽.

적 '난관' 앞에서 쓰러져 아직도 숨 쉬고 있는 작은 '소리'들은 슬픈 시대를 상징하고 있다.

> 소년　　바리게이트 너머로 날이 저물 때 나는 배고파요
> 　　　　내가 닦았던 구두들이 지나다닌 이 거리,
> 　　　　**내가 침 퇴퇴 발라 솔질했던 구두처럼** 광 났지요
> 　　　　이젠 날 저물고, 광천동 다리 건너간 자전거 한 대
> 　　　　난간 앞에 쓰러져 아직도 돌고 있는 바퀴살 소리

　소년의 이러한 대사는 관객들과 독자들에게 슬픔을 넘어 분노를 일으킨다. 잔인한 학살은 민중들에게 모든 죄를 씌우는 상황을 연출한다. 피해자들은 모든 죄를 일으킨 폭도가 된다. 광주의 비극은 민중들의 목숨을 이용했다는 측면에서 더욱 참담하다. "김현식 : 우리 시민과 이번 항쟁은 더럽게 왜곡될 게 뻔해. 아까『뉴욕타임즈』기자가 넌지시 말해주드라, 미항공모함이 오끼니와에서 부산으로 오고 있다고, 오판해선 안 돼. 항공모함은 광주로 오는 것이 아니라 평양을 겨냥하는 것이겠지. 미국은 신군부 독버섯이 자라도록 우산을 씌워주고 있어. 신군부가 생각보다 오래 간다는 뜻이지." '김현식'의 대사를 통해 황지우는 역사적 상황을 간접적으로 묘사하고 있다. 얼마 전 블루스 커밍스는 광주민주화운동에 대한 입장을 표명했다. "광주항쟁은 1989년 6월 발생한 중국의 톈안먼 사태와 흡사하다. 광주항쟁은 1980년 군사독재에 대항하여 광범위한 저항을 만들어냈고, 1990년 한국사회가 이룩한 민주화의 길을 닦았다."[8] 광주의 역사는 가해자들의 권력으로 진실을 잃고 사실이 곡해되었던 시대였다. 황석영이나 블루스 커밍스는 30년 이상이 지난

현대에 광주의 역사를 밝히고 그 가치를 밝히기 위해 노력했다. 블루스 커밍스는 광주 시민의 희생이 절망적이지만 민주주의를 얻는 데 가치 있는 생명을 부여했다고 한다. 그러니 후세는 그들의 희생과 가치를 위해 '문학의 진실'을 드러내야 하는 것이다. 또한 이러한 민중을 위한 문학은 편협적이고 관념적인 태도를 벗어나야 한다. 사회와 정치의 변천을 따라 '민중'은 실체가 아니며 "변증적인 인간의 삶"[9]을 가능하게 해야 한다는 것이다. 이에 황지우의 문학적 태도가 체계적으로 형성되고 있다. 아래의 예시는 민중의 학살을 쉽게 자행하는 가해자들의 행위를 사실적으로 그려내는 글이다. '코러스'는 여성의 가슴을 칼로 자르는 행위를 "음산한 기계웃음"과 함께 비극적으로 보여주고 있다.

코러스   벗긴다! 옷을 벗긴다! 대검으로 옷을 찢어 벗긴다! 대검으로 유방을 긋고 찌르고 짓이긴다!

음산한 기계웃음   <u>으흐흐흐흐</u>, 내가 이 대검으로 베트남에서 여자 유방만 40개 딴 사람이야!

---

8   광주민주화운동기념사업회 편, 『죽음을 넘어 시대의 어둠을 넘어』, 창비, 2017, 15쪽.

9   "특히 유의하는 것은 문학이나 사회가 결코 불변적이고 초역사적인 실체가 아니라는 점이다. 사회의 끊임없는 변천과 더불어 문학도 그에 상응하는 변화를 겪으며 그것과 역동적인 상관관계를 맺는 것이다. 그렇기 때문에 문학이 일상적 삶과 불가분의 관계에 있다고 주장하면서도 문학과 무관한 자리에서 그것의 변모를 암암리에 상정하는, 그리고는 그 같은 변모를 문학이 자동적으로 담지할 수 있다는 믿음을 그는 관념적 실체주의로 배격한다. 문학과 사회에 대한 상당히 유사한 관점을 공유하면서도 정과리가 민중문학론을 통렬히 비판하는 한 근거도 여기에 있다. 역사 발전의 선험적인 합법칙성을 설정하고 그것을 담아내는 문학만이 의미가 있다는 주장이나 '존재론적 결단을 통해' 전문 문인의 언어와 지식이 민중의 그것으로 단번에 전이될 수 있다는 인식은 문학과 사회의 역동적이며 변증적인 관계 양상을 간과한 정태주의적 사고방식인 것으로 비판된다." 신문수, 「열림의 세계로 나아가기 위한 비평」, 『문학과사회』 1989년 봄호, 223~234쪽.

2. 시극의 필연적 특징 분석

1) 시극적 상황 - 시적 대사와 캐릭터 제시

시극은 시적인 지문이나 대사만으로 이루어지지 않는다. 시적인 대화나 극적인 무대 장치를 부분적으로 표현한다고 해서 시극이 되는 것도 아니다. 〈오월의 신부〉는 전체적인 구성 안에서 "필연적인 상황"[10]을 만들고 있다. 이 상황에서 인물들의 갈등을 일어나고, 갈등을 통한 시적 대사가 형성된다. 시극적 상황은 지문, 음악, 춤을 통해 시극적 완성도를 향하고 있다. 최일수는 '시극'이란 장르가 종합예술적 성격을 지니고 있다는 점을 논거했다. 시극은 단순히 시적인 것과 극적인 것의 결합만으로 설명하기엔 부족하다. 그는 "만일에 부분적인 것이 아니고 전부가 시로된 극이라고 할 것 같으면 이미 극도 극시도 아닌 그거야말로 시극이 된다"[11]고 말했다. 즉, 한 편의 시극은 한 편의 시이며, 그것을 극이라는 형식을 통해 무대에서 완성하는 것이다. 황지우 시극의 특징을 분석하려면 첫째, 사건과 배경, 인물 간의 시극적 상황을 분석해야 한다. 둘째, 시극적 상황을 통해 대사와 무대를 연출하며, 새로운 캐릭터를 창출할 수 있어야 한다.

이 작품의 시극적 상황은 다섯 가지가 있다. ① 폭력으로 진압하는 정부와 죽어가는 민중의 모습. ② 비참한 역사적 상황 속에서도 꿈과 사랑을 이뤄나

10　"시극이란 개성적인 예술이기보다는 상황의 예술이다. 인생의 어떤 의미를 찾고 인간성의 세계만을 더듬는 관조나 인생파의 예술이 아니라, 인간사회의 정의와 불의, 존재와 허무, 자유와 독재, 평화와 전쟁, 이러한 정반대의 이질적인 요소가 동시에 제시되고 있는 모순의 극한점에서 정의와 존재와 자유와 평화 그리고 내일을 역사적으로 약속받는 이러한 필연적이고 특수한 상황이 시극의 세계가 된다." 최일수, 앞의 책, 414쪽.

11　위의 책, 379쪽.

가는 인물들. ③ 김현식이 되돌아온 강혁에게 오민정을 부탁하며 보내는 내적 갈등. ④ 장 신부와 허인호의 관계; 자신보다 사랑과 봉사를 실천하는 허인호를 질투하던 장 신부, 하지만 허인호는 끝내 신부가 탈출하여 광천동을 지켜줄 것을 부탁. 광천동의 시민들을 걱정함. 그 후에 신부가 20년 동안 정신병에 걸린 허인호를 돌봄. ⑤ TNT 뇌관을 뽑을지 말지 고민하던 사람들 틈에서 다수의 생명을 생각하며 허인호가 TNT 뇌관을 없앰. 이 외에도 시극적 상황은 있다. 이러한 시극적 상황이 시적 대사와 새로운 캐릭터를 어떻게 제시하는지 연구하기 위해 예시로 '허인호'를 중심으로 일어난 시극적 상황을 분석한다.

허인호의 시극적 상황

허인호의 아버지는 고아원을 했다. 허인호는 자라면서 고아들과 친했고 가난하고 약한 사람들을 돕는 일이 익숙하다. 장 신부가 주임으로 있는 성당에서 친구들과 야학을 운영하고 있으며 빈민 운동가이다. 한쪽 다리를 절고 있으며 어릴 때 "찐따, 짤래"라고 놀림 받기도 했다. 허인호는 광천동 시민들을 위해 노력하면서 자신의 정체성을 찾아간다. 그러나 정치적 압력에 시민들은 죽어가고 허인호가 꿈꾸던 장소는 사라지기 시작한다. 허인호는 이 작품의 중심인물처럼 보이는 오민정, 강혁, 김현식과는 다른 생각을 가지고 있다. 허인호는 싸움, 승리, 해방이라는 이념보다 민중들의 생명을 최우선으로 생각한다. 이러한 행적은 그의 구체적인 행동을 통해 알 수 있다. 예를 들어 폐품을 모아 돈을 모으고 통장을 나눠주기도 한다. 영수나 혜숙이 죽었을 때 위로하는 행동, 도청 지하실 TNT 화약고에서 뇌관을 뽑아버린다든지 하는 등의 행동은 허인호가 함께 살아온 마을 사람들과 장소에 대한 애착을 확인할 수 있는 대목이다. 그래서 강제 진압은 허인호의 모든 것을 앗아가는 행위였다.

허인호의 상황은 '광주 시민들의 상황'을 대변하고 있다. 허인호의 행위에 도움을 받고 죄책감을 받은 장 신부는 심리적 갈등과 변화를 겪는다. 주변 인물에 변화와 영향을 주는 인물의 상황은 시극의 완성도를 높일 수 있다. 같이 일하던 동료들의 죽음은 허인호의 정신을 모두 잃게 만든다. 정신을 잃고 미쳐버린 허인호가 정신병원에서 나체로 있는 모습은, 삶의 모든 것을 버리고 '자유'를 얻고 싶은 몸짓으로 표현된다. 그러니 황지우는 이 작품을 통해 정신이 이상해진 인간의 비극적인 상황을 보여주고 싶은 게 아니라, 이 세계로부터 절규하는 인간의 '자유의식'에 대해 보여주고 싶은 것이다. 이 '자유'는 황지우가 지문에서 무대 설명을 할 때 반복적으로 썼던 "추상적인 질감"의 '추상'이다. '자유'는 곧 황지우가 추구하는 이상세계이다.

또한 죄책감 때문에 고통을 받고 본성을 드러내기도 하는 '장 신부'의 캐릭터를 탄생케 한다. 이 작품에 등장하는 인물 중에서 고난을 극복하고 성장하는 인물은 없다. 이 작품은 비극적인 결말로 끝난다. 그러나 장 신부는 유일하게 신부라는 고정관념을 깨며, 타인을 미워하고 질투하기도 한 자신을 인정하게 된다. 허인호의 대사 중 "사람은 죽지" 않는다는 표현은 '사람은 끝나지 않는다'로 해석할 수 있다. 그렇다면 어떻게 '허인호'라는 인물의 시극적 상황을 통해 대사와 캐릭터가 연결되는지 아래를 통해 알 수 있다.

시적 대사

①

허인호　　광천동 아침 똥바다, 아그들이랑 빗자루 들고
　　　　　우리, 세상의 가장 낮은 나라 노저어 가지요.

이 길 다 쓸면 저 검은 광천, 흰 극락강 되겠죠

가난한 사람들은 자신들을 자신이 좋아하지 못해요.

누구보다도 자기가 자기를 무시하죠. 광천光川 똥바다!

제 자리에 똥 싸놓고 뭉게고 앉은 삶이라니까요.

②

허인호   신부님, 도와주십시오. 저의 짐을 덜어주셔요. 참말로 괴롭습니다.

              사실은 다이나마이트 뇌관은 제가 뽑아부렀습니다.

장 신부   (잠시 말을 잃고) 뭐라고요?…… 잘, 잘, 했어요……. 무고한 시민의

              목숨을 구했어요.

(…중략…)

장 신부   나는 빈자들의 낙원을 꿈꿨는데 인호 형제는 그 낙원 속에서 이미

              그들과 함께 있었어요.

허인호   앗따, 참말로 전 암것도 몰라요오. 나는 헌 것도 없어요오.

새로운 캐릭터 제시

① 추상적인 캐릭터 제시 : 인간이 세계의 제도와 억압에 고통을 겪고 극복하는 의지는 '자유'에서 비롯된다. '자유'는 인간의 가장 본질적인 진실이다.

② 구체적인 인물 캐릭터 제시 : '장 신부'는 유일하게 정상으로 '살아남은 자'이다. 극 속의 인물들은 모두 죽고 장 신부는 미쳐버린 허인호를 돌본다. '살아남은 자'는 문제를 해결하고, 다시 시작할 기회가 있다. 장 신부는 성자로서 부끄러운 행동을 했다. 자신의 죄책감과 후회로 아픈 허인호를 돌본다. 허인호를 돌보는 것은 아픈 대상을 돌보는 주체의 행위로 대체된다. 황지우

는 작품 안의 '상 신부'의 상황과 허인호의 상황이 대립적인 문제를 일으키도록 설정했으며, 민중들의 삶과 가치를 표명하고 싶은 의도이기도 하다.

2) 청각적 표현 – 코러스, 음악, 기계음

시극은 감각적인 형식을 지니고 있다. 그중에서도 특히 청각은 관객과 독자들의 상상을 자극하고 상황을 판단하게 한다. "소리에 대한 연출"[12]은 앞으로 일어날 일을 예상하거나 일어났던 일에 효과를 증폭시킨다. 또한 인물의 대사에 효과음을 넣어 이미지를 연상하게 할 수도 있다. 이 작품에서는 '코러스'의 역할이 중요하다. 인물들이 할 수 없는 대사들을 코러스가 노래나 대사로 하기도 한다. '코러스'는 자주 등장한다. 인물들이 코러스를 하는 경우도 있고, 다른 배우들이 등장하여 코러스의 방식으로 말하는 경우도 있으며, 기계음으로 코러스의 소리만 내기도 한다. 작가는 '코러스'뿐만 아니라 클래식 악기의 클라리넷 소리와 아리랑 노래, 락비트, 기계음도 섞어서 표현했다. 이 작품은 원래 "뮤지컬의 형식을 띠려고 했다가 시극으로 바꾼 것이기에"이상호,543쪽 음악적 성격이 강하다.

① 코러스　　계엄, 해제 계엄 해제

　　　　　　○○○○○○○○○○

　　　　　　어둠이여 물러가라

　　　　　　계엄해제 계엄해제 (화성적 레시터티브＆함성, 겹침)

12　"극에 사용되는 모든 소리에 대한 연출이 중요하다. 좁게는 배우의 음성을 제외한 모든 소리에 대한 처리를 말한다. '음악'이란 연극의 필수적인 일부분으로서의 음악을 말한다." 김익두, 『연극개론』, 한국문화사, 1997, 34쪽.

이 작품의 첫 장소는 '서울' 역이다. 서울역 주변으로 퇴계로 남대문까지 시위대의 행렬이 가득하다. 위의 코러스는 광주의 상황을 반대하고 사회에 저항하는 시민들의 목소리를 대변하고 있다.

② 금남로의 시위군중; 변주된 아리랑

코러스　　우리 누이 부끄러운 젖가슴.

호으음으응음; 그 순수의 꽃망울 내놓아라

넘어갔나, 어디로 넘어갔나; 가죽 벗긴 짐승처럼 끌려간 내 형제들,

트럭에 실려간 목숨들 내놓아라!

광주의 진압은 인간적인 수준을 포기했다. 시민들을 함부로 죽이고 '여자들의 젖가슴을 자른'다. 이들은 인간의 모습을 잃고 가해자들의 기계일 뿐이다. 코러스와 지문은 당시 진압의 구체적인 모습을 보여주고 있다.

③ 코러스 A　　돌아가!

코러스 B　　안돼! 돌아가면 끝장이야!

코러스 A　　저지선을 넘으면 함정이야! 돌아가야 해!

코러스 B　　돌아가도 함정이 있어! 돌아가면 못 나와!

코러스 A　　아냐, 돌아가야 명분이 생겨! 저놈들은 혼란을 기다리고 있어.

진압대는 시위대의 저항을 불러일으킨다. 살인과 폭력에 대응하는 무기와 전진은 적들에게 유리한 방식을 안겨주는 셈이다. 적들은 "혼란을 기다리고 있"고, 민중들을 '폭도'로 몰고 싶기 때문에 폭력의 상황은 심각해진

다. 진압대는 시위대가 "저지선"을 넘기를 바라고 있다. 그 이유는 진압대가 만들어 놓은 "함정"이기 때문이다. 한쪽의 일방적인 진압이 아니라 상대가 서로 같이 폭력을 행했다는 증거를 확보하기 위함이다. 그래서 '코러스'들은 시위대가 자리로 돌아갈지 앞으로 더 나아가 싸울지 고민하는 모습을 담고 있다.

3) 시각적 표현 – 조명, 지문, 그림, 인형표현, 춤

시극에서 시각적 표현은 "무대의 장치와 이미지"[13]를 보여주는 데 중요하다. 독자나 관객은 시각적 이미지를 통해 시극적 정황을 알 수 있다. 시각적 표현이란, 인물들의 의상과 걸음걸이, 얼굴 분장, 무대 위의 건물이나 나무, 강이나 산의 구체적인 배경을 뜻한다. 그러나 황지우는 '추상적인' 느낌과 '서정적인' 분위기, '신화적인' 느낌을 연출하기를 지시문에 썼다. 이유는 이 극이 희곡적 요소보다 시극적 완성도를 지향하기 때문이다. 아래의 지문은 "시체를 군용당까에 내던지는 장면"을 그림자극이나 인형극으로 표현하기를 원하는 지문이다. 또한 ②의 주요무대인 광천동의 모습을 "추상적인 질감"으로 표현하고자 하는 것은, 이 현실을 통해 실제적 공감보다는 아득함, 감성을 공감할 수 있도록 하기 위함이다. 황지우는 무대의 시각적 표현을 통해 광주의 비극적 상황을 미학적으로 구성하려고 한다.

① 시체를 군용당까에 대던지는 장면 따위는 그림자 극, 혹은 인형극으로 표현 그

---

13 "무대에서 조명은 보여주어야 할 것과 보여주지 말아야 할 것을 구분하며, 집중도를 높일 수 있다. 장치란 공연공간을 규정하고 거기에 어떤 구체적인 성격을 부여하는 작업을 말할 수 있다. 이 작품에서는 무대 장치에 다양한 방식을 적용했다." 위의 책, 34쪽.

리고 지극히 서정적인 선율의 기악(클라리넷과 신서사이저)만 흐르고

②지문 : 가난한 낙원의 축일

무대는 전형적인 도시 변두리 슬럼, 그러나 추상적인 질감으로 처리되어야 한다. 광천동을 구성하는 주요한 무대와 개념은 이 빈민촌을 안고 흐르는 검은 강 광천,

③춤 – 2부 : 징헌 사랑

해방광주의 장면은 분수대의 원의 상징성을 핵심 개념으로 하는, 자유롭되 약간 무질서한 춤으로 표현된다. 무대는 모든 것이 물러간 태초의 텅 빈 공간, 태오의 원시성이 풍기는 추상적 질감의 배경.

(…중략…)

이러한 제천 의식을 받쳐주고 있는 것이, '열흘간의 광주'를 결속시켜 주었던 '밥과 피의 공동체'였다. 음악은 판소리풍의 국악과의 ROCKFUSION으로 무지무지하게 흥겨운 해방춤판을 깔아주었으면 좋겠다.

조명 들어오기 전부터 웃음소리와 흥겨운 코러스

오매 오매 좋은 거!

이렇게 좋을 수가!

오매 오매 이렇게 시원한 거!

이렇게 개안할 수가!

한 세상 물러가니 요렇게 좋으까!

그 세상에서 어뜨께 살았능가 물라아?

그 세상 텅빙께 요렇게 좋은 것을!

무대의 시각적 표현 중에서 ③에 해당하는 장면은 비극적 '카타르시스'를

느끼게 해주는 장면이다. 춤을 통해 흥겨워진 코러스가 "오매 오매 좋은" 순간을 맞이한다. 세상이 억압하는 정치와 제도는 인간을 불행하게 한다. "춤"이라는 시각적 즐거움과 인간의 보편적 정서를 함의한다. 특히 판소리풍의 음악과 락의 조합은 동양과 서양의 결합, 선과 악의 이분법적 세계의 혼합을 의미한다. 춤판은 인간 본성이 지니고 있는 '자유'이며 본질이다. 이 같은 작가의 의도는 아리스토텔레스의 이론에서 찾아볼 수 있다. "그의 고전적인 견해에서 역사는 증거물들 속에서 이야기를 구성하지만 문학은 일어날 만한 사건의 이미지를 만드는 허구라는 인식을 엿볼 수 있었다. 아울러 아리스토텔레스의 견해에서 우리가 읽을 수 있는 또 하나의 관점은 역사가 개별성을 추구하는 반면에 문학은 보편성을 추구한다는 것이다."[14] 즉, 황지우는 무대의 시각적 이미지를 통해 개인의 경험과 작품을 객관화시키며 '축제' 형식으로 보여주고자 한 것이며, 역사적인 사건을 "시극 형식으로 창작하면서"[15] 시대의 상처와 기억이 문학을 통해 극복되기를 의도한 것이다.

---

14 한국문학연구회 편, 앞의 책, 15쪽.
15 "문학은 혁명에 관여하는 것이 아니라 그것의 조짐에 관여한다. 그리고 문학의 반혁명에 관여하는 것이 아니라 그것의 상처에 관여한다. 문학은 징후이지 진단이 아니다. 좀 더 정확히 말해서 징후의 의사소통이다. 작가는 독자로 하여금 그 징후를 예시 받을 수 있게 하는 것으로 그쳐야 한다. 그래서 독자가 단순히 읽는 것이 아니라 그 징후의 내적 의미를 '자발적'으로, 해석하고 재구성할 수 있게 해야 한다. 바로 이것이 해방을 예시하는 방식이다." 황지우, 『사람과 사람 사이의 신호』, 한마당, 1993, 25쪽.

3. 세대 갈등과 폭력성

황지우의 <오월의 신부>와 박아지의 <아버지와 딸>

〈오월의 신부〉는 역사적 사건을 시극으로 만든 창작물이다. 단편적인 역사의 면모와 결과만을 보여주는 것이 아니라, 역사적 인간이란 주체가 시간의 순서로 이끌어가며, 거기서 발생하는 사건과 진행을 그대로 연결시키는 점을 가지고 있다. 이 과정에서 후세들은 전 세대들의 과제와 상처를 고스란히 받아야 하는 수용적 입장이 된다. 그러나 젊은 지식인들은 수용적인 태도보다는 역사에 저항하고 정부의 체제에 반란을 일으켰다. 납득이 되지 않는 탄압은 생명을 희생하면서까지 물리쳤고, 그 결과 빚어지는 갈등과 문제들을 해결하려고 전진했다. 이 극에서 '김현식'과 '오민정'은 부모라는 기성세대가 넘겨주는 시대적 강압을 거부했다. '가족'이란 체제 안에서 부모의 가치관을 거부한 행동은 비극적 운명과 슬픔을 자아낸다. 이러한 극적 슬픔은 박아지[16]의 작품 〈아버지와 딸〉[17]에서 연구해 볼 수 있다. 두 작품에서 부모와 자식이 갖는 시대적 가치관의 차이와 갈등에 대해 비교해 볼 수 있다. 박아지의 어머니와 딸은 "1937년 벽두에 발표된다".[18] 물질과 풍요를 추구하는 어머니와 인간의 존재 가치를 추구하는 딸의 갈등이 주된 사건이다. 이 부분은 〈오월의 신부〉와 겹치는 부분이다. 이 이야기는 외조부와 어머니와

---

16 시인, 희곡작가. 1905년 함경북도 명천 출생. 도쿄 도요대학에서 수학했다. 1926년 대학을 중퇴하고 귀국한 뒤 카프에 가담했다. 1927년 동인지 『습작시대』에 시 「흰나라」를 발표하며 등단했으며, 소년 잡지 『별나라』 편집 동인으로 활동했다. 시집으로 『심화』, 『종다리』 등을 출간했다. 해방 이후에는 조선문학가동맹 중앙위원을 역임했으며 1946년 월북했다.

17 박아지, 『종다리』, 글로벌콘텐츠, 2015, 99~193쪽.

18 이상호, 앞의 책, 134쪽.

옥이에 대한 역사적 흐름을 다루고 있다. 대화를 통해 각 세대의 특징을 잘 구현하고 있다. '외조부'는 족보를 맡길 양자가 필요하다. 딸에게 돈을 요구하자 실패한다. 외조부는 족보를 태워버리며 위압적인 행동을 보인다. 이 시극의 '어머니'는 어떠한가. 어머니는 신분의 명예를 지키기 위해 다른 남자와 결혼하지 않는다. 어머니를 지켜준 것은 돈과 재물이다. 옥이는 이러한 어머니를 이해하지 못하고 어머니와 결별한다. 그리고 사랑을 택한다. 농민운동가 임호는 옥이가 추구하는 세계로 나아가기를 원한다. 그것은 물질적 풍요가 아니라 정신적 풍요를 의미한다.

　그러나 이 작품에서 객관적인 입장을 취하는 것은 옥이의 오빠 '김구'이다. 김구는 다른 여자가 생겨 떠난 아버지를 따라 집을 나간다. 그러나 아버지가 사업에 실패하고 여자作은 엄마도 나가자 친모의 집으로 온다. 친모는 김구를 맞이하지만 김구에게 서운한 마음을 가지고 있다. 모든 것을 잃은 옥이의 아버지가 집으로 오자 옥이의 어머니는 매몰차게 버린다. 김구는 아버지의 잘못을 인정하면서도 어머니의 편에도 서지 않는다. '임호'와 친구인 '김구'는 옥이에게 어머니의 삶을 이해시키고 새로운 세계가 올 것을 설명한다.

　　김　　　　　(옥이 어깨에 손을 얹으며 곁에 앉아서)

　　　　　　　　옥이야! 어머니는 위대하셨다

　　　　　　　　무정도 잔인도 아니다

　　　　　　　　우리 어머니는 참으로 위대하셨다

　　　　　　　　(…중략…)

　　　　　　　　우리들이 우리들의 시대를 호흡하려는 것과 같이

　　　　　　　　어머니는 어머니의 시대를 찾으려 한 것이다

할아버지의 시대를 위하여 끝끝내 희생되지 않는 것은

너무나 훌륭한 승리다. 빛나는 명예다[19]

옥이의 오빠 '김구의 태도'는 어머니와 아버지의 입장, 양쪽의 상처를 모두 이해한다. 그러나 어머니 곁에 있는 옥이도 떠날 것을 권유한다. 김구는 입장이 다른 어머니 아버지를 벗어나 새로운 길을 걷고 있다. 옥이는 어머니를 떠나는 것을 두려워한다. 갈등하던 옥이는 임호에게 간다. 결국 이 시극은 3세대에 걸친 갈등의 이야기이다. 3막으로 구성되어 있으며 옛말의 어투를 사용하고 있다. 문장이 길고 시조 형식을 띠고 있으며, 중간중간에 행동지시문은 빈번하지 않으며, 풍경을 묘사하는 부분과 심리를 묘사하는 부분이 길다. 이러한 시극은 "서사시극의 대화 구조로 수렴되며 완성된 꼴을 갖추"[20]었다고 볼 수 있다. 1937년 일제 강점기 시대에 이러한 시대적 갈등과 첨예한 글쓰기를 한 박아지의 시극은 완성도가 있다. 박아지가 "고향 개성에 머물며 460여 수의 시조를 창작"한 결과에서도 그의 문학 세계를 짐작해 볼 수 있다. 박아지는 외조부와 어머니, 아버지, 김구, 옥이가 선택한 삶의 길을 모두 그리고 있다. 그리고 항상 부모 세대의 바람을 거부하고 자신의 인생을 선택했다는 점에서 〈오월의 신부〉와 공통점을 찾아 볼 수 있다. 그렇다면 박아지나 황지우는 왜 기성 세대를 거부하는 젊은이들의 방황과 상처를 그리면서도, 결국 인물들이 다른 길을 모색하게 만든 것일까? 이 문제는 이 시극들의 핵심을 건드리고 있다.

---

19   박아지, 앞의 책, 149~150쪽.

20   강영미, 「박아지의 시론과 시 양식의 특징」, 『우리어문연구』 제44권 44호, 우리어문학회, 2012, 468쪽.

김현식	난, 민정이 니가 나한테 너무 컸어. 니 마음을 내가 받을 자격이 있
	나 항상 망설여졌지.
오민정	오빠! 혁이 형이 오빠 비난할 때마다 내가 말했어요. 김현식을 우리
	가 이해해야 한다고 말야. 남로당 도당 위원장이었던 아버지 아래
	풍지박살난 집의 아들이 그럼 어떡해야것냐고오… 혁이 형이라면
	전면에 나설 수 있것냐아…
김현식	……
오민정	미안해, 오빠.
김현식	……(한숨)
	넌, 니 아버지. …니 안에서 인자 괜찮아졌어?
오민정	……

(갑자기 호호호, 웃음)

참, 기구하다, 기구해. 왜 이렇게 됐을까아?

어느 삼류 작가가 하필이면 오빠하고 나를, 이렇게 만나게 해놓았을까요오?

위의 예시는 김현식과 오민정이 각자 부모에 의해 모멸감을 느끼고 벗어
나고 싶어 했던 "기구한" 심정을 이해하는 장면이다. "우리가 이해해야" 하
는 일은 우리 부모와의 문제만이 아니다. 광주라는 도시를 강압적으로 고립
시키고 학살하고, 문제를 일으킨 폭군으로 만들어버리는 세상에서 극적 인
물들은 소통이 되지 않는 부모를 원망한다. 소통이 되지 않고 회피하고 싶은
부모들은 기성 세대가 폭력적으로 만들어 놓은 현대를 상징한다. 박아지와
황지우는 생각이 다르고 삶의 방식도 다른 부모와 자녀의 대립을 통해 세대
간의 불행, 사회와 개인의 폭력적인 구조를 드러내고 있다. 박아지나 황지우

는 이런 미학적 구조를 통해 역사적 비극성에 개연성을 더하고 있다. 일제강점기와 광주민주화운동은 강압적인 지배와 폭력적인 시대라는 점에서 공통점을 지니고 있다.

이렇듯 황지우 시극 작품의 배경이 되고 있는 '도시의 비극성'을 통해, 시인의 비극적 세계관을 알 수 있다. 우찬제는 "자기 세계와 화해할 수 없는 타고난 시인이었기에, 그는 결코 세상과 자연을 섣불리 예찬할 수 없었다. 서정적 자아와 세계가 어우러져 서정적 동일성을 이룰 의미론적 내포를 발견하기 어려웠기에, 시인은 세계를 통해서 혹은 세계와 대결하여, 세계를 탈출하고 동시에 자아를 넘어서야 했다. 자아와 세계가 서로 상충하고 갈등하면서 야기하는 날카로운 긴장을, 그리고 그 순간의 파토스를 시인은 예리하게 주목"했다. 시인의 이러한 시적 파토스는 〈오월의 신부〉에 등장하는 인물 '민정'과 '현식'과 대응되는 부모 세대와의 갈등, '장 신부'와 '허인호'의 갈등, 광주 시민들과 정부와의 대립적 관계로 이어진다. 이러한 작품의 기본 구조는 시극의 갈등과 형식을 형성하고, 인물의 내적 갈등과 문제를 야기시킨다. 작가가 문학을 통해 세계와 '대결'하는 태도는 시극 작품 안에서, 세계의 폭력을 고발하고 문제를 이끌어내는 방식으로 완성되는 것이다.

그러나 이 두 작품의 차이를 분석해 보자. 〈어머니와 딸〉은 선택의 길에서 어머니를 떠나거나, 남자에게 가는 것이고, 〈오월의 신부〉에서는 부모와 갈등을 겪는 인물들의 최종 결정이 사랑으로 해결되는 것이 아니라, 그들의 현실 참여, 민주주의와 노동해방 이념으로 귀결된다는 것이다. 브레히트[21]는

---

21 독일의 극작가, 시인, 무대 연출가. 1898년 독일 바이에른주에서 태어났으며 뮌헨대학에서 의학을 전공했다. 〈밤의 북소리〉, 〈서푼짜리 오페라〉, 〈억척어멈과 그 자식들〉 등의 작품이 있다.

'루카치의 해석을 비판'[22]하면서 자신의 문학을 펼쳤다. 루카치가 중심으로 본 부르주아 중심의 문학적 태도에 불만이 있었다. 브레히트는 예술에 있어서 실험적인 활동을 지지했다. 실험이 성공하지 못하더라도 역사의 과도기에서 새로운 의식과 형식이 필요하다고 주장했다. 예를 들어 그동안 외면당했던 피지배층들의 이야기, 내적 독백을 통한 갈등, 몽타주 형식의 추가, 다른 장르와의 결합 등으로 문학에 새로운 충격을 줄 수 있다고 생각했다. 황지우는 이러한 브레히트의 '새로운 시도'를 받아들였다. 두 작가는 억압적인 시대를 통과했으며, 저항적이고 실험적인 방식으로 작품을 이끌었다. 브레히트가 살았던 시대는 주로 독일의 히틀러 시대와 동독이었고, 황지우가 문학 활동을 활발하게 했던 시대는 제5공화국의 암흑기였다. 황지우는 그의 산문에서 문화란 "인간에 의해 만들어진 대상사회을 '있는 것'으로부터 '있어야 할 것'으로 이상화시키고 꿈꾸고 열망하는 것, 요컨대 모든 인간화anthropomophizing의 살아 있는 구조물이 아닌가. 그 가운데 예술은 가장 민감하고 정교하게 인간화된 영역이 아닌가. (…중략…) 새로 일어나는 계급의 세계관을 표현하는 도구가 되기도 하고, 혁명의 시대에는 선동·선전의 도구가 되기도 하"[23]는 것이다. 황지우는 김현식의 대사를 통해 '역사'에 대한 정의를 미학적으로 표현하고 있다. "새벽을 채찍질하며 달려오는 요란한 죽음아/으하하하, 나는 너의 험상궂은 얼굴 앞에 웃는다./여기 못난 내 애비가

---

22 "모든 문학을 그 자체의 변화과정에서 포함하고 변형시키는 역사적 리얼리티를 고려하지 않고 산문의 기준을 순전히 문학적 전통에서 끌어들이려 했다는 점에서 그릇된 비시간적 형식주의에 빠진 사람"이라고 비판했다. 브레히트는 루카치의 부르주아 중심의 스토리 해석과 전통적인 비평 철학에 불만이 많았다. 황지우, 『사람과 사람 사이의 신호』, 한마당, 1993, 61쪽 참조.

23 위의 책, 209~210쪽.

거덜낸 역사; 내 평생을 주저하게 만든/붉은 줄의 채무명세서를/내 비로소 너의 얼굴 앞에 보란 듯이 찢어버리나니,/너는 올 테면 오라!" 황지우는 비인간적인 역사의 흐름 앞에서 저항하며, 경건한 문학적 태도를 보이고 있다.

시극은 시적인 구성과 극의 형식이 유기적으로 결합된 장르이다. 신동엽의 시극은 한국전쟁[2]이라는 역사적인 사건을 배경으로 남녀의 사랑과 갈등과 죽음을 다루고 있는 작품이다. 〈그 입술에 파인 그늘〉[3]은 "시극동인회의 제2회 공연 작품으로 1966년 2월 26~27일 양일간 최일수 연출로 국립극장에서 상연"[4]되었다. 남북의 인물이 특수한 장소에서 만나는 이야기이다.

---

1   1930년 충남 부여 출생. 1959년 『조선일보』 신춘문예에 「이야기하는 쟁기꾼의 대지」가 입선되어 등단했다. 1967년 동학농민운동을 주제로 한 서사시 「금강」을 발표했으며 시극 운동에도 참여했다. 주요 작품으로 「껍데기는 가라」, 「누가 하늘을 보았다 하는가」 등이 있다.

2   한국전쟁을 배경으로 한다는 표기는 되어 있지 않으나 등장인물의 설명과 대화에서 유추할 수 있다. 예를 들어, 등장인물의 남자와 여자에 대한 설명이 'ㄱ측 부상병', 'ㄴ측 부상병'으로 되어 있다. 대사의 경우는 '여'의 "당신네 병사가 내 벗겨진 양말자락을", '노인'의 "이쪽이건, 저쪽이건 상관없죠", '남'의 "우린 불안하오, 지금. 그건 서로가 자기들 집단을 이탈했기 때문", "처절했던 육박전에서 양쪽 병사가 다 전멸하고" 등을 통해 한국전쟁을 배경으로 했음을 유추할 수 있다.

3   신동엽, 『신동엽 전집』, 창작과비평사, 1975, 326~340쪽.
    〈그 입술에 파인 그늘〉 공연 현황

공연날짜	극장	연출	기타
1966.2.26~27	국립극장	최일수	제2회 시극동인회 공연작품
1998	동숭아트 소극장	오세황	
2005.4.9	부여청소년수련관	김석만	
2019.10.1~6	대학로 공유소극장	장용철	좋은희곡읽기모임 주관

4   김동현, 『한국 현대 시극의 세계』, 국학자료원, 2013, 211~212쪽.

적군의 신분에서 서로에게 반한다. 신동엽의 문학세계가 자연의식을 토대로 한 인간의 존엄성, 현실 세계와의 불화, 극복을 전제로 한다는 점에서 대립적인 구도를 가지고 있다. 신동엽의 문학 세계는 '자연과 이데올로기'[5]를 대립적인 세계로 보며, '민중문학의 중심'[6]을 지키며 현실의 삶과 첨예한 예술의 국면을 발전시키고자 했다. 신동엽의 시극은 황지우의 시극과 다른 면모를 보이고 있다. '역사적 사건'을 중심으로 작품을 창작했다는 기준은 같으나, 세부적 구조는 다른 면을 지니고 있다.

먼저 작품의 길이와 문체가 다르다. 황지우의 작품은 장편에 속하며 운문체의 형식을 띠고 있으며, 신동엽의 작품은 단편이며 운문체와 산문체를 혼용하고 있다. 황지우 시극의 배경은 문명이 발달한 '도시'에 있으며, 신동엽의 작품은 '자연'에 있다. 20세기의 기술 산업의 발전이 인간의 존엄성을 상실케 하고, 문명의 발전이라는 이유로 자연, 즉 사람들의 감정과 자리를 쉽게 훼손하고 있는 모습을 다루고 있다고 했다.

신동엽의 이러한 태도는 시뿐만 아니라, 시극 작품에서도 뚜렷하게 드러난다. 〈그 입술에 파인 그늘〉에 등장하는 중심 배경은 생명과 죽음, 자연적인 삶과 폭력적인 세계의 대비되는 현상이다. 이 자연에 속하는 것은 '산중계곡, 산토끼, 그늘, 산새들의 소리, 진달래, 호미' 등의 구체적인 자연물에서 '쇠붙이들의 의지, 우리의 씨, 순수성을 위한 내 행동, 체온, 농사' 등의 자연으로 연속된다. 신동엽은 시극 속에 〈청산별곡〉이나 〈아리랑〉의 노래를 삽화적으로 사용하고, 정해진 이데올로기로 인해 고통받는 인간의 상황을 생

---

5   김경복, 「신동엽 시의 유토피아 의식 연구」, 『한국문학논총』 제64권 64호, 한국문학회, 2013.
6   이황직, 「민중 혁명 전통의 문학적 복원 – 정신사에서 본 시인 신동엽」, 『현상과 인식』 제36권 3호, 한국인문사회과학회, 2012.

태적인 세계를 통해 구원받고 싶은 인물들의 내면을 그리고 있다. 두 인물의 죽음을 통해 '현실의 비극성'을 강조하고 허무한 결말을 보여줌으로써 현재의 가치를 더 환기하게 만든다.

김동현은 "주인공의 좌절이나 성취 곧, 사회의 붕괴나 궁극적 승리 그 자체에 초점을 두는 '극'이 결합하여, 분열된 근대 사회에서 변혁기에 적절한, 세계사적 개인이 총체성을 회복하기를 꿈꾸는 장르가"[7] 시극이라고 말했다. 김동현은 이 작품의 대사 중에서 "이 건너편 능선의 산토끼를 부수나 보더군요 무언가 깡총하고 공중 높이 솟구쳤어"라는 부분을 해석하면서 "'부재' 숨김, 왜곡, 변형, 침묵 개념이 적용된 미학적 변형"[8]을 했다고 평가했다. 그러나 이승하는 이 작품이 극적 개연성이 부족하다고 지적했다. 예를 들어 "만나자마자 여자가 남자에게 선생님이라고 부르는 것은 그렇다 치고 느닷없이 아사녀, 아사달을 운위한다. (…중략…) 하지만 극은 분명히 극이므로 '극적 상황' 연출을 위해서는 개연성"[9]이 있어야 한다고 비판했다. 이 작품은 신동엽이 관객들에게 '반전'과 '반외세'라는 주제를 보여주고 있지만 관객들과의 공감이 부족하다고 지적했다.[10] 이러한 비판은 신동엽의 시극이 극적 구성을 치밀하게 구성하지 못한 이유로 보인다. 이 작품에 나오는 남녀의 대사는 그의 시에 나오는 대사들이 있으며 특히 "껍데기는 가"라는 대사는 시극의 대화로 추상적이며 모호한 말이다. 그렇다면 신동엽의 작품을 진행시키는 '공간성'은 어떤 갈등으로 이루어져 있으며, 이 시극의 특징은 어떤 것이 있는지 구체적으로 분석해보고자 한다.

---

7 김동현, 앞의 책, 343쪽.
8 위의 책, 219쪽.
9 이승하, 앞의 책, 248쪽.
10 위의 책, 251쪽.

1. 이념과 극적 갈등 분석 __ 제도를 벗어난 인간의 자리

〈그 입술에 파인 그늘〉은 전쟁 중의 두 남녀가 적군으로 만나 사랑에 빠져 갈등하다가 죽게 됨으로써 사랑을 이루지 못한 이야기이다. 이 작품은 단편에 속하며 막과 장의 구별이 없다. 이 책에서 작품의 구조와 이해를 분석하기 위해 줄거리를 시작−과정−결말이라는 3단계로 정리하고자 한다.

막이 오르고 남자의 굵은 목소리. "세월은 가도 햇빛은 남듯이 우리는 가도" 운문체의 음성. 한쪽 다리를 다친 '여'가 바위에 있는 진달래를 발견하고 좋아한다. 진달래 뿌리 밑에 있던 기관포 탄환을 얼굴에 찔러보며, '남'이 '여'에게 물을 준다. 둘은 구면이며 여자가 먼저 남자에게 안아달라고 하고, 남자는 여자의 목소리가 고향 어머니나 누나가 쓰는 말과 같아서 친근함을 느낀다. 여자는 훈장을 탈 만큼 "이념, 의지, 목표, 이상" 이런 것에 충성을 다하는 여자였으나, 전쟁과 죽음에 회의를 느끼기 시작하고 '여'의 '양말자락'을 잡고 죽은 시체를 보고 충격 받는다. 그리고 만세를 그만하고 싶다고 말하고. 남자는 '중간지대'에 여자와 함께 안착하지 못하고 떠 있음을 강조한다.

극의 중간에 '부상병'이 등장한다. "이 행복을 어쩐다? 마렵긴 하고 땅은 넓고 누구 얼굴에다 쏟는다?"라는 대사를 하고 퇴장한다. 절망적인 상황 속에서 '남녀'의 사랑은 행복하고 "쓸개빠진 산천"처럼 푸르고 덧없는 모습임을 암시한다. '노인' 등장. 노인은 60년 동안 월산에 살면서 "죽은 송장을 묻고 다녔"다. 송장의 신원이 어디인지 상관없이 안아주고 묻어준 세월을 보내고. 남자는 여자에게 사랑을 고백한다. 고향으로 데리고 가고 싶다고 하지만 본래의 자리로 돌아가자고 한다. 남녀는 청산별곡을 낭송함. 남녀는 헤어지려고 하지만 남자가 아픈 여자를 보살핀다. 인류의 역사를 이끌어 온 것은 쇠붙이들의 의시임을 대화하고. 남자는 토끼굴 속에 총을 묻는다. 일군과 청군, 동학군이 등장하여 일본이나 청나라에 의해 무차별하게 짓밟힌 한국의 역사를 상징적으로 보여주고. 동학 농민 운동을 암시적으로 표현한다.

결말에서 남녀는 지금의 상황을 벗어나 도피하려고 한다. 남녀가 처한 상황은 한 개인이 분단의식을 극복했다고 해서 결코 삶의 공간이 될 수 없다는 것을 전제로 한다. 여자는 남자와의 사랑으로 문제를 해결할 수 없다고 생각하고 남자는 이 상황에서 살길이 있을 거라고 말한다. 강형철은 전쟁이라는 특수 공간에서 이 둘의 갈등이 생긴다고 했다. 둘은 전쟁의 구체적인 문제를 시적으로 해결하고 있다. 대포를 만나면 사람 새끼가 아니라 노루 새끼라고 말하고, 메기 같은 친구와 '눈이 시원스럽게 큰 여동생'과 골짜기에 다시 오겠노라고 말한다. '모든 쇠붙이' '모든 껍데기'가 "강산에서 무너져 나간 다음다음 날"에 "팔월 십칠일"에 만나자고 대화함. 8월 15일은 일제 강점기로부터 해방된 날이며 일본의 지배는 '쇠붙이'며, '껍데기'임을 은유적으로 표현한다. '총'은 대장간이 "곰보 아저씨"에게 주고 호미 두 자루를 받아 농사를 짓겠다고 말한다. 남녀는 현실을 벗어나 다른 세계를 상상함. 굴을 찾아가 쌀, 소금이 있는 곳에서 같이 지내자고 한다. 자연에 가장 가까운 삶의 방식으로 이념과 지배가 없는 곳을 생각 하지만 남녀의 이런 욕망은 역사가 용서해주지 않으며, 둘은 이느 편의 공격인지도 모른 채 제트기 공격을 받고 죽는다. '하늘 높은 솔바람 소리', 평화로운 '산새소리', '가벼운 음악'만 남는다.

신동엽의 작품은 '전쟁'이라는 특수한 상황에서 이루어진다. 전쟁은 인간의 욕망과 이념으로부터 발생한다. 대한민국은 해방 후 한국전쟁을 겪은 후, 지역적으로 다른 이념에 따라 분리되었으며 휴전 상태이다. 사회주의와 자본주의라는 다른 이념으로 국가가 성립되었다. 이러한 이념은 주변 국가나 강대국의 협조나 반란의 관계로 형성되어질 수 있다. 한국과 북한은 다른 이념으로 적군의 위치에서 전쟁을 다시 시작할 가능성이 있는 상황이다. 이러한 이데올로기는 각 국가의 시민들에게 혼란과 고통, 불안을 상기시켰으며, 국제 관계에서 평화나 위험의 주목이 되기도 한다. "이데올로기는 문화의 구성요소로서 이 문화로부터 생겨난다는 점에서, 자의적이지도, 인위적이지도 않다. 우리가 이데올로기를 인위적인 구성물이라고 말하는 것은 오직 다음과 같은 의미에서다. 이데올로기는 특정한 조직에 의해서 짧은 시간 안에 사이비 과학적인 성격을 띤 구성물로서 생산되며, 경제·정치·군사적 목적을 위해 투입된다."[11] 작가는 이 작품을 통해 이념이 일으키는 갈등을 통해 인간의 상처를 보여주려고 했다. 이념은 인간의 삶에 분열을 일으키고 갈등을 극대화시킨다. 첫째, 개인적인 면에서 살펴보자. 우리는 이념이 다르고 상황이 반대편인 사람을 사랑할 수 없으며 제도를 벗어난 행동은 처벌을 받게 된다는 것을 알 수 있다. 극 중의 남녀는 '시작'과 '과정'의 진행에서는 죽음을 당하지 않는다. 그러나 남녀가 갈등을 해결하고 고민을 정리했을 때, 새로운 방법을 찾아가고자 행동했을 때 무참히 죽고 만다. 즉, 개인의 욕망은 이념을 벗어날 수 없다.

둘째, 정치적인 면에서 분석할 수 있다. 작품에 나오는 일군과 청군과 동학군의 등장을 살펴보자. 우리나라는 1800년 후반에 동학농민운동이 일어났다. 일제 강점기에 태어난 신동엽은 동학농민운동에 관심이 많았으며 민중들의 고통과 가난, 일제의 탄압에 대해 참여적인 작가였다. 국력이 약했던

---

11 페터 지마, 허창운·김태환 역, 『이데올로기와 이론』, 문학과지성사, 1996, 48쪽.

우리나라는 일본과 청나라가 전쟁을 함부로 해도 되는 무의미한 영토에 지나지 않았다. 마치 한국이란 나라를 여자를 성폭행하듯이 일본과 청나라는 함부로 대하고 있다.

일군   아랫도리만

청군   어느 놈 몸뚱인데.

일군   누구네 집 잔친데.

청군   젖가슴만 쥐.

일군·청군   허리 아래만 쥐

(일군·청군 퇴장)[12]

일군과 청군은 "무언으로 춤추며 접근" 한다. "동학군의 대창을 치고 또치"며 장난을 치고 있다. 일군과 청군은 서로 전쟁중이며 적의 위치에 있다. 그러나 한국을 가지고 놀이, 장난을 한다. 일군과 청군은 우리나라의 지역을 나눠 갖는 것을 여성의 신체로 바꿔 말하고 있다. 두 나라는 한국을 매개로 소통하며 즐거움을 느끼고 있다. '약자에 대한 강자들의 횡포'는 '대화의 주체'에게 '모멸감'이란 감정을 느끼게 해주고 있다. 극에 나오는 인물 남녀는 반대편의 입장에서 사랑을 이루기 힘든 심리를 대화로 나타내고 있다. 그러나 남녀의 인물과 다르게 적의 입장을 반복적으로 대치하고 있는 일군과 청군은 야한 나라에 대해 폭력과 조롱을 하고 있다. 이처럼 신동엽은 남녀의 사랑을 고귀하고 소중하게 표현하기 위한 효과로, 일군과

---

12   신동엽, 『신동엽 전집』, 창작과비평사, 1975, 336쪽.

청군의 대사와 행위를 대립적으로 설치한 것이다.

셋째, 신동엽의 시극을 시「껍데기는 가라」와 그의 산문을 통해 비교해 볼 수 있다. 이 연구는 그의 시를 시극과 지엽적인 분석을 통해 완성하기보다는 보다는 역사와 정치적인 면에서 비교해 볼 수 있는 부분이다. 〈그 입술에 파인 그늘〉을 무대에 올린 1년 후 1967년에 신동엽은「껍데기는 가라」라는 시를 발표했다. 여기서 특징적인 것은 시극의 대사와 시어가 겹치고 있다는 점이다. 그의 "언어"는 시극을 통해 종합 예술적인 무대를 획득했고, 시를 통해 간결하고 직관적인 세계를 구축한 것이다. 신동엽이 태어난 1930년의 세계는 1차 세계대전의 영향으로 폐허와 혼란의 시기였다. 일본은 전쟁을 일으키고 승리를 얻음으로써 아시아의 많은 권력을 얻었다.

일본은 한국을 식민지로, 국력을 활성화시킬 생산지로 잔인한 수탈을 진행했으며, 일본의 제국주의 횡포는 한국인을 상대로 자유롭게 행해졌다. 신동엽이 태어난 한국의 정황은 그에게 주체적인 민족성을 부여하기에 충분했다. 이후 그는 시인으로 이 세상에 등장한다. "1959년 1월 1일 아침,『조선일보』를 펼쳐 든 신동엽의 얼굴은 묘한 열기에 휩싸였다. 신춘문예 당선작 발표란에 자신의 이름과「이야기하는 쟁기꾼의 대지」라는 시 제목이 씌어 있었던 것이다."[13] 예심을 본 박봉우와 본심을 본 양주동은 신동엽의 장시를 개성적이고 에너지가 넘치는 시라고 찬사했다. 그러나 발표 당시 그의 "시는 20행이 삭제되어 있었고 내용은 변경"[14]된 채 발표되었다.「이야기하

---

13   성민엽 편저,『껍데기는 가라』, 문학세계사, 1984, 72쪽.
14   "투구를 쓰고 싶어 하는 자 / 쇠항아릴 만들어 깊숙이 씌워 주라 / (…중략…) 그렇다면 오천년간 萬主義는 백성의 허가 얻은 아름다운 도적이었나?"와 같이, 이승만 정권을 간접적으로 비판하는 내용이었다. 조선일보사는 사회적으로 언론 억압되었던 상황에서 신동엽의 시를 삭제하거나 변경해야 했다. 예를 들어 "오늘날 그들은 출세도 했읍니다"가 "그 뒤

는 쟁기꾼의 대지」에는 토속적인 시적 정황을 통해 독특한 시어를 구사했고 역사적인 사건을 간접적으로 드러냈으며 '긴장과 탄력'[15]적인 시의 완성도를 획득했다. 3달이 지난 후, 신동엽은 3월 24일 자『조선일보』에 「진달래 산천」을 발표했으나 "검열에 걸려 비판의 대상"[16]이 되었다. 시인의 복잡한 등장과 이후 1960년 4·19혁명이 일어났다. 일제 강점기와 한국전쟁, 해방 후의 불합리한 정치와 한국 사회를 겪은 신동엽에게 문학은 '혁명적 활동'이었다. 신동엽은 문학이 사회적 구호나 반성적 태도, 허무주의 태도가 되는 것을 기피했다. 그는 현실과 초현실을 모두 추구했으며, 그것을 언어로 구상하여 문학을 완성하려고 했다. 그는 문학적 언어에 대해 신념을 가지고 있었다. "존재에는 세 가지의 형태가 있다. 실상적 존재, 현상적 존재, 언어적 존

에 그들은 출세한 적도 있었읍니다"로, "나도 물론 만족 전쟁(蠻族戰爭)엔 나가 보았읍니다"가 "나도 물론 씨족 전쟁(氏族戰爭)엔 나가 보았습니다"로 변경된 것임을 책을 통해 확인할 수 있다. 위의 책, 73쪽.

15 심사위원 양주동의 당시 심사평을 인용하면 다음과 같다. "石林의 장시 「……大地」가 약간 선자를 놀래었다. 대단한 요설, 줄기찬 행진, 너무 얌전한 소리와 잔재주의 短章에 물린 詩壇은 이런 거칠은 호흡과 구비치는 長江을 기다리기도 하였겠다. 용어도 꽤 새롭고 가다간 무던한 警句도 연방 튀어나오고 무엇보다도 그 연줄을 감았다 풀었다 하는 詩法 그 시나리오的 구성이 좋았다. 단, 그 後話가 완전히 무력화한 것은, 기술적인 실수라기보다 차라리 근본적으로 작자의 수련한 사상이 아직 덜 익어 渾沌한 때문이리라. 그러기에 全篇을 통하여 풍자의 散彈이 수없이 작열함에도 불구하고 行軍은 결정적 목표 高地의 점령을 결과하지 못했다. 그러 나 좌우간 용하게도 게까지 대오를 끌고 나갔다." 위의 책, 75쪽.

16 "이 작품이 물의를 일으킨 것은, 아니 이 작품을 문제 삼은 문학인들의 검열의 눈에 포착된 것은, '기다리다 지친 사람들은 / 산으로 갔어요'라는 구절의 '불온성'이었다. 그들은 이 구절에서 빨치산을 연상하고 신동엽을 용공으로 몰아붙였던 것이다. 기다리다 지쳐 산으로 간 사람들이란 곧 빨치산이며, 장총 옆에 피 흘리며 쓰러져 있는 '당신은 빨치산 전사자라'는 것이었다. 이 작품이 어떻게 꾀어졌는지를 아는 우리에게는 위와 같은 해석은 일종의 독력으로 보일 따름이다. 설혹 그들의 해석이 옳았다 하더라도, 그것만으로 신동엽을 죄 인시한다는 것은 시적(詩的) 진실을 추구하는 시인에 대한 경직된 냉전의식의 억압 행위에 다름 아니라 할 것이다." 위의 책, 77쪽.

재. 실상적 존재와 현상적 존재의 중간에 위치하고 있는 것이 언어적 존재이다."[17] 그의 이러한 시적 태도는 아래의 시와 시극의 대사를 통해 알 수 있다.

① 껍데기는 가라

껍데기는 가라.
사월四月도 알맹이만 남고
껍데기는 가라.

껍데기는 가라.
동학년東學年 곰나루의, 그 아우성만 살고
껍데기는 가라.

그리하여, 다시
껍데기는 가라.

이곳에선, 두 가슴과 그곳까지 내논
아사달 아사녀가
中立의 초례청 앞에 서서
부끄럼 빛내며
맞절할지니

---

17 위의 책, 211쪽.

(…승략…)

껍데기는 가라

한라漢拏에서 백두白頭까지

향그러운 흙가슴만 남고

그, 모오든 쇠붙이는 가라.

②여	제발, 그 말만은 말아 주세요.
	전 헛간에서 태어난 여자에요, 그 점잔만 빼는 으리으리한 상전집
	들이 싫어졌어요……. 로미오집 가헌도 주리엣집 가헌도 싫어요.
	껍데기끼리의 몇살잡이가 끝나지 않는 한 아무 쪽에서도 살고 싶지 않아요.
	전 공동 우물 바닥에 가서 살겠어요……. 이 산속에서 살겠어요.
남	우리에겐, 그런 선택권이, 지금 없어, 이 답답한 반도를 벗어 나지
	않는 한.
여	껍데기는, 곧, 가요. 껍데기는 껍데기끼리, 껍데기만 스치고, 병신스럽게, 춤
	추며 흘러가요, 기다리면 돼요, 땅 속 깊이, 지하 백미터 깊이에 우
	리의 씨를 묻어 주면, 이 난장판은 금새 흘러가요.

③남	**쇠붙이를 버렸어. 당신은 껍데기를 벗겨요.** (여의 곁으로 가 모자에 손댄
	다.)
여	호호호, 그래요. 저도 이 그늘이 싫어요. 제가 벗겠어요. (벗는다.)

①은 「껍데기는 가라」의 일부분이며, ②와 ③은 시극의 대화 중 부분이다.

①에서 반복되는 '껍데기는' 반복과 강조의 의미로 사용되고 있다. 4·19혁명의 희생과 정신을 지키기 위해 '껍데기'는 떠나야 한다. 혁명을 일으킨 많은 이들의 죽음은 인간의 정신을 황폐하게 한다. 해방 후 시민들의 삶과 평화는 탐욕스런 국내 권력자들의 횡포로 피폐했다. 학생을 포함한 우리 민족은 민주주의를 위해 싸웠고 희생되었다. 여기서 껍데기는 당시 정치인들의 탄압이며 인간을 억압하는 제도와 이념을 상징한다. ②와 ③에 드러난 껍데기도 ①의 껍데기와 같은 선에 있다. 부상병의 '모자'는 조직을 표시하며, 조직의 충성과 조직의 의지를 나타낸다. '남'이 여자에게 모자를 벗으라고 한 말은 '여'가 가진 조직과 제도와 이념을 버리라는 뜻이다. '남'은 쇠붙이인 '총'을 토끼굴에 묻고, '여'는 모자를 벗는 행위를 통해, 남녀가 가진 외형적 억압을 삭제하려는 시도가 드러남을 알 수 있다. 그러므로 '껍데기'와 '쇠붙이', '그늘'은 같은 범위에 있는 물질이며, 인간에게 공포와 위협을 안겨주는 현상이다. 우리나라 민족은 이 '물질'의 폭력으로 정체성을 잃고 가난과 상실을 겪어야 했다. ①의 '알맹이'는 비물질적인 것으로 대치할 수 있다. '알맹이'는 시에서는 "향기로운 흙가슴"이며, 시극에서는 '남녀의 사랑'과 '민주적인 평화'를 의미한다.

강계숙은 신동엽의 시를 분석하면서 그가 이룩한 '민족문학'은 공동체가 주는 '우리'라는 억압의식에서 비롯됨을 직시했다. 이러한 정신은 신동엽의 현실 참여적 문학의 가치를 완성하였으나, 역사적 상황 속에서 실패한 남녀의 사랑과 전망에 대해 단정적인 결말을 제시했다고 할 수 있다. 강계숙은 "공동체가 부여하는 임무를 수행하는 일은 비록 죽음이 기다릴지라도 개별자로 하여금 영원불멸을 성취케 하는 일이므로 개인의 죽음은 결코 헛된 것이 아닌 기념비적인 사건으로 부각된다. 따라서 공동체는 개인에게 죽음을 요구할 수도 있다. 이러한 형상은 민족의 이름으로 개인의 희생을 요구하고 국가의 과업을 위해 국민을 국가의 부분으로 다루는 것과 크게 다르지 않다. 국가의 대항 모델로서의 상상된 공동체임에도 불구하고 어느 순간 국가주의적 집단의 형상을 닮고 말았다는 점은 '우리'에 내재된 가장 큰 맹점일 것이다. 그리고 이 부분이야말로 신동엽의 시 세계를 일정하게 한계짓는 근본 요인이라 할 수 있다"고 말했다. 즉, 오랜 역사 동안 정치적 이념이 인간의 삶을 규정하고 제안하듯, 사회적 제도 안에서도 다른 규정과 제안이 계속 모방되고 반복될 수 있다는 것이다. 그런 면에서 신동엽이 역사적 상황을 소재로 시극을 창조한 것은 역사적인 제도 안에서 강계숙은 "인간의 행동을 인식의 대상"으로 삼았다는 면에서 높은 가치가 있다. 우리는 종합 예술적인 시극의 형식을 통해 인간의 삶과 정신을 추적하고 예감할 수 있다.

신동엽은 현실을 초월한 자연 속에서 인간의 본질을 찾고자 하는 것이다. 시극 작품 속 두 인물의 '실패한 사랑'은 '실패한 혁명'을 나타내기도 하며, '실패한 평화와 민주'이기도 하다. 그것은 이념과 억압으로부터 약자의 목숨과 삶이 함부로 희생되지 않는 사회이며, '자유'로운 인간의 삶을 향한 것이다.

2. 시극의 필연적 특징 분석

1) 시극적 상황 - 시극적 대사와 상징체계

이 작품은 전쟁에 나온 남녀가 사랑에 빠지고 각자 자리로 돌아가는 것이 아닌 사랑의 도피를 결정하지만 죽게 되는 시극적 상황을 가지고 있다. 그것은 적으로 생각하며 없애야 하는 대상을 사랑하고 전쟁이 개인의 생활에 비극적 요소를 줄 수 있다는 것을 보여준다. 한국의 분단은 긴장과 공포의 상황이다. 이 논리에 균열을 일으키기 위해 남녀의 등장을 투입시킨다.

"시극이 종합성을 추구하는 일면에 또 하나의 가장 커다란 목표는 이러한 상황을 창현하는 데 있다. 시는 곧 상황의 예술이라고 괴테는 이렇게 말하였다. 우주는 크고 풍부하다. 생활의 광경은 무한히 변화한다. 그러므로 결코 시의 주제는 끝이 없다. 그러나 중요한 것은 언제나 상황의 시를 만드는 것이다. 그것은 즉 현실에서 회와 소재를 얻는 것이다. 괴테가 말하는 이 현실이라는 것은 과거와 현재와 그리고 반드시 오고야 말 무한한 미래까지도 종합이 된 역사적 필연성을 가지고 발전하며 있는 극적 계기인 상황"[18]을 말한다. 작가는 남녀의 갈등과 해결을 통해 '상징체계'의 기법을 사용하고 있다. 이 기법을 통해 작가는 현실의 사물과 사유가 인간의 삶을 정복하지 못하며 인간이 지키고자 하는 삶의 존엄을 역설적으로 보여주고자 한다. 제도와 규범을 벗어난 인간의 자리는 새로운 창조의 세계를 의미한다.

상징이란, '원대상1'과 '원대상2' 사이에 '창의적 기호'를 정하여 원래의 대상을 삭제시키고 '새로운 주체'를 형성하는 "창조의 세계"[19]이다. 우리가

---

18 최일수, 『현실의 문학』, 형설출판사, 1976, 416쪽.
19 상징화하는 두 개의 요소가 두 대상 외에 거리를 가지며, 다른 대상이나 주체를 창출하는 창

이성적객관적 관념으로 정한 사물이나 사유를 벗어나 다른 세계를 구축하려고 할 때 필요한 방식이다. 그 과정을 통해 주체는 설득과 상상을 얻게 된다. 그리고 다른 주체가 되는 것이다. 아래의 대화는 이 책의 이론을 뒷받침하기 위한 예시이다. 아래의 시적 상황은 탄환이 없는 총을 가지고 있는 '남'에게 '여'가 사물을 통한 '상징'의 기법을 행하고 있는 장면이다. '여'는 탄환을 진달래 뿌리 밑에서 줍는다. 그리고 얼굴 여기저기에 누르며 슬픔을 느낀다. '여'는 남자의 탄환을 보며 생명이 없는 '쇠붙이'라고 느낀다. 그것은 마음이 없는 물건이자, 진심이 없는 행동을 일으키는 물질로 받아들인다. 여기서 기관포 탄환은 '원대상1'이 된다. 이것은 '여'의 대사 안에서 "납덩어리"로 다른 '원대상2'가 된다. 그러나 화자는 이 둘의 연결을 의도하지 않으며 다른 대상을 만들려고 한다. 그 대상은 과정과 행동을 통해 이루어진다. '원대상2'인 '납덩어리'는 "얼굴 표정"이 있다. 그 표정은 불쌍하고 슬픈 것이다. 그래서 어깨가 처졌다. '탄환'은 처진 어깨를 지니고 있다. 탄환의 이런 모습은 실패를 예감할 수 있다. 화자는 "실패한 소꿉장난"이라는 '창의적 기호'를 생산한다.

'소꿉장난'은 그 행위자들의 실패를 예감한다. '장난'은 실패해도 상관없이 다시 시도해도 된다. 그러나 그런 장난은 장난이 아닌 일로 커져버린다. 많은 이들은 목숨을 잃고 소멸한다. 이 과정에서 '원대상1'과 '원대상2'는 삭제된다. 더 높은 차원으로 넘어왔기 때문이다. "좌절된 의지"는 비록 "진달래 밑동에서" 부딪쳐 못생기게 이지러져 있지만, 탄환의 기능적 장소인 "총"을 버리면 죽음과 비극은 생겨나지 않는다. 이로서 '여'는 남자에게 총을 버리는 것을 시극적 대화를 통해 표현할 수 있으며, 상징체계"[20]를 통해 표현

조 행위를 말한다. 질 베르 뒤랑, 진형준 역, 『상징적 상상력』, 문학과지성사, 1983, 77쪽 참조.
20 인간은 상징적 힘에 의해서 관념이나 사물을 기호로 인식할 수 있으며 창조적 세계에 진입

된다. 대상을 바라보면 주체 '남'과 '여'는 상징적 과정을 통해 새로운 주체가 되는 것이며 다른 사건과 주제로 넘어간다. 작가는 '여'라는 화자의 대화를 통해 상징체계를 구사했고, 이 형식을 통해 우리를 위협하던 '무기'를 미학적 형상화한다.

시극적 대사

남	탄환이 없어
여	버리세요, 그런 걸 뭘하러 가지고 계세요.
남	생명의 상징인걸.
여	(주머니를 뒤져 총알을 꺼낸다) 진달래 뿌리 밑에서 주웠어요. 기관포 탄환인가봐요. 바윗돌 때문인지 깊이 박히지 못하고 축축한 흙을 약간 후볐어요. 이 납덩어리의 얼굴 표정 좀 보세요. 이 표정 좀 보세요. 불쌍하죠?
남	어깨가 처졌군요.
여	실패한 소꿉장난이에요.
남	좌절된 의지지?
여	하필이면, 이 깊은 산 속에 와서. 꽃다운 진달래 밑둥. 그것도 바위에 부딪쳐 이렇게 못생기게 이지러져. 잔뜩 찡그리고, 나뒹굴게 뭐에요?…… 바보같이(하며 자세히 들여다본다) 선생님, 이거 미제에요? 쏘제에요?

할 수 있다. 또한 현재의 상황을 변형하여 주체가 나아고자 하는 세계를 장착시킬 수 있으며 원래의 대상으로부터 해방될 수 있다. 아리스토텔레스의 의미를 해석하면 '의미'의 세계와 '무의미'의 세계를 함께 인지할 수 있다. 그래서 인간은 현실의 문제를 창조적 행위를 통해 극복하고 넘어설 수 있는 것이다. 위의 책, 77쪽 참조.

2) 작품 속 〈청산별곡〉의 의미와 효과

〈청산별곡〉은 고려시대에 지어진 작자 미상의 가요이다. 악장가사에 전문이 실려 전하고 〈시용학악보〉에 일부분이 실려 있다. 고려 가요 가운데 가장 유명한 작품이며 우리 민중들이 역경에 닥쳤거나 축제가 있을 때 부르는 운문체 노래이다. 남녀 간의 사랑과 현실을 벗어난 낙원을 기다리는 내용으로 구성되어 있다. 지배자들의 욕망으로 고려 말의 현실은 가난과 상처로 가득했다. 무신 정권의 횡포와 몽고의 침입은 사람들에게 불안을 안겨주었다. 사람들은 불안을 노래나 시로 승화시켜 현실을 극복하고자 했다. 처해 있던 현실을 잊기 위해 이야기를 만들고 운문체의 가사로 노래를 부른 것이다.

신동엽은 왜 작품 안에 〈청산별곡〉을 삽입한 것일까. 그것은 창작 당시의 현실이 과거의 역사와 반복되는 연장선에 있다는 것을 강조하는 것이다. 이념과 제도의 지배, 폭력적인 사회 분위기는 고려 말이나 해방 이후나 달라진 것이 없다. 또한 신동엽은 반복적인 역사의 횡포를 직접적인 저항의 형식으로 담은 것이 아니다. 우리 민족만의 고유성을 개발하고 계승하기 위해 〈청산별곡〉을 도입한 것이다. 작품 안의 인물들이나 작품 밖의 인물들은 현실을 떠나 청산에 살고 싶다. 조용하고 평화로운 세상에서 단조로운 삶을 원한다. 타인의 탐욕에 이용당하지 않고 자신의 목숨을 희생당하지 않는 삶을 기원한다. 그것은 '포기'의 염원이 아니라 '긍정'의 기도이다. "시름이 많은 인생, 고독을 느끼는 삶, 그리고 우연의 희롱으로 불행을 겪는 일이 무신란이 일어나고 외국군이 침입하여 유린당한 시대만 일어나는 일인가. 이는 시대를 초월하여 인간이 사는 세상에는 언제나 어디서나 일어날 수 있는 일인 것이다. 그래서 〈청산별곡〉은 고려 말 혼란기에 태어난 작품이지마는 그 시대를 초월하여 생명을 가진 작품이 될 수 있는 것이다."[21]

남	(무엇을 생각하며 무대 앞으로 걸어 나온다)
	살어리, 살어리랏다.
	청산에 살어리랏다.
	멀위랑, 다래랑 먹고
	청산에 살어리랏다.
여	(남의 낭송소리에, 생명 전체가 충격받은 듯, 고개 좌우로 흔들다가,
	서서히 일어서며, 가슴에 손을 얹고, 조용히 몸을 움직이며)
	우러라, 우러라,
	자고 니러 우러라 새여.
	널라와 시름한 나도
	자고 니러 우니노라.

(…중략…)

남	당신도, 알고 계시군요……우리가 왜, 어쩌다, 이 모양이 됐을
	까……? 다음이 뭐드라……?
	그렇지, (남, 여, 함께)
	가던 새 가던 새 본다
	물 아래 가던 새 본다.
	잉 묻은 장글란 가지고
	물 아래 가던 새 본다.
	얄리 얄리 얄랑셩 얄라리 얄라.[22]

---

21 정재호, 「청산별곡의 새로운 이해 모색―주제와 구조의 연구를 살펴면서」, 『국어국문학』
    제141호, 국어국문학회, 2005, 179~180쪽 참조.

위의 예문은 이 작품 안에 들어있는 남녀의 대사 중 〈청산별곡〉의 일부를 노래하는 부분이다. 작품의 중간 부분에 나오는 장면이다. 남녀가 만나 사랑에 빠지고 자신들의 처지를 확인하며 갈등한다. 부상병이 나와 이들의 사랑이 가진 처참과 귀함을 표현하기 위해 "이 행복을 어쩐다?"며 역설적으로 조롱하다가 퇴장한다. 그리고 노인이 나타나 자신은 어느 편의 송장인지는 중요하지 않다고 한다. 사람의 목숨은 다 똑같으며 송장에 대해 가치를 느끼고 생명에 대해 어떤 귀함을 지니고 있는지 주관을 설명한다. 죽은 송장보다 "살아있는 사람"들이 더 무섭다고 노인은 말한다. 남자와 여자는 살아 있는 인간들의 잔인한 횡포와 비참함을 현실로 보고 있다. 그리고 다친 몸을 이끌고 산 속에서 쉬고 있는 것이다. 남자와 여자는 서로를 사랑하지만 이루어질 수 없는 관계에 실망과 허무를 느낀다. '청산에 살어리랏다'는 반복적인 구절은 정신적 순수함과 낙천적인 세계를 의미한다. 돈이나 명예, 탐욕을 원하지 않고 머루와 달래만 먹어도 만족할 수 있는 나라를 동경한다. "자고 니러 우러라"는 말을 새에게 해주며 힘든 세상을 위로해준다. 남자와 여자가 부른 노래는 지배자들보다는 피지배자들이 고난을 겪을 때마다 부르던 노래이다. "얄리 얄리 얄랑성 얄라리 얄라"는 '아리 아리 아리랑'처럼 눈물과 설움을 즐거움으로 환원시킬 때 화자의 심리를 미학적으로 형상화시킨 것이다. 또한 낭송하거나 노래할 때 만들어지는 "리듬적인"[23] 요소가 시극의 청

---

22   신동엽, 앞의 책, 323~323쪽.

23   "시적 조사와 장치면에서 시와 비시의 변별 준거로 언어 용법의 차이를 제시할 수 있다. 즉, 언어의 용법상의 문제인, 비유와 풍부한 상징, 깊이 있는 이미지를 통한 모호성, 곧 다의성의 정도와 같은 시적 조사가 시와 비시를 구별하는 보다 유용한 표지가 될 수 있다. 시적 조사는 시극과 관련해, 절약된 대사와 생략, 어구의 반복에 의한 율동화, 연쇄법에 의한 대사의 연계 등 리드미컬한 언어의 사용, 리듬에 의한 고도의 조직성과 압축성, 상징 비유, 집약성, 조직의 긴밀성, 압축의 원리에 의한 암시성의 강조 등을 들 수 있다." 김동현, 『시와

각적 효과를 주고 있다. 신동엽은 산문을 통해 시극을 종합예술의 장으로 생각했다. "머지않아 인류는 그들의 전역사全歷史를 통하여 꾸준히 모색하여 온 창조적 미美의 극치, 종합 예술의 찬란한 시대를 가지게 될 것이다. 아마도 그것은 시詩, 악樂, 무舞, 극劇의 보다 높은 조화율의 형태로서 나타나게 될 것이다"[24]라고 자신의 신념을 명시했다. 작가는 시극 작품 안에서 음악적인 요소와 민족의 문화를 미학적으로 발굴하여 인물의 연기를 통해 만들고 있다. 감각은 창의적인 방식으로 사람에게 다가간다. 눈으로 보는 이미지와 귀로 듣는 음악적 효과는 시적인 언어를 탄생시키고, 독자나 관객을 공연을 보면서 시간적 공간무대 속에서 작품의 주체가 될 수 있다. 독자의 판단과 생각으로 작품을 재창조될 수 있다. 작가의 '자세'[25]란 독자의 창의적 변화를 도모하며, 다른 미래를 모색할 수 있도록 동기부여를 하는 것이다.

신동엽의 시극 작품과 〈로미오와 줄리엣〉은 전체적인 표면에서 보면 비슷한 점이 있다. '여'의 대사를 통해 (이루어질 수 없는 사랑을 대변하는 스토리) 〈로미오와 줄리엣〉의 상황이 '여'의 상황과 비슷함을 말하고 있다. 예를 들어 "전 헛간에서 태어난 여자예요. 그 점잔만 빼는 으리으리한 상전집들이 싫어졌어요. 로미오집 가헌도 주리엣집 가헌도 싫어요. 껍데기끼리의 몇 살 잡이가 끝나지 않는 한 아무 쪽에서도 살고 싶지 않아요"[26]라고 말한다. 〈로미오와 줄리엣〉에 대한 대사는 단 한 번 나오지만 이 책에서 두 작품을 비교

희곡』 제1호, 노작홍사용문학관, 2019, 345쪽.

24 성민엽 편저, 『껍데기는 가라』, 문학세계사, 1984, 236쪽.

25 "詩人의 자세 오늘의 시인들은 오늘의 강산을 헤매면서 오늘의 내면(內面)을 직관(直觀) 해야 한다. 내일의 시인은 선지자(先知者)이어야 하며, 우주지인(宇宙知人)이어야 하며, 인류 발언(人類發言)의 선창자가 되어야 할 것이다." 위의 책, 241쪽.

26 신동엽, 앞의 책, 332쪽.

연구하는 것은 두 가지 이유가 있다. 첫째, 서양의 상황과 한국의 상황을 비교해볼 수 있다. 셰익스피어가 쓴 〈로미오와 줄리엣〉에 나오는 여자 인물은 수동적인 인물이다. 좋은 집안에서 살다가 사랑에 빠진다. 이 인물에게 고난이란 남자와의 이룰 수 없는 사랑을 설득하고 극복하는 일이다. 신동엽 작품의 '여'는 성에 살았던 인물이 아니다. 여자는 "헛간" 같은 곳에서 살아온 인물이다. 지시자가 명령하는 것은 수행해야 한다. '여'는 전쟁터에 나가 부상을 입고 언제 죽을지 모르는 위험한 입장이다. '여'의 현재는 불안하고 미래를 알 수 없는 위치에 있다. 이러한 상황은 한국의 시대를 대변한다. 신동엽은 셰익스피어의 작품을 낭만적인 것으로 처리한다. 낭만은 현실의 문제들과 거리를 가지고 있다. '여'에게 현실은 낭만적이지 않다. 그것은 절실하고 직접적이다. 작품 속의 '남녀'는 사랑을 포기하지 않는다. '우리에게'는 "선택권이 없을 뿐"이라고 생각한다. 남녀의 대화는 당대의 슬픔을 공감하게 만들고, 관객이나 독자에게 '소통'[27]의 힘이 되고 있다.

둘째, 인물들은 규범을 벗어난 댓가로 처벌된다. 〈로미오와 줄리엣〉의 주인공들은 서로 증오하는 집안의 자녀들이다. 부모 세대의 원한은 자녀 세대의 원한으로 대물림된다. 원수인 부모의 상황은 자녀에게로 넘어간다. 부모가 반대하던 둘의 사랑은 끝내 죽음을 맞이한다. 〈그 입술에 파인 그늘〉에

---

27 "하버마스는 개인의 "의사소통능력"이 보편적으로 주어져 있다는 판단하에 사회 상황이라는 우연적 변수로부터 이 능력을 분리하려고 한다. 부르디외는 이와 정반대로 언어 능력에 대한 촘스키의 입장이 추상적, 관념적이라고 비판하면서, 시장 법칙과 계급 이해에 좌지우지되는 "영역들" 속에서 의사소통이 이루어진다는 점에 주목한다. (…중략…) 하버마스는 언어 능력과 언어 수행을 분리시킴으로써 이상적 발화 상황과 실제 발화의 구분을 정당화시키려 한다. 그러나 부르디외가 밝히려고 하는 것은 언어 능력 자체가 이미 특수하고 계급적이라는 점이다. 그렇기에 신동엽의 시극은 시극을 보는 관객들과 독자들의 공감을 형성할 수 있는 것이다." 페터 지마, 허창운·김태환 역, 『이데올로기와 이론』, 문학과지성사, 1996, 202~202쪽.

등장하는 연인들은 어떠한가. 적군을 사랑하며 갈등하고 괴로워하다가 결국 해결책을 찾아 행동하려 할 때 무참히 죽음을 맞이하게 된다. 이 두 작품의 "비극적"[28] 결말을 통해 관객들은 슬픔의 정화를 느낀다. 슬픔을 통해 자신의 상황과 민족의 상황을 파악한다.

3. 시간의 중첩 공간 __ 김정환의 <열려라, 미래의 나라>[29]

1) 오페라 시극의 특징

김정환[30]은 1980년 『창작과비평』으로 등단한 이후 시대의 아픔을 드러내고 역사적 진실과 실체를 드러내는 시적 역량을 기울인 시인이다. 『황색예수전』[31]를 비롯한 그의 작품은 우리나라의 근대사를 관통하며 비극적 역사의 실체를 제시한다. 김정환은 작품에서뿐만 아니라 실제의 삶에서도 투쟁적 태도를 견지한다.[32] 〈열려라, 미래의 나라〉는 이러한 시인의 문학적 여정

---

28 김종환, 「사랑의 비극성-로미오와 줄리엣」, 『동서인문학』 제39호, 계명대 인문과학연구소, 2006, 251쪽 참조.

29 김정환, 『김정환 시집』, 이론과실천, 1999, 348~362쪽.

30 1954년 서울에서 태어났다. 1980년 계간 『창작과비평』에 「마포, 강변동네에서」 외 5편의 시를 발표하며 등단했다. 시집으로 『지울 수 없는 노래』, 『황색예수전』, 『김정환 시집 1980~1999』, 『하노이 서울 시편』 등을 펴냈다.

31 김정환, 『황색예수전』, 실천문학사, 1983.

32 김정환은 소설가 이인성과의 대담에서 운동에 투신했던 시절에 대해 다음과 같이 밝힌다. "내가 셰익스피어를 전공하고 싶었어요. 글 쓸 생각은 없이. 그냥 셰익스피어가 좋아서 그의 문학을 연구하는 학자나 될까 했죠. 셰익스피어 책이 다 두껍잖아요. 그걸 들고 다니면서 어떤 때 술값 없을 때는 맡기기도 하고, 어디서 잘 때 베개도 하고 그랬죠. 문학회의 김석희, 김도현 같은 친구들이 내가 멋있어 보였나봐요. 그래서 문학회 하라고, 나를 꼬신 거죠. 그래서 문학회를 하긴 했지만 글 쓸 생각은 전혀 없었는데. 징역 2년 살 때도 진짜 글

의 연장선상에 놓인 작품이다. 일제강점기부터 1980년대에 이르는 기간을 다루고 있으며 각각의 시대를 대표하는 주요 인물을 등장시킨다. 독자들은 그러한 등장인물을 통해 자연스럽게 당시의 역사적 사건을 떠올리게 된다. 〈열려라, 미래의 나라〉는 한국 현대사 전반을 하나의 작품에 수용함으로써 한국 근대사의 비극 전반을 드러내려 했다.

〈열려라, 미래의 나라〉는 역사를 오페라 시극으로 변용하는 장르에 속한다. 특히 이 작품은 오페라와 결합된다는 점에서 특징적인 시극이며, 김정환의 시세계에 영향을 받은 오페라 시극으로서 고유성을 지닌다. "오페라는 민족주의가 표방되기 2세기 전 르네상스 말기의 산물이며, 이탈리아 음악 스타일이 주도한 초창기 유럽의 보편적 문화를 대변한 것이었다. 물론 당시 상황으로 처음에는 귀족 문화였으나, 곧 귀족 외에 다른 계층의 관객도 있게

쓰기 싫어서 한 달에 한 번 쓰는 안부편지도 안 썼어요. 대개 옥중 서한이 빽빽하잖아요. 그게 무슨 절절한 사연이 있어서 그런 게 아니라 한 달에 한 번밖에 글을 못 쓰기 때문에 절절하게 쓰는 건데도, 나는 편지를 안 썼어요. 그런데 군대까지 가니까 타자를 배워야 했고, 타자를 배우고 나니까 심심해지는 거지. 그때 5년간 나를 뒷바라지해줬던 지금 아내에게 편지를 하나씩 보냈어요. 내 첫 시집이 한두 줄 고친 것 말고는 전부 그 편지를 모은 겁니다. 아, 이것도 시가 되는구나, 뭐 그런 데 좀 신기했죠. 『창작과비평』으로 데뷔할 때 백낙청 선생은 날 몰랐고, 신경림 선생이 작년에 돌아가신 김윤수 선생에게 원고를 갖다줬어요. 김윤수 선생이 나랑 징역 살 때 감방 동기거든요. 아마도 그들이 강력하게 지원해준 덕분에 데뷔를 하지 않았나 짐작이 됩니다. 이인성은 35년 전 대담을 할 당시에 거의 처음 만났는데, 그 당시에는 내 팔자를 내가 몰랐어요. 당시 운동권은 사회주의적인 색채 때문인지 글 쓰는 사람을 엄청 대접해줬어요. 나는 한 번도 운동을 주동한 적이 없었는데도, 운동권에서는 『창작과비평』으로 데뷔한 시인이라고 해서 나를 인정해줬지요. 당시 계속 운동하는 시인이 나밖에 없었거든. 그러니까 글쟁이로 서열이 확 올라가버린 덕분에 여러 곳에서 선언문을 쓰게 되었죠. 김근태 형이 하던 민주화청년운동연합(민청련) 창립 선언문을 내가 썼어요. 창립 선언문을 쓰면 또 서열이 올라가. 뭐 이런 황당한 일이 있나. (웃음) 그 뒤로 한 30년 가까이 온갖 단체에서, 재정 담당만 하게 됐죠. 그게 이인성 만난 직후에 벌어진 일들입니다." 김정환·이인성·강동호, 「80년대 문학운동의 맥락 2」, 『문학과 사회』, 2019년 봄호, 167~168쪽.

되었고 또 이탈리어가 아닌 나라에서 자국어로 공연한 오페라들이 꼭 자기 나라 고유의 소재를 사용한 것도 아니었다."[33] 유럽인들은 오페라를 통해 국제 교류에 활발한 영향을 미치고 싶어했다. 음악과 성악, 스토리를 무대 위에서 복합적으로 보여주고자 했다. 오페라는 유럽에서 대중적이고 보편적인 예술 활동이었다. 그러나 현대사회에서 오페라는 귀족적인 문화와 비대중적인 예술로 전락했다. 김정환은 '오페라 시극'이라는 새로운 장르를 통해 '살아있는 문학'을 전하고자 했다. 김정환은 「열려라, 미래의 나라」를 통해 시대를 응시하는 새로운 방법론을 제시하고자 했다.

2) 시극의 필연적 특성 분석 – 시극적 상황과 대사

'김구'의 시극적 상황

이 작품의 시극적 필연성을 밝히기 위해서는 중심인물 '김구'를 중심으로 전개해야 한다. '김구'는 죽음을 앞둔 채 두 시간의 '공간'을 갖게 된다. 이 '공간'은 그가 '백범일지'를 쓰는 행동의 공간이자, 죽기 전에 과거를 회상하면서 '역사와 혁명'에 대해 회상해보는 공간을 의미한다. 이 '공간'에서 인물은 다른 인물들 '백범 모'와 '참빗장수'와의 대화를 통해 갈등을 일으킨다. '김구'는 혁명을 위해 사람들을 죽이고 '투쟁'했던 자신에 대해 고통을 느낀다. 새로운 미래를 건설하기 위해 살았던 자신의 생은 결국 '죽음'을 맞이하면서 끝나게 될 것이라는 허무와 슬픔에 잠겨 있다. '김구'가 힘들어하

---

33 "오페라는 민족주의가 표방되기 2세기 전 르네상스 말기의 산물이며, 이탈리아 음악 스타일이 주도한 초창기 유럽의 보편적 문화를 대변한 것이었다. 물론 당시 상황으로 처음에는 귀족 문화였으나, 곧 귀족 외에 다른 계층의 관객도 있게 되었고 또 이탈리어가 아닌 나라에서 자국어로 공연한 오페라들이 꼭 자기 나라 고유의 소재를 사용한 것도 아니었다." 조성진, 『오페라 감상법』, 대원사, 2002, 13쪽.

는 것은 인생의 '시간'이며, 생이라는 '공간'을 잃게 된 허무의식이다. 이 시극은 '김구'가 살았던 공간을 넘어 다른 공간으로 넘나들고 있다. 가령, 이승만과 유관순과 김일성의 등장은 그들의 시간이 김구가 보낸 시간들과 겹쳐지고 있는 것이다. 전태일의 등장은 노동과 평화를 위해 투쟁했던 당시 상황의 공간을 이 작품에 모이게 하는 것이다. 그렇다면 '김구'가 혼란스럽고 힘들었던 시간을 보내고 죽기 직전에 하고자 했던 내면의 갈등은 무엇일까? 그것은 '미래'를 향한 공간을 원하는 마음이다. 이 지점에서 김구를 통한 시극적 필연성이 발생한다. '죽음'을 겪으며, 김구가 살았던 남은 세상이 "아름다운 형상"으로 남기를 바라는 것이다. 그의 이러한 극적 충돌은 그의 대사를 통해 더 구체화된다.

'김구'의 시극적 대사

① 김구 목소리(이후 spot-mono)　(…중략…) 앞으로 더 많은 왜적을 죽여야 했던 나. 그리 죽음을 기다리는 나, 아, 하늘이여, 내 생애가 끝내 아름답도록 도우소서. … suit,slide 한국근대사(slide out)

② 김구　아, 나라를 위하는 길은 이리 험하구나. 육체의 반란. 내 안에 죽음이 자라나도다.

③ 김구　어머니. 사형수였던 제가 사형집행까지 했더랍니다. (+유관순) 17세 조선인 소년이 상해에 왔더랍니다.

'김구'는 혁명의 지도였으나 이루고자 하는 세계를 성공시키지 못하고 실패했다. 우리의 비극적인 역사는 '분단', '일제강점기', '조선의 약함', '이승만의 독재' 등이었다. 작품 속의 김구는 이러한 부조리를 향해 끝까지 싸우지 못하고 "사형수였던" 자신이 독립 투사였던 유관순의 "사형집행"까지 했다. 김구는 역사적 사건들의 실패를 경험하면서 후회와 수치심을 느낀다. "죽음을 기다리는" 두 시간이라는 '공간'은 김구에게 매우 중요한 배경이다. "나라를 위하는 길"은 힘들고 험하다. "육체의 반란"은 그의 시극적 상황을 통해 수동적으로 죽음을 받아들이지 않고 '반란'을 일으키는 대사이다. 이런 움직임은 죽기 직전까지 '미래'라는 공간을 포기하지 않는 인물의 의지를 표현하는 것이다. '김구'라는 인물을 통해 작품의 시극적 필연성을 추론하였으며, 이 작품은 다른 작품들과 달리 '오페라 시극'이라는 장르 특성을 통해 어떤 세계를 만들고 있는 것인가.

이 작품은 내용적인 측면에서는 기존의 작품 세계와 동일한 것이지만 형식적인 측면에서 기존의 양식을 탈피하고자 했다. 김정환은 〈열려라, 미래의 나라〉를 통해 두 가지 측면에서 새로움을 전개한다.

첫 번째로는 시간을 중첩시킴으로써 기존의 서사 구조를 벗어나려고 했다. 시간은 일반적으로 과거로부터 현재와 미래를 향해 나아가는 구조를 띤다. 그리고 이때의 시간은 그것의 연속성에도 불구하고 각각의 시간은 같은 지점에 놓일 수 없다. 현재는 과거로부터 비롯된 것이고 현재는 미래로 연결되지만 각각의 시간은 하나의 지점에 동시에 놓일 수 없다. 김정환은 시간을 중첩시킴으로써 새로운 양상의 시간을 통해 극적 낯설음을 환기하려 한다. 두 번째로는 오페라 시극이라는 형식을 차용했다는 점이다. 시극을 주류 예술 장르로 보기는 어렵다. 하지만 그동안 끊임없이 창작되었고 독자에게 낯선 장르가 아니라는 점에서 새로운 형식이라고 볼 수는 없다. 그런데 김정환은 시극에 오페라를 더하여 형식적 새로움을 드러낸다. 이와 같은 형식 실험은 시극이 지니고 있는 정적인 특성을 벗어날 수 있게 한다. 또한 음악을 통해 시적 리듬을 살림으로써 한 몸이었던 시와 음악을 결합시킨 것이라고 볼 수 있다.

등장인물

김구 sprech-stimme(bass, 목소리로만 등장)

백범일지 인물

김구(tenor)

백범 모(alto)→한국 현대사 인물로

참빗 장수(buffa-bariton)

가공인물

김구 2시간 : 남자(bariton)와 여자(mezzo-sop)

현재 2시간 : 남자(tenor)와 여자(soprano)

한국 현대사 인물

유관순(soprano)

김수임(soprano)

전태일＝노동자들

김일성(tenor)

이승만(bariton)

암살자(그림자로만 등장)

chorus & dancers & orchestra

〈열려라, 미래의 나라〉는 김구를 중심으로 한국현대사를 조망한 시극이다. 특히 〈열려라, 미래의 나라〉는 오페라 시극이라는 점에서 여타의 시극과 차별성을 지닌다. 오페라 시극 〈열려라, 미래의 나라〉에는 위의 예문에서처럼 여러 등장인물이 나온다. 그런데 이들 등장인물은 시대적으로 중첩되어 등장할 수 없다. 이중에 같은 시대의 등장인물이 있고, 이들 사이에 정치적, 사회적 연관 관계가 있기는 하다. 그러나 이 경우에도 동일한 공간과 시간 속에 넣기는 무리가 따른다. 김정환은 이렇게 어긋난 인물 설정을 통해 우리의 근대사를 응축하여 말하고자 한다. 따라서 〈열려라, 미래의 나라〉의 등장 인물은 단순하게 인물 유형이나 배역의 문제가 아니라 시간의 문제로까지 확대된다. 그리고 이렇게 확대된 시간은 역사적 문제로까지 나아간다.

〈열려라, 미래의 나라〉는 역사와 인물을 통해 '사건'을 형상화한다. 그러나 '사건'을 유기적으로 이끌고 나가는 것은 시간이다. 김정환이 〈열려라, 미래의 나라〉를 통해 보여주는 시간은 연속성을 지니고 있는 흐름으로서의 개념이 아니다. 김정환이 이 작품을 통해 시간을 제시하는 방법은 한 곳으로 보이는 집합체로서의 시간이다. 일제강점기로부터 1980년대에 이르기까지의 시간은 무대에서 재연되는 특정 시간으로 수렴된다. 이러한 시간 설정으로 인해 독자와 관객은 각각 다른 지점에 놓인 시간이 하나의 시간과 공간으로 집약되는 특별한 경험을 하게 된다.

이승만	김좌진 죽다. 1930년 공산주의자에 의해.
김일성	홍범도 죽다. 1943년 제2차 세계대전.
남자	스탈린 치하 소련에서 청산리대첩의 두 영웅 그렇게 죽다.
김수임	아 미래의 전망. 그것은 왜 그리 갈가리 찢긴 채 왔는가.

여자	이 꽃에는 향기가 없다.
chorus	선덕여왕이 말했지. 이 꽃에는 향기가 없다. …그러나 벌써 진동하지 온 천지에 여왕의 향기가.
백범 모	벌려라 치마폭. 앞세대가 주는 신세대,(＋전태일) 미래의 꿈을 받아라. 벌려라 치마폭.
(…중략…)	
남자	청계천 시장통 불로 눈물을 태워 영원한 사랑을 세운 노동자의.
여자	누구?
남자	전태일. 가난했던 추억을 아프게 태우면서(＋여자) 동시에 감동의 눈물로 적신 사람(＋김수임). 피비린 눈물과 찬란한 전망의 비극적인 관계(＋유관순). 그것에 절망하지 않고 희망의 규모를 더욱 크게 만든 사람.
chorus	그의 자리, 그의 빈자리 여전히 검고.
여자	이곳은 어디인가. 건물과 건물 사이 아름다운 황혼 지는 곳(＋남자) 그렇게 우리들의 희망을 밝히는 사람.
chorus	전태일. 그의 이름은 희망
백범 모	길이 거쳐온 것은 모두 길 안에서 세상을 이루지.
chorus	전태일. 그의 이름은 희망.

김정환의 〈열려라, 미래의 나라〉는 이처럼 시간의 중첩을 통해 일제강점기부터 1980년대에 이르는 시간을 하나의 극적 구조 안에 수용한다. 이와 같은 극적 구조는 분절된 시간을 연결하고 통합할 수 있다. 그러나 각각 다른 역사적 시간과 사건이 일관성을 지니고 통합되기는 쉽지 않다. 김정환의

이러한 시도는 의미 있는 시도였다 하지만 그것이 타당한 극적 구조로 재현되었는가는 논란의 여지가 있다. 〈열려라, 미래의 나라〉가 수용하고 있는 역사적 인물과 사건은 광범위하다. 물론 등장인물을 통해 드러내고자 하는 바는 일관성을 띤다. 하지만 지나치게 넓은 인물, 역사, 시간을 집약함으로써 개괄적인 전개 양상으로 나타난다. 서사 장르는 개괄적 양상을 드러낼 때 줄거리를 설명하는 것과 같은 이야기 전개에 그칠 가능성이 높다. 이와 같은 이야기의 전개 양상은 구체적 정황을 제시하지 못함으로써 세밀하고 섬세한 극전 전개를 할 수 없게 된다.

등장인물의 경우도 시간에서와 유사한 장·단점을 드러낸다. 〈열려라, 미래의 나라〉의 등장인물은 김구를 중심으로 편성되어 있다. 그러나 등장인물 모두가 김구와 직접적인 연관 관계를 갖지는 않는다. 이승만, 김일성, 김수임 등은 동일한 시대적, 역사적 경험을 공유했지만 유관순, 전태일 등은 김구가 활동했던 시기와 차이를 보인다. 특히 전태일은 시기적으로 현격한 차이가 있다. 등장인물 사이의 비동일성은 역사적 시간의 차이로 이어져 있다. 그런 만큼 인물 사이의 거리가 만들어내는 차이는 하나의 합일점을 만들기 어렵다. 김정환은 〈열려라, 미래의 나라〉에서 이것을 하나로 묶어내려는 시도를 한다.

| 참빗장수＋전태일 | 무엇에 맞서 싸우나. 갈가리 찢긴 혼돈과 분열 속에서. 허무와 맞서. |
| chorus | 허무와 맞서 싸운 자 임경업도 있다. 중국 대륙을 호령한 조선의 영웅.(＋이승만) 그러나 아내는 옥에서 죽고 명제국은 이미 기운 달. |

chorus	허무와 맞서 싸운 자 김원봉도 있다. 대동통일에 진력한 무정부주의자.(+김일성) 그러나 민족의 골육상쟁을 보고 두 눈을 찢었다.
김구	꿈을 이루지 못했다. 그러나(+참빗장수) 우리 생애의 보편이 되고 현대가 되고 의미가 되었다.
참빗장수	신파와 구파, 개화파와 위정척사파, 해외파와 국내파, 중국파와 소련파, 민족파와 계급파, 창조파와 개조파.
김구+이승만+chorus	우리는 우리의 잘못을 알았다. 아 건국과 피살. 건국과 피살.
참빗장수	해가 진다. 해가 지지 않는 나라에.
이승만	미국은 풍요로운 신세계.
김일성＋chorus	그러나 제국주의다. 제국주의다.
김일성	소련은 해방된 나라.
이승만＋chorus	그러나 군사독재다. 군사독재다.
참빗장수	중국은 혼돈의 나라. 이탈리아에서 독일에서 그리고 일본에서 파시즘.
김 구	어디로 가는가 약소민족아. 수난의 약소민족아.(+chorus) 투쟁과 해방의 약소민족아.
이승만	미국은 거대한 부와 희망의 나라. 억압에서 해방된 민주주의의 나라. 김구, 아는가 건국과 피살. 찬란한 미래가 낡은 과거를 살해하리라.
이승만	아는가. 건국과 피살. 찬란한 미래가
chorus	아는가. 너는 위대한 2인자를 알지 못한다.
참빗장수	을지문덕. 고구려를 구하고 고구려 속으로 사라지다.(+chorus)

	가야 출신 김유신. 그는 영원한 2인자. 그렇게 사라지다. 신라의 영혼 속으로.
김구	2인자. 그를 통해 다음 세대가(+전태일) 앞선 경험을 배우고 새나라를 건설한다.(+백범 모) 그때 2인자 옛것으로 누추하지 않고(+유관순) 새것으로 경박하지 않은 2인자.
유관순+전태일	이어주는 자. 스스로 다리가 되는 자. 이름 없는 자. 역사가 되는 자.(+chorus) 역사상 진정 위대한 인간은 모두 영원한 2인자 세상의 주인은 백성이므로.

하지만 〈열려라, 미래의 나라〉가 어떠한 문학적 성과를 거뒀는지에 대해서는 논란의 여지가 있다. 역사적 사실을 근간으로 했다는 점을 감안하더라도 역사적 사실을 예술적으로 만드는 데 일정한 한계를 보인 것이 사실이다. 물론 1970~80년대 참여문학이나 민중문학처럼 문학적 판단만으로 〈열려라, 미래의 나라〉를 평가할 수는 없다. 현실 인식을 보여주는 작품의 경우는 때로 문학적 장치나 표현보다 작가의 의도와 주제의식이 중요할 수 있기 때문이다. 문학과 예술이 나아가야 할 지점이 언제나 문학성과 예술성일 필요는 없다. 그러나 극에 등장하는 직설적 발화와 노골적인 주제 전달 방식은 문제가 있어 보인다. 더구나 이 작품이 창작된 시점에 이와 같은 창작 방법론이 얼마나 유효할지는 의문이다.

또한 극이라는 특성상 직설적 어법이 나올 수밖에 없다고 하더라도 단조로운 플롯으로 인해 극적 요소가 약화되었다는 점 역시 문제이다. 플롯은 단순히 이야기가 전개되는 것만으로 구축되어서는 안 된다. 이야기는 갈등과 상징 등과 같은 '드라마'를 관객에게 전달해야 한다. 그러나 〈열려라, 미래의 나라〉는 전반적인 플롯이 평면적이라는 점에서 극적 요소가 약화되었다. 단순한 극적 요소가 직설 화법과 결합되어 문학적 상징 장치가 약화되는 결과를 낳고 말았다. 다만 현실을 적극적으로 반영하는 문학 작품인 경우에 일반적인 문학적 판단을 동일하게 적용할 수는 없을 것이다. 그런 점에서 김정환의 〈열려라, 미래의 나라〉는 나름의 가치를 지닌다고 할 수 있다. 아울러 김정환의 기존 시 세계를 오페라 시극이라는 새로운 장르로 확장했다는 점에서 긍정적인 평가를 할 수 있다.

4. 미시사의 공간화 __ 최인훈의 〈한스와 그레텔〉

1) 시극의 필연적 특징 분석

최인훈의 〈한스와 그레텔〉은 정치적 '사상'을 수행하던 인물이 '감옥'이라는 공간 속에서 갈등하는 시극이다. 30년이 지나 '보르헤르트'는 감옥에서 나갈 수 있게 되었고 가정의 품으로 돌아갈 수 있게 되었다. 그러나 이 점에서 보르헤르트는 다른 일을 수행할 것을 명령받는다. 보르헤르트는 둘 중에 하나를 선택해야 하는 순간이다. 감옥을 벗어나 다른 안정의 공간으로 갈 것인지 아니면 자신의 소명을 더 이어나갈 혁명의 공간으로 갈 것인지 고민한다. 그러므로 주인공은 감옥이라는 공간에서 다른 공간으로 이동할 수 있는 결정권이 있는 것이다. 결국 간수인 'X'와의 대화를 통해 복잡한 인간의 내면을 알게 된다.

보르헤르트는 아내가 있는 집으로 가기로 결정하며 '미시사의 공간'을 선택하게 된다.

이 시극은 최인훈의 다른 시극 작품들과 다른 확연한 특징을 가지고 있다. 첫째, 철학적 사유를 통한 대사로 이루어져 있다. 대사가 긴 편이며, 사건의 진행을 위한 것이 아니라, 진술과 내면에 대한 내용이 주를 이룬다. 산문체의 글로 이루어져 있으며 인물의 성격이 모두 진지하고 리듬을 의식하지 않는다. 둘째, 역사적 사건을 통한 갈등이 아니라 사상을 통한 개인의 선택에 집중되어 있다. 역사적 사건은 히틀러의 대사를 통해 언급되지만, 히틀러의 제안을 한스가 어떻게 받아들이는지에 핵심이 있다. 주인공 한스는 "30년 동안 감옥"에 갇혀 있다.

여기서 '감옥'은 극 안에서 어떤 의미를 가지는가. 인간의 역사에서 '억압'은 슬픔이나 고통, 아이러니, 기억 등 감정적인 것이 아니다. 그것은 잠재적인 "실재"인 것이다. 한스 '보르헤르트'는 역사의 진실을 알고 있기에 결박되어 있다. 간수 'X'도 30년 동안 보르헤르트의 건강을 돌보고 감방을 지켰다. "처음 5년이 제일 못 견디겠더군요. 그래서 교대해 줄 것을 상신했지요. 허가되지 않았습니다."436쪽 'X'는 보르헤르트와 외부세계와의 중개자 역할을 완수하는 인물이다. 한스는 석방을 원하지만 언제나 거부당했다. 하지만 올해는 한스 보르헤르트에게 결정권이 생긴다. 히틀러는 보르헤르트에게 "유대인들은 세계의 공적이다. 독일 국가의 암이다. 그러나 휴전에 동의하면 그들 전원을 석방한다. 보르헤르트, 즉시 전선을 넘어가서 적들에게 나의 뜻을 전하라. 그들이 동의할 때까지 나는 차례로 유대인을 처형하도록 명령하겠다."443쪽라고 말한다. 즉, 나가서 유대인들에게 히틀러가 말한 사실을 전하든가, 아니면 부인 그레텔에게 돌아가든가, 두 가지 길이 생긴다. "한스와 그레텔은 헨젤과 그레텔 이야기의 변용이다. 원래 이야기에서 가난을 두려워한 계모는 헨젤과 그레텔을 숲속에 버리라고 종용하고 마침내 두 아이는 길을 잃고 마녀의 희생이 될 위기에 처한다. 작가는 헨젤과 그레텔을 히틀러 총통의 비서 한스와 그의 아내 그레텔로 바꾸고",[34] 역사적 진실을 알고 있는 한스 보르헤르트에게 침묵을 유지할 것을 요구하며 30년 동안 감옥에 가둔다.

아도르노는 문학작품이나 예술을 분석할 때 '부정'의 방법을 주장했다. '부정'은 의심을 기반으로 하며, 인간의 사고를 활성화시키며, 현재의 상황과 투쟁하고 비판하는 의지이다. 아도르노의 철학에서 "이데올로기와 의사소통에 맞서 저항할 수 있는 유일한 수단은 예술적 고결성뿐이다. 아도르노에 있어서 저항이란 언제나 부정을 의미한다. 의미의 파괴와 자기 포기를 감수하면서까지 소통 가능한 이데올로기적 구호를 거부하는 예술의 부정성이 여기서 얘기되는 저항의 의미인 것이다".[35] 아도르노는 작품의 주체가 세계를 '부정'하면서 드러나는 갈등과 존재를 "미학"으로 본 것이다. 주인공 한스 보르헤르트와 더불어 'X'의 모습에 집중할 필요가 있다. 30년 동안 간수인 X에게 유일한 타인은 한스 보르헤르트이다. 그와는 "무서운 우정"을 느끼고 마치 서로가 된 것처럼 일치하는 연대감을 느낀다. "죄수와 간수의 구별"은 누가 정해놓은 것인지 'X'는 다음의 대사를 통해 전하고 있다.

X   누가 누구의 죄수라고 하기에는 우리는 너무 오래 함께 살았습니다. 이번에 상부에서 낭신의 석방을 검토한다는 통고를 받고 당신이 내 생활의 전부였던 것을 알았습니다. (…중략…) 유럽 문명은 노예 사용자의 문명입니다. 우리는 노예들의 마음을 거슬러서는 안 됩니다.

---

34   최인훈, 앞의 책, 501쪽.
35   Th. W. Adorno, *Ästhetische Theorie*, p.305 참조, 페터지마, 허창운·김태운 역, 『이데올로기와 이론』, 문학과지성사, 1996, 318쪽 재인용.

당신네들의 철학은 노예들을 화나게 합니다. 러시아인들의 철학은 노예들을 미치게 합니다. 둘 다 위험합니다. 사람은 늙는 것입니다. 생물로서의 조건을 사람은 받아들일 권리가 있습니다.

간수인 X는 '간수'라는 직업을 단지 죄인을 감시하는 존재라고 생각하지 않는다. 간수는 "절망한 사람과, 절망에 대해서도 절망한 사람들의 직업"436쪽이기에 "신비한 직업"436쪽이다. "인생의 불꽃"을 보고 싶었던 간수의 단조로운 생활은 억압과 정신적 폭력이 가득한 세계였다. 비참하게도 "내 생활의 전부"는 자신이 아니라 죄수인 '보르헤르트'임을 깨닫고 허무함을 느낀다. "가장 어두운 옷을 입은 신성한 직업"이라고 생각했지만, 죄수의 석방은 간수에게 상실감을 안겨준다.

보르헤르트는 유럽 경연대회에서 「렌즈」로 대상을 수상했다. 한스 보르헤르트는 각하, 히틀러의 직접 명령을 듣는 상위 지식인이다. 그러나 죄수로 30년간 감방에 있을 때는 X와 동등하거나 낮다고 생각했다. 왜냐하면 죄수의 목숨과 건강을 보살피고 중간에서 소식을 전하고 돌봐줘야 하는 대상이라고 생각했다. 그러나 보르헤르트의 석방과 동시에 자신이 문명의 '노예'로 살았음을 인식한다. 유럽의 문명은 '늙은 권력'이다. 보르헤르트가 석방하여 외부로 나가면 다른 지식인들처럼 "연설가나 혁명가"처럼 "늙은 문명에 힘을 보태는 심부름꾼"으로 살겠느냐고 질문한다. 보르헤르트는 이런 간수의 심정을 알면서도 간수에 대해 호의적이지 않다. 보르헤르트는 "포로라는 것은 자기 감시자를 칭찬하기에는 불편한 입장이라는 것을 모르시지 않을 테죠"434쪽라고 말한다. 간수는 사람이란 누구나 여러 개의 '자기'를 가지고 있다고 믿는다. 사람의 정체성은 하나로 이루어져 있지 않고 "단 하나의 나만을 지키도록"432쪽 세상이 보호해 주지도 않는다. 보르헤르트가 석방되어도 자신의 위치는 변하지 않는다. 오히려 원래의 자리로 돌아간 보르헤르트로 인해 간수의 자리는 노예가 된다. 간수는 명령을 받아 실행하는 존재이다. 간수는 상부 지시에 갇혀 또 다른 제도에 억압된 '죄수'나 마찬가지이다. 그래서 우리는 "노예들의 마음을 거슬러서는" 안 된다. 간수는 한스 보르헤르트에게 간접적으로 인류를 위해 "진실을 폭로하고 봉사해" 줄 것을 부탁한다. 한스 보르헤르트의 석방은 X를 포함한 비권력자들을 위한 석방이며, 인류의 해방이 되기 때문이다. 또한 한스 보르헤르트의 '자유'는 X의 '대리적 자유'이기도 한 셈이다. 최인훈은 두 인물의 시극적 상황을 통해, 죄수의 선택을 이어가고 극의 진행과 결과를 변화시키려 하고 있다.

2) 시극적 상황 – 시적 대사와 캐릭터 제시

앙가주망은 지식인의 사회 참여를 말한다. 진리를 위해 행동하고 사상에 대한 자존감을 지키기 위해 능동적이고 윤리적인 행동을 의무라고 생각한다. 이 앙가주망의 개념은 이 시극의 주제와 관련이 있다. 지식인의 행동은 사회적 정의를 위해 발현되어야 하며, 개인적 행복이나 안식을 위해서 존재하면 안 되는 것인가, 하는 본질적인 물음을 던지고 있다. 중심인물 'X'와 '보르헤르트'의 갈등은 이것을 기본으로 한 미학 구조로 형성되어 있다. 최인훈은 이 중심 갈등을 통해 우리나라의 현실을 말하고자 한다. 민주주의를 실현하기 위해 겪은 사건들과 그 사이에서 희생된 생명과 존재들의 심리를 구성하고 있다. 우리나라는 서구의 이론을 통해 실존주의를 받아들이고 '앙가주망'의 사회철학을 받아들인다. 정명교는 이러한 과정을 구체적으로 "비판"[36]하고 있다.

X의 시극적 상황

① 석방 전 : X는 죄수를 지키며 앙가주망을 실현한다. X〉죄수 : X는 죄수보다 우위에 존재. 보르헤르트의 상실감. 사회정의를 위해 죄가 확대되어 많은 이들이 피해받지 않도록 일함.

② 석방 후 : X는 보르헤르트보다 하위에 존재. X〈죄수 : 죄수가 사회적 위치를 획득하며 우위에 존재. 보르헤르트가 앙가주망을 실현할지 개인적 안식을 택할지 모르는 상황. X의 상실감. 역사적 진실을 밝히는 것보다 한 개인부인에게 행복을 주고 싶다는 심리.

X의 시극적 대사

X   물론입니다. 당신에게는 제가 세계로 향한 오직 하나의 창문이고 보면, 사무적으로 당연한 일입니다. 사실 나도 이 임무를 교대해 줄 것을 건의한 적도 있습니다. 허락하지 않더군요. 결국 이 나이가 되었습니다. 보르헤르트 씨, 여러 개의 나를 가질 수밖에 없다는 것은, 그렇게 하는 것이 사람에게는 적게는 휴식이 되고, 크게는 창조적이 될 수 있다

---

36 "실존주의가 한국에 유입될 때도 비슷한 '압축'이 벌어졌으리라는 건 능히 짐작할 수 있다. 그러니 우리가 사르트르 실존주의의 우세라는 현상 앞에서 던져야 할 질문은 그것의 성격이다. 실존주의의 무언가가 한국인들의(적어도 문학인들의) 심성 혹은 인지체계를 뒤흔들었고 그것은 한국인들을 자극한 사르트르의 무언가와 공통집합을 이룬다고 짐작할 수 있다. 우리가 실존주의의 핵심 용어들을 '신(혹은 선험적 본질)의 부정', '본질에 선행하는 존재', '피투성(被投性)', '불안', '한계상황', '투기', '선택', '앙가주망' 등으로 나열할 수 있다면, 사르트르가 다른 실존주의자들과 비교해 특별히 강조한 용어는 '선택'과 '앙가주망'이라고 할 수 있을 것이니, 문학의 현실 개입이라는 의미에서의 앙가주망(참여)이 한국문인들에게 특별히 끌렸던 것이 아닐까, 하는 짐작을 해볼 수 있다." 정명교, 「사르트르 실존주의와 앙가주망론의 한국적 반향」, 『비교한국학』 제23권 3호, 국제비교한국학회, 2015, 203쪽.

는 말이 되겠지요. 그런데 한 가지 일에만 매인다는 것은 이 경우에는 한 인물을 외부로부터 차단한다는 일에 자기 인생을 제한한다는 것은 제 자신도 갇혀 있다는 것을 말하는 것이 아니겠습니까? 간수의 절망이라는 것은 그닥 흥미를 끌지 못하는 제목이겠지요? 그러나 존재합니다. 모든 간수들에게. 가두는 사람은 갇히는 사람이기도 합니다. 더구나 제가 겪은 세월은 당신 자신보다 더 필연성이 적습니다. 기계적일 뿐입니다. 제가 당신을 선택한 것이 아닙니다.

최인훈의 작품 중에서도 이 작품은 철학적인 요소를 지니고 있다. 인물들이 자신 스스로의 철학적 사유를 담고 있다. 표면적으로 이 작품은 역사적 사건을 통해 행동으로 실천하다가 감옥에 갇힌 '보르헤르트'가 주인공이라고 생각할 수 있다. 그러나 이 작품은 간수 'X'와 '보르헤르트'의 두 명의 인물 설정을 통해 극을 이끌어가고 있다. 개성적인 부분은 '간수'라는 캐릭터를 재탄생시킨 것이다. 감옥을 지키는 자의 내면과 갈등은 혁명을 실천하다가 잡혀 온 '보르헤르트'의 운명보다 평범하게 보일 수 있다. 최인훈은 반복적이고 "기계적인"일을 하는 '간수'의 갈등을 살펴보며 시극적 필연성을 만들고 있다. 단순하고 반복적인 일을 하는 인물의 '자아'는 단순하지 않다. "여러 개의 나"로 분열되어 있다. 죄인을 지키다가 죄인에 대한 정을 느끼고, 막상 죄인이 감옥을 나가게 되면 서운함과 인생의 허탈함을 느낀다. 최인훈은 왜 이런 시극적 설정을 해 놓은 것일까. '보르헤르트'의 운명과 'X'의 운명은 모두 비극적이다. 스스로의 삶은 인정받지 못한 채 30년 동안 "갇혀" 살았던 삶은 죄인과 간수의 구별이 없게 만든다.

즉, 최인훈은 개인의 '존재'에 대해 집중한다. 이 작품의 시극적 필연성이 대사와 구조를 통해 드러내고 싶었던 것이 있다. 개인의 삶이 과거에 영웅적이었던, 반복적이고 기계적인 직업을 가진 인물이던 스스로의 존재를 찾고 있는 대사와 비극적 설정이다.

아도르노는 앙가주망을 통한 예술의 실현을 '참여'와 구분하고 있다. 그것은 실제의 행동보다 정신과 태도를 의미한다. 작가의 이러한 태도는 작품을 통해 이루어진다. 참여예술은 작품의 방향과 의도에 따라 변화를 가질 수 있다. 최인훈의 작품 속 인물들은 앙가주망의 철학을 실현하되 현실의 생활과 분리한다. 왜냐하면 참여적 태도가 현실의 모습과 일치할 수 없음이 '문학의 진실'이기 때문이다. 30년 동안 갇혀 있던 보르헤르트와 간수는 정신적 앙가주망을 실천했으나 외부에서 실제 행동을 이루지 못했다. 그렇다면 그들의 삶은 현실을 회피하과 방관한 것인가. 아도르노는 사르트르의 이론을 해석하며 자신의 주장을 내세운다. "앙가주망과 경향예술"[37]은 다른 것이다. 참여예술이란 구체적인 방법을 제시한다. 또한 참여예술은 자세인데 사르트르가 주장한 것은 실제적 참여이다. 그러나 정명환은 이러한 사회 참여에 대한 생각을 다르게 주장하고 있다. 개인의 자유는 집단의 이익을 위해 존재하고, 갈등을 극복하고 사회 발전과 관련이 되어 있는데, 그것은 긍정

---

37 사르트르가 자유의 비상실성을 증명하려고 하였던 이 같은 다른 선택의 규정적 형식 이 이를 지양시킨다. 그것은 진짜로 선결정론(先決定論)의 내부에서 공허한 주장으로 그쳐 버린다. 허버트 마르쿠제는 고문(拷問)을 내면적으로 받아들일 수 있거나 거부할 수 있거나 하는 것을 철학의 무의미라는 이름으로서 불렀다. 그러나 바로 그것은 사르트르의 연극의 상황들로부터 도출되어야만 한다. 그 상황들이란 따라서 그 고유의 존재주의(實存主義)의 모델로서는 쓸모가 없다. 왜냐하면 그들 상황들은 지배당하고 있는 전 세계를 포함하고 있는 진실의 명예를 위하여 그 세계는 진실을 무시하고 있으나 부자유(不自由)를 그들 스스로의 내부에서 훈련하고 있기 때문이다. 테오도르 아도르노, 김주연 역, 『아도르노의 문학이론』, 민음사, 1989, 51쪽.

적인 면보다는 "부정적"[38]인 결과를 초래한다는 것이다. 사회적 참여 실천이란, 즉 문제를 극복하기 위한 갈등과 관련해서 제시되어 있는데, 그 결과는 앞서 언급한 바와 같이 낙관적인 것이 아니다.

> 보르헤르트　　새소리, 30년 동안 가장 많은 경험을 한 것은 저 새소리지. **새소리는**
> **제한받지 않았으니까.** 듣고 있노라면 그 소리에는 이야기가 있지. 무
> 슨 이야긴지는 몰라도, 기쁨, 슬픔, 망설임, 안타까움, 토라짐, 무심
> 히 그저 지저귀는 것.

"새소리는 제한"받지 않고 자유롭다. 주변을 신경 쓰지 않는다. 새소리는 인간이 누려야 할 '자유'를 의미한다. 자유에는 '이야기'가 있고 '감정'이 있다. 개인의 감정과 감각은 경험으로 인식하며, 개인의 삶을 이루는 "도덕적 진리"가 된다. 정명환과 정명교는 결국 사르트르와 아도르노의 '앙가주망'을 비판하며 우리에게 맞는 방법을 찾는다. 종교나 지배의 역사를 지나오면서 유럽은 근대를 지향하고 시민들에게 사회적 참여를 독려했다. 그러나 이러한 참여는 탐욕과 다른 독재로 이어지며, 이 앙가주망의 권리는 모두에게 있지 않다는 역설적인 차별의 증표가 되는 것이다. 정명교와 정명환은 우리나라 현실을 예로 들어 앙가주망에 대해 주장한다. 사회적 참여는 특별한 존재만 이행할 수 있는 권리나 권력으로 행사하지 말아야 한다는 것이다. 이것

38　왜냐하면 모든 행동은 필연적으로 새로운 실천적 타성태의 구성으로 낙착되고, 그것은 다시금 집렬적 인간으로서 존재하도록 우리를 강요하기 때문이다. 더구나 사르트르가 자신의 이론과의 모순을 무릅쓰고 믿었던 사회주의적 유토피아의 환상의 사멸은 우리가 실천적 타성태의 감옥에서 벗어날 수 없다는 것을 다시 확인시켜 주는 듯이 보인다. 정명환, 『현대의 위기와 인간』, 민음사, 2006, 61쪽.

은 평온한 개인적 삶을 선택하느냐와 사회적 참여 운동을 하느냐의 문제가 아니다. 선택의 문제가 아니라 합리적인 화합으로 나아가야 한다는 것이다. 정명교는 "이러한 전제된 지식에서 보자면, 사르트르 식의 주관성, 즉 '선택'과 '의식적 결단'으로서의 앙가주망은 청산되어야 할 낡은 부르주아적 태도에 지나지 않게 된다"[39]고 주장한다.

최인훈은 이러한 철학적 논리를 뒷받침하여 작품을 창작하고 있다. 작품 속 인물 보르헤르트는 감옥에 들어가기 전의 모습과 그 후의 모습이 달라져 있다. 30년을 감옥에서 보낸 보르헤르트의 사상은 변해 있다. 보르헤르트는 "나는 나의 결백을 주장하기 위해서 석방을 요구하고, 공개재판을 요구하는 것이 아니오. 나의 결백은 자명"455쪽하다고 말한다. 그레텔의 아버지 '스토크만'과의 대화를 통해 보르헤르트의 심리를 자세히 알 수 있다. 즉, 보르헤르트의 주장은 위에서 논거한 정명환과 정명교의 이론과 일치한다. 최인훈은 '스토크만'의 대사를 통해 보여주고 있다. "인간의 사랑은 그 인간의 사상과 떨어져 존재"하는 것이 아니다. 사랑과 사상은 분리된 것이 아니다. 개인적 가치는 사회적 사상에 비해 중요도가 덜한 진리가 아니다. 개인의 가치가 존중되고 사회적 참여는 하는 방식에 따라서 선택의 문제가 되어야 한다는 것이다.

스토크만	인간의 사랑은 그 인간의 사상과 떨어져서 존재하는 것이 아니야
보르헤르트	나치즘은 인간의 사랑과 어울리지 못할 이유도 없습니다
스토크만	자네, 아버지 앞에서도 그렇게 말할 수 있겠는가?

---

39 정명교, 앞의 글, 210쪽.

보르헤르트의 아버지는 나치당이 부과한 임무를 행했지만 '스파이'라는 죄목으로 처형당했다. 그의 어머니는 생사 여부조차 확인이 불가능하다. "살육과 파괴"를 강행했던 나치당의 요원들은 다른 방식으로 희생되어 죽어간다. 한스 보르헤르트는 역사적 사건을 외부에 나가 다수를 위해 밝힌다 해도 실패할 것을 예감한다. 그러나 한스가 개인적 행복을 선택한다고 해도 "그 사람의 가치가 없어지는 것은 아니다"는 간수의 의견을 듣는다. '간수'는 한스의 죄를 감시하고 한스의 영역을 관리하는 자이지만, 자신의 사회적 실현과 정의를 위해 한스의 정신적 협력자가 되기도 한다. 최인훈은 한스 보르헤르트의 이러한 입체적 모습을 통해 인간에게 주어진 사회적 기능과 개인적 선택을 합리화한다. 둘 중의 하나를 선택한다고 해서 "악마"가 되는 것은 아니다. 보르헤르트는 "인간의 사랑은 그 인간의 사상과 떨어져" 있지 않음을 알게 된다. 그것은 변하지 않고 기다려준 그레텔에 대한 진심이다. 그레텔과의 추억을 떠올리며 인간이 놓친 '순수'에 대해 고민한다. 감옥에서 30년 동안 갇혀서 경험한 것은 '새소리'며 제안받지 않는 자유 의식을 상징한다. 최인훈은 사상을 바탕으로 한 시극을 쓰면서 인간의 자유란, 어느 한쪽을 선택하여, 한쪽을 배제하는 것이 아니라 정치적 사상과 개인적 삶의 존엄은 동시에 실현될 수 있다는 것이다.

3) 시극의 극적 요소와 효과

슈베르트1797~1828의 〈보리수〉는 독창과 피아노 연주로 이루어진 연가곡 〈겨울 나그네〉 중 5번째 곡이다. 슈베르트가 빌헬름 밀러[40]의 시에 곡을 붙인 것으로 1827년에 작곡되었다. "각 4행 6연 구성으로 운을 맞춰 지은, 연작시 전체를 통틀어 가장 유명한 시이다."[41] 최인훈은 왜 슈베르트의 〈보리수〉를 배경으로 설정한 것이며 반복적으로 틀고 있을까. 그것은 등장인물 X와 보르헤르트의 심정을 잘 나타내고 있기 때문이다. 30년 동안 감옥에 살면서 잃어버린 삶의 서정과 그리움을 슈베르트의 선율과 밀러의 시로 표현하고 있다. 아래의 시는 엄선애의 논문에서 번역된 시를 작성해 놓은 것이다. '보리수'는 '성문 앞'에 있다. 그런데 성문 앞 우물 곁에 있다. 물을 보며 서 있다. 화자는 보리수 그늘 밑에서 단꿈을 꾸었다. 보리수 가지에 사랑의 말을 새기고 기쁠 때나 슬플 때나 생각한 것이다. 최인훈은 이 곡이 가진 문학성의 의미를 강조하고 있다.

성문앞 우물곁에

보리수 한그루 서 있네.

난 그 그늘 아래서

수많은 단꿈을 꾸었네.

---

40 독일의 서정시인이자 소설가, 문학평론가. 1794년 독일 작센안할트 주의 데사우 출생. 후기낭만파에 속하는 시인이며, 슈베르트가 작곡한 〈보리수〉, 〈겨울 나그네〉, 〈아름다운 물방앗간 아가씨〉 등이 세계적인 가곡이 되었다.

41 엄선애, 「시에는 울림을, 음악에는 말함을⋯-빌헬름 밀러와 프란츠 슈베르트의 『겨울 나그네』 및 제5곡 〈보리수〉 해석」, 『독일언어문학』 제15권, 독일언어문학연구회, 2001, 399쪽.

그 가지에 내가 새긴

수많은 사랑의 말.

기쁠때나 슬플때나

언제고 그에게로 나를 끌었네.

오늘도 지나가야 했네

한밤중에 그곳을

어둠속에서도 난

두 눈을 감았네.[42]

이 음악은 〈한스와 그레텔〉에 5회 나타난다. 그 중간에 베토벤의 〈영웅〉이 1회 나온다. 뮐러의 함축적인 가사와 음률은 인물 보르헤르트가 처해 있는 공간적 배경과 대비된다. '감옥'이라는 곳에서 들을 수 있는 음악은 고요하고 우아하다. 마치 등장인물들의 지친 내면을 달래 주듯 여백과 휴식을 느끼게 하며 이야기의 결말을 예감하게까지 한다.

최인훈은 〈한스와 그레텔〉의 작품의 무대 배경을 자코메티의 〈아침 4시의 궁전〉처럼 만들었다. 〈아침 4시의 궁전〉은, 인간을 둘러싼 장소가 선과 면으로 구성되어 있다. 유일하게 인간이 두 명 있다. 서 있는 인물 뒷면으로 세 개의 벽이 있고 웅크린 인물이 있다. 이 면들을 제외하고 창작된 조형예술은 모두 선으로 이루어져 있다. 선은 직선이 대부분이며, 정사각형과 직사각형, 한쪽 선만 긴 사각형마름모나 사다리꼴이 아님이 있다. 서 있는 인물 위에

---

42 위의 글, 400쪽.

커다란 삼각형이 있는데 이것은 제법 크게 형성되어 있다. 전체적인 안정과 균형을 이루고 있다. 그러나 무대와 무대가 아닌 허공과의 거리는 좁다. 단순한 형상과 깔끔한 조각은 해방감과 여백을 부여한다. 최인훈은 이 작품으로 〈한스와 그레텔〉의 '감옥'을 표현하고 있다. 바깥 세계를 꿈꾸고 있으나 감옥에 30년 동안 갇혀 있던 인물의 심리는 매우 고독하고 피폐하다. 작가는 인물의 모습을 고귀하고 자세히 표현하던 로댕의 작품을 선택하지 않고 자코메티의 작품을 선택한 것이다. 왜일까. 자코메티가 가진 현대성 때문이다. 현대를 살아가는 현대인의 정신을 단순하고 같은 색으로무채색, 차가운 재질철로 만들면서 현대인의 절망과 외로움을 대변한 것이다. 주변의 건물이나 자연과 구분 없이 인간의 모습은 물질과 비슷하게 만들어진다. '기다란' 육체일 뿐인 인간의 형상은 세계의 억압과 제도에서 육체성을 잃어버린다. 단순한 선들과 도형의 위치를 배치를 탄생시키고 선 안에 있는 인물이든 선 밖에 있는 인물이든 별 차이가 없는 인물의 삶, 정체성, 고유성이란 가치가 의미가 없는 현실이다. "그것이 배치된 위치와 움직임의 방향을 통해 작가 개인의 심리적 상황을 반영한다. 작가 개인의 심리적 상황이 담긴 공간의 표현은 초현실주의 시기의 작품인 〈오전 4시의 궁전〉"에서 알 수 있다.[43]

문학 작품에서 '기다림'은 현실을 참고 견디는 매개체가 된다. 베케트의 〈고도를 기다리며〉에서 등장하는 '고도'는 두 주인공이 기다리는 인물이다. 이 기다림은 부조리극에서 현실 세계를 부정하고 다른 세계를 만들고 싶은 정신에서 비롯되며, 시극의 극적 요소가 된다. 브레히트와 이오네스코의 작

---

43 이재은, 「자코메티의 인물구성 조각에 표현된 공간개념」, 『현대미술사연구』 제15집, 현대미술사학회, 2003, 36쪽.

품에서도 이 부조리 방식은 나타난다. 조재룡은 의미를 유보하거나 의미 자체를 근본적으로 부정하는 방식으로 아이러니한 대사나 구성으로 표현된다고 했다. 베케트의 작품 속에서 고도는 나오지 않는다. 두 인물이 지금의 현실을 극복하면서 기다리는 사람이자 미래일 뿐이다. 그래서 끝내 이 작품은 '고도'의 실체를 밝히지 않는다. 독자와 관객에서 호기심과 사건을 이끌어가는 요소로 작용할 뿐이다. 아이러니하게도 인물들의 무기력과 궁핍, 무의미가 우리를 웃게 한다. 인물들은 작고 소소한 일에 집중하며, 정상인들보다 아래인 사람처럼 우스운 행동을 자아낸다. 구두를 벗을 때도 쉽게 벗지 못하며, 주머니에 꼬질꼬질한 무를 가지고 다닌다. 시간을 알 수 없는 곳에서 시계를 잃어버리거나, 갑자기 '소년'이 나타나 '고도'의 메시지를 전달한다. "고도 씨가 오늘밤엔 못 오고 내일을 꼭 오겠다"는 것이다. 고도 씨 밑에서 일한다는 소년이 하는 일은 "염소를 지키는" 일을 한다.

이 이야기는 최인훈의 〈한스와 그레텔〉과 대비된다. 한스 보르헤르트는 각하에게 직접 명령을 받기도 하고, 렌즈를 연구하고 발명하며, 사회에 중요한 영향이 될 수 있는 인물이다. 또한 인물들의 대화는 진지하며 전체적으로 엄숙하다. 그러나 〈고도를 기다리며〉에 나오는 인물들은 사회에서 필요한 존재는 아니다. 사회의 큰 사건이 되지 않으며 오히려 유머와 아이러니를 선사한다. 한스 보르헤르트가 기다리는 것은 자신의 결정에 따라 선택할 수 있는 '기다림'이다. 즉, 우리가 현실에서 보았고, 이루어질 수 있는 기다림이다. 최인훈은 이 기다림을 실천으로 옮긴다. 보르헤르트를 기다리던 그레텔에게로 돌아가는 것은 단순히 시간이 지나 행해진 것이다. 아니다. 한스의 의식에 변화가 찾아오고 스스로 끝을 낸 기다림이다. 기다림은 인물의 능동적 행동을 통해 완성이 된다. 그러나 '고도를 기다리며'는 무한을 야기한다. 작품의 인물들은 '기다림'을 통해 현실의 두려움과 문제들을 해결한다. 기다리는 것들에 대한 가치와 고귀함을 독자에게 선사한다.

블라디미르	그렇게 말하겠지 . (사이) 그래, 얘기해 봐라.
소년	(단숨에) 고도 씨가 오늘 밤엔 못 오고 내일은 꼭 오겠다고 전하랬어요.
블라디미르	그게 다냐?
소년	네.
블라디미르	넌 고도 씨 밑에서 일하고 있냐?
소년	네.
블라디미르	그래, 무슨 일을 하지?
소년	염소를 지켜요.
블라디미르	고도 씨는 너한테 잘해주냐?
소년	네.
블라디미르	때리진 않니?
소년	아뇨.[44]

"베케트의 연극을 부조리 연극이라고 최초로 이름 붙인 마틴 에슬린은 베케트를 '유쾌한 허무주의자'라고 일컫는다. 베케트의 연극에는 작품의 내용을 이해하건 못하건 간에 비극적인 어두움이 짙게 깔려 있음을 누구나 느낀다. 실제로 그는 '삶을 지배하는 것은 고통'이라고 말한다. 그러므로 데카르트보다 한발 더 나아가서 '나는 고통 받고 있으므로 존재할 것'이라고 생각

---

44   사뮈엘 베케트, 오증자 역, 『고도를 기다리며』, 민음사, 2000, 86쪽.

하는 것이다. 그 고통은 자신만의 것이 아니라 타인의 고통, 즉 인간의 고통을 말한다."[45] 이 고통은 기다림을 발생시킨다. 이 두 작품 모두 고통에서 나온 기다림이라는 것에서 공통점이 있다. 고통은 사회와 개인적 관계에서 빚어진다. 사회적 참여에 기여했던 보르헤르트의 행동은 '감옥'에 갇힌 결과를 낳았다. 보르헤르트는 '평화'란 유토피아가 아닌 이상 현실에서 완벽하게 실현될 수 없음을 알게 된다. '평화는 결국 중간'이 된다. 평화는 인간이 도착할 마지막이 아니라 과정이 된다.

> 보르헤르트　　다시 다시, 또다시 시작이다. **평화는 결국 중간**에밖에는 없다. 그 짧은 사이, 두어 달, 길어야 서너 달. 30년이 모두 이런 연속이었지. 무서운 일이다. 사람은 그렇게 온갖 것을 알았다가도, 잠깐 사이에 모두 잊어버릴 수도 있다니. 갇힌 자에게는 기억밖에는 세계가 없으므로, 나는 한사코 잊어버리지 않으려고 했지. 세월이 갈수록, 생각해야 할 일은 더 많아지고, 잊어버리기도 더 흔해졌지. 그러나 **한 가지 변하지 않은 일은 언제나 나는 이렇게밖에는 될 수 없었다는 확신이었다.** 아마 내가 여기서 죽을 때까지 놓여나지 못하리라는 대전제가 있었기 때문에 그렇지 않았을까? 그러니까 나는 살아 있으면서 끝나 있는 인간이었지. 렌즈처럼.

한스는 30년 동안 감옥에 있으면서 생각을 키운다. 사회라는 집단은 그 제도와 판단에 따라 개인을 강압할 수 있다. 한스는 렌즈를 만지면서 "살아

45　위의 책, 169쪽.

있지만 죽어 있는 삶"을 발견한다. 이 극에서 한스가 두 가지의 길에서 선택하게 된다. 그것은 가정의 품으로 돌아간다는 결론이 아니다. 한스는 자신의 다른 모습을 찾아간 것이다. 제도나 권력의 명령에 따랐던 삶은 진실이 아니었다는 것을 깨닫는다. 인간의 삶은 세계로부터 언제나 위태로우며 불안전하다. "아도르노의 저작에서 가장 심각한 단순화의 사례로 꼽을 수 있는 것은 『부정의 변증법』과 『고유성의 은어』에서 하이데거를 (희화화라고 할 수 있을 정도로) 비판한 부분이다.

아도르노는 사르트르가 인간이 행하는 사회적 참여와 의식을 '실존'이라는 의미로 가꾼 뒤, 개인의 사소한 감정들이 중요하지 않다고 여기는 풍토를 발생시켰으며, 그것은 다른 억압과 제도를 반복시키며 개인의 자유와 개방적 결론을 폐쇄적으로 단정 짓는 한계를 일으킨다.

세계의 부조리를 향해 유머와 새로움을 던진 베케트의 작품은 기다림을 매개로 극을 이끌어가며, 독자들에게 환상과 이상을 심어준다. 최인훈의 한스와 그레텔에서는 '30년 동안 오랜 시간'이 흘러 시대가 바뀌고 인물들의 사고가 변한 것을 확인할 수 있다. 즉, 기다림은 변화를 일으키고 목적지에 이르고자 하는 에너지가 된다. 여기서 기다림은 보이지 않는 형이상학적인 진술이 아니라, 눈에 보이고 바로 실현할 수 있는 것이기에 인물의 행동이 수반되어야 하는 것이다.

이러한 '보르헤르트'의 인물의 갈등은 최인훈의 작품 안에서 내적 갈등을 일으킨다. 작품 외적으로 '보르헤르트'란 이름을 선택한 작가의 의도를 짐작할 수 있다. 볼프강 보르헤르트는 1921년 독일 함부르크에서 태어났다. 히틀러의 탄압이 가득했던 시기였다. 보르헤르트는 시와 희곡, 소설을 쓰며 당시 상황에 저항하는 작가였다. 이러한 인물의 이름을 패러디하여 주인공의 이름으로 했다는 것은 의미심장하다.

특히나 이러한 문학인의 이름과 동화「헨젤과 그레텔」에 나오는 이름을 패러디한 것은 최인훈의 '장르 결합 시도'와 '실험의식'을 고려해 볼 수 있는 지점이다. 보르헤르트가 극복하고자 했던 정치적 상황과 허무주의 세계 관은 헨젤과 그레텔이 새엄마와 마녀로부터 위기를 극복하는 지혜로운 동화의 세계성으로 연결될 수 있다. 즉, 최인훈은 작품의 화자가 갈등을 극복하고 새로운 세계까지 제시할 수 있다는 점을 보여주고 있다. 인물이 문제를 해결하는 방식과 극의 결말은 이 작품이 다룬 (작품 외의) 다른 사상실존주의·앙가주망까지도 더 비판하게 만든 계기가 되며, 사상을 중심으로 시극을 이룬 극적 긴장과 완성도를 우리에게 선사한다.

제2부

사극의 설화적 공간

설화 수용

설화는 문자 그대로 이야기를 뜻하며, 이야기판에서 생성, 전달, 전승되는 언어예술이다.[1] 그 갈래는 신화, 민담, 전설로 분류할 수 있다. 설화는 전하는 이와 수용자의 관계를 이어주며, 삶에 대한 호기심과 흥미를 발전시켜 주었다. 설화를 통해 동물이나 신, 자연과 인간의 세계가 밀접한 관련이 있다는 것을 알게 되며, 그 속에서 발생하는 사랑과 좌절, 이별, 상처, 모순 등을 이야기 형식을 통해 형상화하는 모습을 보여준다. 또한 현세가 아닌 이상세계를 꿈꿀 수 있게 하며, 스토리의 무한한 상상을 통해 전하는 이와 수용자가 공동체의식을 가질 수 있다.

그렇다면 작가는 왜 설화를 소재로 하여 시극을 창작하며, 그 효과는 무엇이 있을까. 그 이유는 두 가지로 정리할 수 있다.

첫째, 설화가 지닌 '보편성'을 통해 작품의 주제를 깊이 '재조명'할 수 있다. 이미 알고 있는 이야기를 패러디한 시극이라는 이유로 독자나 관객은 관심을 가질 수 있다. 설화를 듣는 자는 언젠가 설화를 다시 말하는 자가 될 가능성이 있다. 이야기는 반복과 전달을 통해 변하거나 풍성해질 수 있다. 설

---

1   강등학 외, 『한국 구비문학의 이해』, 월인, 2000, 37쪽.

화를 경험했던 자들은 다른 방식의 이야기에 호기심을 가지고 있으며, 다른 방향의 주제를 생각해 보거나 줄거리를 상상할 수도 있다. 폴 리쾨르는 이야기의 시학이 현실과 이상의 시간을 매개하는 다른 시간을 만들어낸다고 했다. "허구 이야기는 등장인물이나 사건들의 비실재성에도 불구하고 마치 과거에 그런 일이 일어났던 것처럼 재현함으로써 현실을 변형시킨다는 점에서 현실과 은유적 관계"[2]를 설정한다. 설화는 문자가 없던 시대에서부터 사람들의 일상과 함께했다. 글을 읽지 못하는 민중들에게 즐거움과 감동으로 다가갔으며, 이후 신분에 상관없이 다양한 계층이 모두 향유할 수 있는 장르가 되어 갔다. 이러한 설화의 보편성을 시극에 접목시켜 사람들의 흥미를 끌고, 원작의 줄거리를 비틀거나 주인공의 상황을 다른 것으로 만드는 것은 기존의 관념과 풍습, 도덕적 기준을 다시 생각해보는 계기가 된다. 또한 설화 속에 정해진 권선징악이나 사랑, 이별 등의 주제를 시극을 통해 확대하거나, 다른 방향으로 쓰며, 과거의 문화를 현재의 시점에서 다시 비판하고 인식하게 하는 동기가 된다.

둘째, 우리의 민족성과 문화를 다양한 시극 형식의 작품으로 보여줄 수 있다. 구비문학의 종류에는 설화·판소리·민요·무가·가면극 등이 있다. 이러한 장르들은 민중들이 겪는 애환과 고통, 슬픔을 풍자적으로 보여준다. 문자를 읽지 못하던 민족들은 구전되는 이야기에 심취하고 다른 집단으로 계속 이어 전승시킨다. 설화를 통한 시극 형식 안에서 음악적 코러스나 민요, 춤, 소리를 다양하게 보여줄 수 있었다. 공연을 하는 자들은 민중들이었으나 공연을 보는 자들은 민중이거나 귀족이기도 했다. 이러한 시극을 공연하는

---

2   김한석, 『해석의 에움길』, 문학과지성사, 2019, 239쪽.

가치는 관객과 배우들의 거리가 좁혀지고, 무대 위의 배경설정과 배경음악은 민족들의 한과 삶을 상징하며, 우리나라의 독창적인 민족성으로 형성될 수 있다는 것이다.

김수영은 그의 산문에서 예이츠의 시극을 언급했다. 예이츠의 "〈캐슬린 백작부인〉, 〈캐슬린 니홀리한〉, 〈배일스 해안에서〉, 〈테어드르〉 등의 시극은 켈틱 민화에서 취재한 것들이다. 예이츠는 그 후에도 시극을 썼지만 자기 나라의 전설과 민화 등에서 재료를 얻어 오는 극작 태도"[3]를 긍정적으로 바라보았다. 예이츠가 전개한 자기 나라의 민화를 소재로 한 극운동[4]은 민족문화를 융성시키고 그의 시학을 발전시킨 결과였다. 즉, 민족성과 예술성을 겸비한 작품이야말로 그 나라의 국력이 되며 발전 가능성을 열어두는 것이다. 설화를 소재로 한 시극은 세 작가의 작품에서 분석할 수 있다.

문정희의 〈날개를 가진 아내〉는 '선녀와 나무꾼'의 이야기를 바탕으로 변형하여 만든 작품이다. 〈도미〉는 삼국사기에 나오는 열녀설화 '도미전설'을 가지고 만든 작품이며, 〈구운몽〉은 '구운몽' 설화의 줄거리를 최대한 변형시키지 않고 시극으로 바꾼 작품이다.

전봉건의 〈무영탑〉은 석가탑에 얽힌 '아사달 아사녀의 전설'을 바탕으로 쓴 시극이다. 신동엽의 오페레타 〈석가탑〉의 시극과 비교해 볼 수 있다.

또한 최인훈의 작품을 분석하고자 한다. 〈어디서 무엇이 되어 만나랴〉는 감은사 전설과 '바보온달'의 민담을 바탕으로 재구성한 작품이다. 〈옛날 옛적에 훠어이 훠이〉는 '아기장수 탄생' 설화를 영웅설화의 역경과 사연을 모티브로 하고 있으며, 〈달아 달아 밝은 달아〉는 '효녀 심청'의 이야기를 변형

---

3   김수영, 『김수영 전집』 2, 민음사, 1981, 383쪽.
4   위의 책, 389쪽.

하여 만든 작품이다. 〈첫째야 자장자장 둘째야 자장자장〉은 '해와 달이 된 오누이' 설화를 현대적인 감각으로 재창작한 작품이며 「둥둥 낙랑낙랑樂浪 둥」은 '호동왕자'의 이야기를 각색한 시극이다. 하지만 그의 희곡을 아래에 서 시극으로 연구하는 이유를 더 자세히 논하고자 한다.

제2장

최인훈의 희곡을 시극으로 보는 이유

최인훈은 7편의 '희곡'을 썼다. 그리고 작가는 그 작품들이 '희곡'에 속함을 여러 번 명시하였다. 그럼에도 불구하고 그의 희곡은 우리의 논문이 연구 대상으로 삼는 시극 속에 포함시킬 수 있다고 생각한다. 그 까닭을 기술하면 다음과 같다.

그의 희곡들은 전부 옛 설화 혹은 전설을 재기술한 것이다. 〈옛날 옛적에 훠어이 훠이〉의 「작가의 말」에서 그는 그 점을 이렇게 밝히고 있다.

1. 이 이야기는 평안북도에 내려오는 전설이다.
2. 전설 원화는 애기를 눌러 죽이는 데까지이다.
3. 이 전실의 상징 구조는 예수의 생애—절대자의 내세, 난세에서의 짧은 생활, 순교, 승천의 그것과 같으며, 구약성서 출애굽기의 과월절의 유래와도 동형이다.
4. 희곡으로 읽는 경우에는 종교적 선입관 없이, 인간의 보편적 비극으로 읽힐 수 있을 것이다.
5. 상연에서는 연출 지시에 있는 바와 같이, 대사, 움직임이 모두 느리게, 그러면서 더듬거리는 분위기가 나오도록 하는 것이 좋으며, 이 같은 비극이 너무 합리적으로 해석되어서는 안 된다.

6. 스스로의 운명을 따지고 고쳐나갈 힘이 없는 사람들의 무겁고 어두운 이야기로 표현되어야 한다.

7. 인물들은 거의 인형처럼, 조명·음향, 그 밖의 연출수단의 수단처럼 연출할 것.

8. 마지막 장면에서는 사건의 경위에 관계없이, 지상의 사람들은 신들린 사람들처럼, '흥겹게' 춤출 것.[1]

이 '말'에는 '전설'과 '희곡'의 연관성을 언급하면서도 그 둘이 엄격히 다르다는 점이 명시되어 있다. 희곡은 전설의 변용이다. 전설 그 자체가 아닌 것이다. 이 점은 최인훈의 희곡이 옛 설화를 제재로 가져왔다는 점을 '당연시'하는 기존의 관점들을 재고하게 한다. 가령 다음과 같은 진술은 그런 관점의 분명한 예에 해당한다고 할 수 있을 것이다.

"최인훈의 희곡이 보여주는 심오한 맛도 연극 곧 제의라는 인식 위에서, 그의 희곡에 고대의 제의, 신화의 원형성이 채색되면서 빚어지는 효과다"라고 말한 권오만 교수의 지적처럼 그의 희곡은 인간의 심층에 깊이 뿌리 박고, 거기서 자양분을 끌어올림으로써 높은 성과를 거둘 수 있었다고 보여진다.[2]

이런 관점은 일단 최인훈 희곡의 특이성에 주목하여, 그의 희곡이 "설화(…중략…)에 창조적 상상력을 투입[하여] 인류 보편의 신화성을 획득"하였다고 주장함으로써 최인훈 희곡이 설화의 변용임을 전제한다. 그러나 위 인

---

1 최인훈, 전집 제10권, 『옛날 옛적에 훠어이 훠이』, 문학과지성사, 2015, 제3판, 4쇄(초판 : 1976), 100쪽.

2 남진우, 「최인훈 희곡 연구―탐색과 구원」, 중앙대 석사논문, 1985, 2쪽.

용문의 진술을 통해서, 그러한 변용을 희곡 자체와 동일시해버린다. 그럼으로써 최인훈 희곡이 여타 희곡과 다른 점을, 그저 '특이성'의 부분으로 돌려버린다. 그러나 그 특이성은 인용문에서 암시되듯 모범성으로까지 간주된다. 그렇게 되면, 설화에 근거하는 희곡만이 진정한 희곡이 된다는 암시를 품게 된다. 그러나 그것은 오늘의 숱한 다른 희곡들을 무시하는 처사가 된다. 오히려 우리는 최인훈 희곡이 설화에서 왔다는 사실로부터 그가 '희곡'이라는 이름하에 최인훈 특유의 장르를 만들어가고 있었다고 보는 게 합당하다고 생각한다. 그 특유의 장르는 이제 설명될 이유에 의해서, '시극'에 접근한다고 보는 게 이 책의 관점이다.

그 점에서 우선 주목할 것은 '전설의 변용으로서의 희곡의 상연 원칙'이 제시되어 있다는 점이다. 우선 변용의 경로가 특이하다. 전설에서 희곡으로 바로 간 것이 아니라 전설에서 종교를 거친 후 희곡으로 갔다. 꼼꼼히 들여다보면 종교와 희곡은 그 결말이 다르다. 종교는 수난에서 구원으로 향한다. 반면, 희곡에서는 구원이 생략된다. 그것은 종교와 상징구조를 같이 하지만, '승천'은 표면적으로 나타나는 데도 불구하고 구원이 아니라 '보편적 비극'으로 읽혀야 한다. 그 이후의 주문5~8은 보편적 비극으로 읽히기 위한 구체적인 무대 연출 지시들이다.

여기에서 주목할 것은 종교적 형상으로 인간 비극을 느끼게 한다는 것이다. 외면은 구원이고 내면은 비극이다.

바로 이것 때문에 최인훈의 희곡은 인간의 사연을 다루는 오늘의 희곡과 아주 달리 읽힌다. 아마도 우리는 저 종교와 비극의 결합을 비극적 내용의 정화된 표현이라 말할 수 있을 것이다. 그 때문에 많은 사람들이 공통적으로 지적하듯이, "무척 시적으로"[3] 들린다. 게다가 그의 희곡은 상연을 전제로

함에도 불구하고, 오늘날의 희곡들처럼 그냥 대본으로만 존재하는 게 아니라 그 스스로 하나의 작품으로 존재한다. 즉 상연이 되지 않아도 한 편의 완미한 작품으로 읽히는 것이다. 이것은 그의 희곡들이 오늘의 희곡이 아니라 고대의 희극 적어도 17세기의 고전비극에까지 유지되었던 그 자체 하나의 문학 작품으로서의 희곡을 지향했다는 것을 가리킨다. 그래서 최인훈의 희곡들에 최초의 해설을 쓴 이상일은 "읽는 연극의 즐거움"을 배울 수 있었다고 감탄하며, 그를 거의 자동적으로 "극시인"이라고 명명한다.

우리의 희곡 작품들이 천편일률적으로 지녔던 드라마 형식의 이야기는 드라마와 서사성의 혼재 때문에 그리고 우위에 있는 서사성 때문에 산문 소설로 뺏기는 독자의 관심을 끌 수가 없었지만, 이제 최인훈 같은 극시인의 극문학을 통해 우리는 '연극의 읽는 즐거움'을 배울 수가 있게 될 것이다. 극문학은 그것이 절대로 시나 소설의 이복동생이 될 수가 없다. 그것은 그 자체로서 떳떳한 적자이고 그대로의 혈통으로 가문을 이룬다.

그 점에 대한 인식이 없기 때문에 우리는 희곡이 주는, 읽는 '연극'의 즐거움을 공급받지 못했다. 오직 무대 상연의 대본으로서 드라마의 기능은 제한되어 나왔으며 독자들도 극문학이 읽히는—넓은 의미의 모든 시가 다 그런 것처럼—측면을 놓치고 만 것이다.[4]

이런 이유로 그는 최인훈을 일컬어 "넓은 뜻에서 말하는 시인Dichter이다.

---

3   김만수, 「설화적 형상을 통한 인간의 새로운 해석」, 『옛날 옛적에 훠어이 훠이』 해설, 문학과지성사, 1976, 498쪽.
4   이상일, 「극시인의 탄생」, 앞의 책, 482쪽.

상투적인 극작가라는 호칭 대신에, 그는 극시인으로 불려 마땅하다. 시인의 월계관은 그의 작품을 통해 얻어진다[5]고 언명하였던 것이다.

이런 언급들에 근거하면 최인훈은 "시의 이복동생"이 아닌 그 자체로서 시인 어떤 특별한 장르이다. 그것은 그리스 비극에서 17세기의 고전 비극에 이르기까지 그 자체로서 운문으로서 읽혔던 문학 작품과 유사하게 한 편의 시이다. 좀 더 정확하게 말하면 '시 아닌 시'이다. 이 '시 아닌 시'는 지금 이 책이 대상으로 하고 있는 시극이 아닐 것인가?

작가 자신의 진술은 그에 대한 좀 더 확실한 증거를 제공해줄 수 있을 것이다. 최인훈은 그가 희곡을 쓰게 된 동기에 대해서 몇 차례 언급을 한 바 있는데, 그 중 가장 구체적인 내용은 그의 마지막 소설 『화두』에 등장한다. 그런데 여기에는 특별한 체험이 개입되어 있었다. 우선 그는 휴전 직후의 식당에서 우연히 원산의 고등학교 시절의 교무주임 선생님을 발견한 사건을 서술한다. 그는 그를 뒤쫓아가 인사를 하였는데, 그러나 상대방은 자신의 정체를 부인하고 사라진다. 이 경험이 그에게 희곡으로 기울게 한 동기가 된다.

한 사람에 몸뚱아리가 하나씩밖에 없다는 것이 인간의 불행의 뿌리였다. 다른 자기의 기억이 지워지지 않고 몸의 일부인 마음에 새겨져있다는 것. 그런데 그 몸은 지금 다른 마음을 섬기고 있기 때문에 예전의 마음을 섬길 수 없다는 것. 짐승들이 모르는 사정이다. 그것이 차츰 형성된 나의 생각이었다.

이 생각이 내가 차츰 희곡과 연극에 기울어진 까닭이기도 하였다. 소설을 쓸 때 등장 인물들의 마음과 육체의 불일치는 잘 눈에 띄지 않는다. 그런 일이 있어도 서술자

---

5   위의 책, 478쪽.

가 잘 삭여서 독자가 탈없이 받아들이게 돌봐준다. 그것이 '지문地文'이다. 희곡에는 이 '바탕글'이 없다. 눈에 보이는 배우의 몸, 그 몸의 움직임, 들리는 말—이것들이 그대로 바탕글이기도 하게 된다. 소설에서는 벌어지는 모든 일의 중심인 서술자의 간섭으로 충격은 시시콜콜 설명되고 따라서 완화된다. 연극에서는 이런 일이 불가능하다. 마음과 몸뚱아리의 어긋남은 피할 길 없이 드러난다. 같은 몸뚱아리에 두 마음이 겹쳐 있는 것이 보인다. 짐승이기도 한 사람은 그것이 충격이다.[6]

그는 여기에서 소설과 다른 연극의 특성에 대해 말한다. 그 특성은 마음과 몸의 어긋남을 글로 감싸는 게 소설이라면, 연극은 감싸지 못한 채로 그대로 드러낸다. 그런데 그는 소설의 작용에서 불편함을 느꼈다. 어떤 불편함으로 느꼈던 것일까? 그는 이어서 말한다.

> 사람은 짐승으로 태어나서 끝도 한도 없는 '사람'으로 다시 자기를 만들어가면서 사는 것이었다. 그러면서 수풀 속을 지나가는 짐승처럼 태연하고 '자기'일 수 있는 상태를 소설에서 만드는 일이 나에게는 어려웠다—종교와 철학과 민족과 계급이 모두 그런 보장이 될 수 없는 '나'라는 것을 소설의 '서술자'라는 가공의 입장에서도 유지하기 어려웠다. 희곡에서 나는 이 문제를 해결할 수 있지 않을까 하고 차츰 생각하게 되었다. '해결'이란 다름이 아니고, 해결할 수 없는 채로 놓아두면서도 그것이 곧 해결인 것으로 통하는, 연극이라는 약속의 힘이었다. 희곡을 쓸 때는 나는, '밸브 모두 열어!'로 항진하는 듯이 느꼈다.[7]

---

6 최인훈, 『화두』 1, 전집 14, 문학과지성사, 2018[초판 : 민음사, 1994], 152~153쪽.
7 위의 책, 153쪽.

이 진술에서 최인훈은 작가로서의 그의 소망을 은근히 피력하면서 소설을 비롯, 어떤 다른 정신분야도 그런 소망을 충족시켜줄 수 없었다는 것을 고백한다. 그것은 바로 인간의 정신적 진화와 짐승 상태의 과거(현재로서 경험된)를 동시에 보여주는 일이다. 자기를 만들어가는 과정과 적나라한 자기를 동시에 드러내기. 그것을 소설의 '서술자'가 보장해주지 않았다는 것이다. 그는 다른 지면에서 그것이 그의 "정신적 위기"에 해당한다고까지 하였다. 그리고 그는 희곡을 쓰는 것이 "정신적 위기를 다스려 볼" 기회라고 생각하였다. 그는 이어서 말한다. "남과 나와 세계가 대화할 수 있는 형식을 찾아내고 싶었다. 현실에서도 어려웠고 소설에서도 어려웠던 일이 연극에서는 분명히 이루어지는 것을 몸으로 느낀다."[8]

희곡이 어떻게 그럴 수 있을까? 그는 페이지를 한참 건너 뛰어 『화두』 2권에 와서 그 비결을 드러낸다.

나는, 모든 예술 행동은 연기다, 하는 생각에 전적으로 공감한다. 일련의 희곡 창작과 그 공연에 동참하는 과정을 통해서 나에게는 그런 믿음이 자연스럽다. 연극은 공동체의 행사行事에서 비롯되었고, 행사에서는 '말'도 했던 것이다. '행사' 자체가 연극이었던 것이다. 이후의 이른바 '연극'이 Drama라면 '행사'는 DRAMA였던 모습이 떠오른다. Drama의 해부는 DRAMA의 해부를 위한 열쇠인 셈이다. 글쓰기도 마찬가지다. 자기와의 대화라는 말이 아니라, 앞글과 뒷글, 앞의 말과 뒤의 말 사이의 대화라는 말을 가지고도 미흡하다. 글자 하나, 말 한낱이 그 스스로 속에 연극의 구조를 가진다고 하면 가까운 생각이 든다. 굳은 것, 상투성에서 벗어나려는 몸짓, 그 몸짓 속에 간

---

8   위의 책, 137쪽.

신히 긴장이 느껴지고 표현성이 엿보인다.[9]

요컨대 말이 곧 행동이 되는 동작("'말'도 했던 것이다"), 그것이 그가 생각한 희곡이었다. 그런데 이것은 언어와 사건의 일치라는 의미의 선에서 그치는 것이 아니다. 왜냐하면 이 말→행동의 전화 속에서 부각되는 것은 몸과 마음의 항구적인 어긋남, 성숙하는 정신과 짐승 상태의 동시적 공존이기 때문이다. 모든 모순이 여기에 집중된다. 일치와 어긋남, 진화와 야만, 몸과 마음의 적나라한 모순이.

여기까지 와서, 우리는 이런 최인훈의 희곡관이 엘리엇의 시극관과 희한하게 연동되는 것을 본다. 왜냐하면 앞에서 이미 보았듯, 엘리엇이 그토록 시극에 집착했던 것도 바로 "우리 자신의 추잡하고 음울한 세계가 갑자기 환히 빛을 내면서 변신하는"[10] 경지를 꿈꾸었기 때문인 것이다. 엘리엇과 최인훈이 다른 점이 있다면, 전자가 '변화'에 중점을 둔 데 비해서, 최인훈은 모순 그 자체에 머무르려 했다는 것이리라. 하지만 최인훈이 염두에 두었던 모순이, 정신적 진화의 운동성과 짐승 상태의 적나라한 실존성의 어긋남이라는 것을 감안하면, 이 모순 자체가 변화를 향하여 격렬하게 움직이고 있다고 가정해야 할 것이다. 그 점에서 보면 최인훈의 모순으로서의 희곡은 엘리엇의 변화로서의 시극의 의의에 훨씬 복합적인 두께를 부여하는 것이라고 할 수도 있을 것이다.

또한 손필영은 최인훈의 작품을 극시의 효과를 최대한 발휘한 '시극'이며, 〈둥둥 낙랑낙랑樂浪둥〉과 〈옛날 옛적에 훠어이 훠이〉를 분석하며, 작품

---

9   최인훈, 『화두』 2(전집 15), 문학과지성사, 2018, 3[초판 : 민음사, 1994], 42쪽.
10   T.S. Eliot, *Poetry and Drama*, p.29.

안의 대사와 구조 속에 담긴 아이러니와 은유를 분석하며 시극이라고 주장했다.[11] 김동현은 최인훈의 작품을 『한국 현대 시극의 세계』에 포함시켜 중심 대상으로 삼고 그의 작품에 나타난 시극적 요소를 분석하고 있다.

이상의 검토를 통해 최인훈의 희곡을 시극에 포함시키려는 연구자의 입장이 충분히 해명되었으리라 생각한다. 간단히 요약하면 이렇게 된다. 첫째 최인훈의 희곡은 통상적인 희곡이 아니라, 비극 텍스트의 원형에 가까운 시극, 즉 그 자체 시로서 읽히는 시극이다. 그런 의미에서 최인훈이 생각한 극은 시-극이다. 둘째, 이 시-극은 그 일치와 어긋남의 모순적 구조로서, 우리가 지금까지 시극에 부여했던, 시와 극의 두 지향의 공존과 충돌이라는 설정에 그대로 부합한다.

11　"〈둥둥 낙랑樂浪둥〉에서는 언어적 측면의 의미론적 아이러니와 이중성 내지 복합성이 지속적으로 일어나는 상황적 아이러니가" 일어나고 있다고 밝히며, 최인훈의 작품을 희곡이 아니라 시극으로 주장하고 있다. 손필영, 「한국시극의 가능성을 위한 서설 – 최인훈의 〈둥둥 낙랑(樂浪)둥〉을 중심으로」, 『드라마 연구』 24권, 2006, 한국드라마학회, 151~152쪽 참조.

제3장
최인훈 작품의 내용과 형식적 특징

1. 꿈과 현실의 공간 ＿ <어디서 무엇이 되어 다시 만나랴>

　최인훈[1]의 이 작품은『삼국사기』에 나오는 '바보 온달'의 설화를 변형시킨 이야기이다. 인물들공주, 온달, 온모이 가지고 있는 '꿈'을 과거의 기억이나 사건의 암시로 상정하고 있다. 이 작품은 '꿈과 현실의 관계'를 다루며, 인간이 경

1　1936년 함경북도 회령 출생. 원산고등학교 재학 중 한국전쟁을 만나 해군함정 LSD 편으로 가족과 함께 월남했다. 목포고를 거쳐 서울대학교를 중퇴했다. 1959년『자유문학』에 「GREY 구락부 전말기」, 「라울전」이 추천되어 등단했다. 「광장」, 「회색인」, 「서유기」, 「소설가 구보씨의 일일」, 「태풍」 등의 장편을 비롯하여 여러 문제작을 발표하며 독보적인 업적을 남겼다. '전후 최대의 작가'라는 평가를 얻었다.

　　최인훈 작품의 공연 현황

작품 제목	공연날짜	극장	극단이름
옛날 옛적에 훠어이 훠이	1976.11.5~10	세실극장	극단산하
	1983.3.25~31	문예회관	극단산하
	1985.3.8~17	국립극장	국립극단
	1989.10.13~18	해오름극장	국립극단
	1996.6.22~7.7	예술의전당	극단미추
	2020.1.30~2.2	서강대메리홀	공연제작센터
달아 달아 밝은 달아	2020.5.5~10	아르코대극장	공연제작센터
봄이 오면 산에 들에	2020.11	서강대메리홀	공연제작센터
어디서 무엇이 되어 다시 만나랴	2009.7.10~26	명동예술극장	국립극단

험하는 '시간', 즉 '현실의 시간'과 '이상의 공간'을 통해 죽음과 사랑을 알게 된다. 울보였던 공주는 왕이 계속 울면 온달에게 시집을 보내버린다고 놀리자 울음을 그친 기억을 가지고 있다. 이 부분은 원작의 내용을 그대로 가지고 오면서 공주의 어릴 적 기억으로 처리된다. 원작에서는 온달을 주인공으로 이끌지만, 최인훈의 작품에서는 '공주'의 심리와 상황을 중심으로 전개되고 있다. 공주는 왕과 계모와 오빠와의 정치적인 관계에서 성 밖으로 쫓겨나게 된다. 공주는 산속에서 온달을 가르치고 훈련시켜 자신의 욕망을 대신 해결해 줄 것을 기대한다. 그러나 공주의 계획은 실패하고 결국 처단하고 싶은 자를 해결하지 못하고 온달과 공주는 둘 다 죽게 된다. 이것은 단지 바보 같고 부족한 남성을 여성의 힘과 지혜로 성공시킨 여성 영웅설화가 아니다. 공주는 자신이 속한 가족 형태에서 제외되고 그 억울함을 풀기 위한 수단으로 온달과 살게 된다. 온달은 전쟁터에서 같은 집단인 고구려 아군에게 죽음을 당하게 된다. 온달은 억울한 사연을 공주의 꿈에 나타나 설명하고 남은 홀어머니를 부탁한다. 공주는 꿈에 나타난 온달의 원한을 풀어주기 위해 살인자를 찾지만, 공주가 떠난 성안의 이들은 공주의 명령에 협조하지 않으며 자신도 장교에게 죽임을 당하게 된다. 그러나 이 작품이 단지 가족사와 권력을 둘러싼 플롯을 넘어서는 지점이 여기에 있다. 공주는 죽기 전 온달의 죽음을 꿈을 통해 알게 되고, 온달의 꿈 이야기를 통해 사랑을 확신한다. 그런 이유로 공주의 죽음은 비극적이지 않으며 꿈은 현실은 상호작용하며 인물의 삶과 사건을 이어나가게 한다. 이 시극에 나오는 꿈은 세 가지로 볼 수 있다.

꿈을 통한 시극적 상황

① 공주의 꿈 : 온달의 영靈이 나타나 자신을 죽인자는 머리에 상처가 있는 고구려
인(아군)이며, 홀어머니를 부탁한다는 꿈.

② 온달의 꿈 : 평강공주를 만나는 꿈. (현실에서 처음 만나기 전)

③ 온모의 꿈 : 새벽꿈에 온달이 머리에 관을 썼는데 햇덩이처럼 눈이 부시고 잠시
후 관에서 피가 흐름.

꿈을 통한 시극적 대사

공주   이상한 생각이 들어요. 이 집 울타리, 저 절구, 그렇지 물레두 저 자
리에 있구. 울타리, 그래요. 난 예전에 여기 와봤어요. 분명히 이것도
(짐승 가죽을 쓰다듬으며) 곰, 다 본적이 있어요. 우스운 꼴을 한 이
곰, 처음 봤을 때 이 곰의 낯이 우스웠던 걸 알겠어요. 그 때도 우스
웠거든요. 그 생각이 난 거예요.(소리 내어 웃는다.) 꿈속에 와본 것
이었겠죠? 그런데도 이렇게 생생할 수 있을까요?

인물들의 꿈 이야기는 대사를 통해 이루어진다. 자신이 꿈을 꾼 것은 수면
중 일어나는 하나의 경험이며, 그 경험은 현실의 문제들과 이어진다. 가령,
공주는 꿈에서 온달이 억울한 죽음을 당하게 된 사연을 알게 된다. 꿈을 꾸
지 않았다면 공주는 온달이 죽은 원인을 알지 못했을 것이다. 공주에게 온달
의 꿈이 의미 있는 이유는 첫째, 가족사의 문제를 능동적으로 해결하지 않고
온달을 통해 성취하려던 모습에 대한 환기이다. 둘째, 죽은 온달이 다시 꿈
에 나타나 자신에게 부탁을 하고 사랑을 고백하는 장면은 공주의 존재를 가
치있게 만든 계기였다. 공주의 꿈은 공주가 앞으로 어떻게 행동해야 할지 앞

날을 제시했다. 즉, 온달의 죽음을 파헤치고 원인을 해결하려고 하지만 이루지 못한다. 권력이나 집단의 힘을 가지지 못한 온달이나 공주는 왕과 계모, 오빠를 둘러싼 군사력도 넘어설 수 없었다. 이런 현실의 경험은 꿈의 경험으로 플롯이 이어질 수 있다. 현재의 자아는 "꿈속의 자아와 동일한"[2] 것으로 생각한다. 공주는 현실에서도 "꿈속 같아요."[3]라는 말을 자주 쓴다. 어릴 적 울보였던 공주는 아버지에게 계속 울면 온달에게 시집보낸다는 말을 듣다가 울음을 그친 기억을 가지고 있다. 그래서 온달의 집이나 산속이 낯설지 않으며, 온달에게 가는 게 무서워서 눈물을 그쳤던 어린 자아는, '온달'을 두려움의 대상이자 호기심의 대상으로 생각한다. 인간의 내면에 남은 경험의 흔적은 무의식으로 자리 잡게 된다. 현실에서도 꿈속인 듯하고, 꿈속에서도 현실인 듯한 공주의 대사는 현실과 꿈의 경계가 분명하지 않고 혼종되어 있음을 증명한다. 또한 우리는 이곳이 아닌 "미움도 슬픔도 없는 곳"[4]에서 다시 만나길 기원하는 작가의 주제 의식을 살펴볼 수 있다.

이 시극의 가치는 주인공 평강공주에게 '바보 온달'의 존재가 '억압'의 존

---

2   "시간의 경험과 전기적 변화들은 서사적 모델들과 플롯에 의해서 매개될 뿐만 아니라 시간의 이중적 관점을 통한 자아의 이중화 속에 본래부터 내재하고 있는 것이기도 하다. 이야기 속에서 이야기하는 자아, 즉 과거의 자아와 관계를 맺고 그를 특정한 방식으로 묘사한다. 그리고 시간적 차이로 인해서 현재의 자아는 과거의 자아에 대하여 특정한 입장을 갖게 된다. 현재의 자아는 자신을 이야기 속의 과거 자아와 동일시하기도 하고, 그를 비판하건 가치 절하하기도 하며, 자신의 과거 경험을 극복한 것으로 표현하거나 이질화된 것으로 선언할 수도 있다. 그렇게 함으로써 이야기 행위에서 시간성의 광범위한 차원이 발생한다. 즉 과거의 자신에 대한 관계 설정 방법을 통해서 화자는 함축적으로 과거의 자신에서 현재의 자신으로의 발전과정, 즉 화자가 그 변화를 어떻게 평가하는가를 알게 해준다." 가브리엘레 루치우스 회네·아르눌프 데퍼만, 박용익 역, 『이야기 분석』, 역락, 2011, 93쪽.
3   최인훈, 「어디서 무엇이 되어 다시 만나랴」, 『옛날 옛적에 훠어이 훠이』, 문학과지성사, 1979, 40쪽.
4   위의 책, 33쪽.

재에서 '자신의 욕망 대체 행동의 존재'로, 그리고 마침내 '사랑'의 존재로 발전하는 점을 볼 때 의미가 뛰어나다고 할 수 있다. 울보였던 공주에게 계속 울면 바보 온달에게 시집을 보내버린다는 말은 여러 가지로 해석해 볼 수 있다. 계속 울면서 시끄럽게 굴면 이 성을 벗어나 다른 나라 지배자나 현자를 만나는 것이 아니라 사회적 피지배자를 만나 지금의 삶을 지속할 수 없음을 의미한다. 그렇기 때문에 울지 말고 조용히 웃고 있어야 한다는 것이다. 여기서 '온달'은 보상이 아니라 협박의 대상이다. 공주가 힘들고 고난을 겪는 시절에 억압은 '사랑'이 되고 상처받은 내면의 '위로'가 된다. "프로이트는 『꿈의 해석』[1900]에서, 꿈을 무의식이 드러나는 왕도로 규정하고 꿈의 해설을 통해 무의식의 특성이나 작업에 대해 해명한다. 꿈은 의식의 검열을 피해서 욕망의 내용을 표현하기 때문에 심하게 위장되고 왜곡된다. 욕망을 숨기면서, 동시에 드러내는 모순된 꿈의 작업dream-work은 응축, 자리 바꿈, 시각화, 극화, 상징화 등의 기법들을 사용한다."[5] 다음의 예문은 공주가 온달에게 바치는 고백이자 헌사이다.

> 공주　　　우리는 같은 어려움을 살았었군. 그 염려 때문에, 장군과 나의 삶이 생소하지 않은 것을 알리려고 나는 군께 글을 가르치고, 술책을 일러드리고, 고구려를 말씀해드리고, 신라를 말씀해드리고, 장군이 되시게 하고, 궁중이 어떤 곳인가를, 누구를 죽이셔야 하는가를 일러드렸지. 장군과 나 사이에 있는 그 안타까움을, 서먹함을 거둬버리기 위하여. 서로의 꿈을 기억해주지 못하는 그 미안스러움을 메우기 위

5　김번, 「프로이트 "꿈" 그리고 해석」, 『인문학연구』 제5집, 1998, 17쪽, 한국연극평론가협회 편, 『동시대 연극비평의 방법론과 실제』, 연극과인간, 2009, 147쪽 재인용.

해서, 우리가 더불어 하는 일이 많으면 많을수록 그 안타까움이 그 미안스러움이 덜어지기나 할 것처럼. 우리의 꿈속에서는 보지도 못하던 남이, 우리는 그 속에서 서로를 잃어버리지 않기 위해서 그 남들을 없애는 길밖에는 없었지. 그러면 더 많은 남들을 없애야 했지.

위의 대사는 이 작품에서 미학적 형상을 가지고 있으며, 희곡이 아니고 시극이 될 수 있는 근거가 되고 있다. 최일수는 "시극이란 극형식을 빌린 시라기 보다는 시와 극이 합일된 전혀 새로운 장르인 것이다. 그러므로 시극은 이미 시도 극도 아니다. 즉, 다시 말하면 산문극이란 원래 내일로 향하는 오늘의 막다른 시간 위에다 모티브를 설정하고 모든 행동을 여기에 집약시킴으로써 직접적인 목적이나 동기를 부각시킨다. 그러나 시극은 그러한 긴장된 밀도 위에서 있으면서도 직접적인 목적성보다는 시 자체가 지니는 근원적인 창조의 계기가 내면적으로 흐르고 있는 것이다".[6] 최인훈의 작품이 시극으로 연구되는 이유는 그의 시적인 지문들과 무대 설명이 아니다. 그가 쓴 작품 안의 구조와 대사는 극적인 긴장감과 문학적 진실을 내포하고 있으며, 시적인 발생을 통해 이루어진다. "우리는 같은 어려움을 살았었"던 시대의 인물들이다. 온달은 홀어머니를 모시고 산속에서 세상을 벗어나 살고 있었다. 그러던 중 운명적인 공주를 만나 자신의 삶을 바꾼다. 세상 속에 다시 들어가 공부를 익히고 정치를 읽고 전쟁터에 나간다. 전쟁에서 승리를 이끈 적도 있으나 결국 믿던 전우에게 죽임을 당한다. "우리는 그 속에서 서로를 잃어버리지 않기 위해서 그 남들을 없애는 길밖에는 없었지. 그러면 더 많은

---

6   최일수, 『현실의 문학』, 형설출판사, 1976, 380~381쪽.

남들을 없애야했지." 신분도 사상도 달랐던 이 둘의 만남과 이별은 인간의 힘으로 죽음이란 비극을 맞이하게 된다. 여기에서 시적 모순을 발견하게 된다. 무엇인가를 얻으면 반드시 잃게 되고, 언젠가는 끝이 있고, 그 끝을 향해 나아가야 하는 숙명적인 인간의 삶은 시극의 본질이 되고 있다.

 "어디까지 가야 끝날 것이었는가, 우리가 우리를 만나기 위해서는" 공주는 극 중 인물 '대사'를 통해 온달의 사랑을 느낀다. 온달은 실제로 공주를 만나기 전에 꿈에서 공주를 만난 적이 있으며 꿈속의 여인, 공주를 실제로 만난 것에 운명을 확신한다. 온달은 공주를 위해 공주가 원하는 장군이 되고 싸우고 죽이고 공부하며 자신의 신분을 상승시킨다. 온달의 목적은 '운명적 사랑'의 완성에 있다. 온달은 '공주'를 사랑했으나 자신의 위치와 환경 때문에 힘들어 했다. 온달이 죽고 나서 공주는 이러한 사연을 듣게 된다. 공주는 온달의 깊은 마음에 감동 받는다. 따라서 온달에게 공주가 나오는 꿈은 그가 그의 인생에 목적을 설정하고 이루려는 의지의 동기가 되는 것이다. 꿈은 온달에게 행복한 삶을 상징하고 그의 능동적 노력이 홀어머니와 공주를 지킬 수 있는 극적인 플롯의 단서가 된다. 온모의 꿈에 나타난 온달은 피 흘리는 관을 쓰고 있다. 명예를 얻되 고통이 따르며, 앞으로의 죽음과 위험을 암시한다.

 이처럼 최인훈이 작품 속에 설정해 놓은 '꿈'의 상징이란, 이처럼 성공과 배반, 죽음과 삶, 꿈을 통한 삶의 해석, 삶을 통한 꿈 등의 아이러니한 인간의 세계를 대변하고 있다. 작가는 지금 현실의 시간이 아닌 다른 현실을 암시적으로 제시하고 있다. 그러나 그것이 환상적이고 완벽한 세상은 아니다. 지금보다 더 나은 다른 현실의 시간을 말하고 있다. 입체적인 내면을 지닌 주인공 '공주'를 통해 인간의 내면은 삶과 경험을 통해 성공하고 실패한다. 인간의 욕망은 항상 세계의 벽과 직면한다. 그러나 욕망의 실패는 다른 욕망의 완성으로 나아간다. 가족과 성에서 쫓겨난 공주는 복수를 완성시키지 못했으나, 사랑을 알게 되고 자신의 죽음마저 기꺼이 받아들인다. 이 지점은 억압적 존재를 '자유'와 '위로'와 '사랑'의 존재로 확대시킬 수 있는 중요한 특징을 지니고 있다.

1) 인간과 비인간(자연)의 역할과 상징

이 작품에는 공주, 온달, 온모, 대사, 장교 등 여러 인물들 외에 나무와 동물이 대사나 지문에 나타난다. 이것을 비인간으로 분류할 수 있다. 작가는 인간들의 관계와 사건 외에 비인간의 등장을 참여시킨다. 공주를 둘러싼 배경은 성과 관계된 왕과 왕비, 귀족들과 하녀로 볼 수 있다. 온달에게는 홀어머니 한 명뿐이며 나머지는 산과 동물들과 나무이다. 둘의 환경을 대비적으로 표현하기 위해 인간과 비인간으로 나눈 것으로 볼 수 있다. 공주의 주변은 현대를 대변하는 탐욕과 성공, 인간들 사이의 계급으로 둘러싸여 있고, 온달의 주변은 자연동물, 나무, 집과 계급이 없는 사회로 분석해 볼 수 있다. 이러한 설정의 이유는 무엇일까. 첫째. 공주의 주변 인물들은 현대를 상징하는 타자로 볼 수 있다. 둘째, 온달의 주변은 약자로 놓인 온달의 모친을 타자로 볼 수 있다. 작품 안의 주체들은 다양한 타자들을 만나게 되며 관계를 지니고 있다. 주체들의 무의식 안에서 나무나 동물들의 모습은 실제 무대 소품으로 보이거나 대사 안에만 존재하거나 '소리'라는 매체를 통해 발현된다. "주체는 개인이 '주관적'으로 체험하는 것을 훨씬 넘어, 정확히 그가 도달할 수 있는 진실까지"[7] 가려면 타자를 통해야 한다. 다음 동물의 의미를 살펴보자.

---

7   자크 라캉, 『에크리』, 새물결, 2019, 309~310쪽 참조.

①구렁이	작품의 첫 도입 부분에서 온달은 어두운 산속에서 길을 잃고 어떤
	집에 들어가게 된다. 낯선 여자에게 식사를 대접받고 거문고 연주

①구렁이　　작품의 첫 도입 부분에서 온달은 어두운 산속에서 길을 잃고 어떤 집에 들어가게 된다. 낯선 여자에게 식사를 대접받고 거문고 연주를 듣는다. 무대에서 여자의 그림자가 구렁이로 보이며 "거문고를 타는 구렁이 한 마리"는 여자로 변신하여 온달과 함께 있다. "구렁이"는 다른 설화에서 등장하는 소재였다. '노총각과 구렁이' '구렁이 처녀' 등 구렁이란 이미지는 비밀이 있고 한이 있는 캐릭터를 상징한다. 우리 민중은 양반의 삶과는 다르게 가난하고 힘들고 한이 있는 삶을 살았다. 민중의식은 실제 생활을 겪고 터득하고 알게 된 것을 말한다. '구렁이'는 음흉하고 비밀스럽고 추한 이미지를 표현하며, 그 추함이 스토리의 전개와 해결을 통해 긍정적인 이미지로 변환된다. 그러니 선과 악의 기준은 명확하지 않으며, 인간의 복합적인 내면을 나타낸다. 작가는 그런 의도로 부정성과 아이러니를 지닌 인물로 시작한다. '여자'의 모습이 '구렁이'로 비치는 것은 이후에 등장할 공주의 상처를 암시하는 것이다. 결국 '구렁이'를 사용한 목적은 문제갈등 해결을 요구하며 관객들에게 호기심을 자아내며 비극적인 현실에 대한 공감으로 작용한다.

②나무　　하느님을 모시던 딸은 실수로 인해 지상에 내려와 노송이 되었다. '나무[8]'는 하늘의 신과 지상의 세계를 연결해주는 자연이다. 하늘을

8　"시베리아 여러 민족에서 세계를 떠받들고 있는 지주 몫을 다하는 나무로는 대체로 자작나무나 낙엽송 아니면 참나무 등을 들 수 있다. 이 나무는 천·지상·지하 3계를 이어 주고 있을 뿐만 아니라 대지의 중심부, 곧 대지의 배꼽에서 솟아나 하늘의 배꼽인 북극성에 닿아 있다는 것이다. 따라서 이 나무의 가지는 천상 높이 퍼져 있어서 세계의 지붕 노릇을 하고 있고 그 뿌리는 지하계의 바닥에까지 뻗쳐서는 세계의 주춧돌, 아니 주추뿌리 구실을 하고 있는 것이라 생각되었다. 대지의 여신이 이 나무속이나 혹은 뿌리에 살고 있고, 장차 인간들의 아기가 될 영혼들이 새들처럼 거기 깃들어 있으며, 해와 달 또한 그 보금자리를

향해 있는 나무와 지상의 땅을 지키고 있는 나무는 우주를 연결하는 조직체로서 의식된 것이다. 나무로 산에서 대회하던 중 용서를 받아 다시 하늘로 가게 되었다. 하늘의 심부름꾼이 노송에 내리고 하늘의 딸은 승천하기도 되었는데 온달이 자신을 도끼로 찍은 것이다. 그 노송은 천년에 한 번 있는 귀한 나무였다. 노송은 원한을 가지고 온달의 목숨을 가지고 가려고 하나, 온달의 효심에 감동하여 기회를 주고 살려주고 싶어 했다. 노송은 이것이 하늘의 뜻이라면 앞산의 종이 세 번 울리면 온달은 살 수 있다고 했다. 이 노송의 존재는 마치 신의 대변인 것처럼 처리되어 있다. 신의 딸이며 지상에 잠시 내려온 것이니 신화를 접목한 소재가 된다. 나무의 신성이 온달의 삶을 이어지게 한 것이다. "신화는 신성에 관한 이야기라는 점에서 다른 이야기들과 구분된다. 신성은 일상적 현실과 합리를 넘어서는 것이다. 이때 신성이란 신성시된 대상과 행위 및 사건을 모두 포함한다."[9] 이 '나무'의 소재를 통한 신화는 '하늘과 땅', '인간과 신의 일' '운명과 삶'의 "이원적 대립구조"[10]를 표현하기 위해 설정된 것이다. 하늘의 딸이 나무가 된 신화와 앞산의 종이 세 번 울리는 이야기는 '은혜 갚은 까치'를 변형한 전설이다. 이 두 가지를 합친 '나

이 나무에 틀고 있다는 것이다. 요컨대, 나무는 온 우주의 구조의 중심이자, 온갖 생명체의 둥지이고, 해와 달 그리고 별의 안방이기도 했던 것이다." 김열규, 『한국인의 신화』, 일조각, 2005, 69쪽.

9 강등학 외, 『한국 구비문학의 이해』, 월인, 2000, 47쪽.

10 "구조인류학자인 레비 스트로스는 이러한 신화의 보편성이 인간의 '이원대립적인' 정신구조에서 기인된 것으로 보았다. 실제로 세계의 많은 신화에서 양과 음, 하늘과 땅, 자연과 문화, 남성과 여성, 육식과 초식 등과 같은 이원적 대립구조의 구조가 나타나고 있는 것을 볼 때, 이러한 구조적 보편성이야말로 신화의 본질, 나아가서 인간정신의 본질을 드러내는 데 유용한 논리가 될 수 있을"것이다. 강등학 외, 위의 책, 49~50쪽.

무'라는 소재와 온달이 천 년 된 나무를 베는 행동은, 귀하고 오래된 기존의 관념을 바꾸고 싶다는 의지로 해석할 수 있으며 앞으로 온달이 극복해야 할 험난한 과정을 예정하는 것이다.

③여우와 호랑이와 곰   여우는 공주의 계모를 상징하며 영악하고 악한 이미지를 가지고 있다. 여자가 온달에게 호랑이를 잡을 줄 아냐고 묻자 온달은 "온달 : 부둥켜안고 뒹굴다가 한참 만에 보니, 죽었더군요"라고 대답한다. 칼이나 창으로 승부욕이나 성취를 위해 호랑이를 죽인 것이 아니라 대사 중에서 "부둥켜안고 뒹굴다가" 죽었다는 말은 어떤 의미일까. 온달은 산에 사는 인물이다. 산에 사는 호랑이와 곰은 자신의 식구와 같다. 온달은 동물을 미워하고 처리해야 할 대상으로 보지 않고 함께 살아가는 존재로 생각한다. 여우와 호랑이와 곰은 민중들에게 익숙한 동물들이다. 꾀가 많은 여우와 호랑이[11]의 강직함과 믿음직한 곰의 이미지는 민중의 모습을 대변하기도 한다.

---

11 "우리 민족이 본 호랑이에 대한 관념의 변천 과정은 매우 단순하고 소박하지만, 그 속에는 민족의 지혜와 여유와 해학이 깃들어 있다. 즉 아주 먼 옛날부터 우리나라에는 호랑이가 있었으며, 그것은 인간 의 힘으로는 감당할 수 없는 야성의 포악함과 강력한 힘을 가지고 있었다. 이러한 호랑이는 우리 민족의 생활에 직접, 간접적으로 가장 커다란 영향을 주는 존재, 두려움 그 자체였을 것이다. 이러한 두려움을 극복하기 위해 호랑이를 산신(山神)으로 모셔 제(祭)를 지내는 등 호랑이가 노하지 않도록 여러 가지 방편을 취하였다. 호랑이를 이처럼 강력하고 신령한 존재로 상정한 뒤에는 이러한 경험에 의지하고 싶은 욕구가 생겨나게 되었을 것이며, 이에 따라 호랑이의 역할을 의로운 존재로 설정하고, 호랑이의 용맹성과 강력한 힘이 인간을 괴롭히는 각종 잡귀와 사(邪)된 것들을 물리쳐 주기를 소망하기에 이르렀다." 구미례, 『한국인의 상징세계』, 교보문고, 2000, 194~195쪽.

2) 삽화의 기능−입체적인 주제 전달

시극에서 삽화는 대사나 사건을 통해서 나타난다. 삽화의 내용이 대사를 전환시키기도 하고 주제를 강조하기도 한다. 이 작품에서는 장교들이 죽은 온달의 관을 들지 못하다가 공주가 노래를 부르자 관이 움직였다는 삽화가 있다. 공주와 합창단의 노래가 온달의 마음을 위로하고 온달의 죽음을 추모하자 관이 움직인 것이다. 또한 실수로 자른 노송이 하늘의 딸이었다는 삽화와 온달이 용서를 받으려면 종이 세 번 울려야 한다는 삽화가 있다. "이야기는 시간 경험의 언어적 표현과 결속성 창출 그리고 장면 재연의 잠재성을 통해서 정체성의 대화적 창출과 협상의 특수한 가능성을 열어주는 대화 실행의 특수한 현 형태로 간주될 수 있다"[12] 삽화의 기능은 플롯의 흐름과 상관없이 시간과 공간의 설정이 자유롭다는 것이다. 과거나 미래를 마음대로 넘나들 수 있으며 신화나 다른 전설의 모티프를 가져올 수 있다. 삽화는 줄거리의 구조를 간접적이고 직접적인 방법으로 관객들에게 환기와 반전을 이끌어낼 수 있다.

2. 우화적 민담을 통한 플롯 __ <첫째야 자장자장 둘째야 자장자장>

이 작품은 설화의 범주[13] 안에서 민담에 속하는 이야기를 시극으로 재창조한 것이다. 민담은 "민간전승의 설화 일반을 통틀어서 민담으로 일컫는가

---

12   가브리엘레 루치우스·아르눌프 데퍼만, 박용의 역, 『이야기 분석』, 역락, 2006, 81쪽.
13   "설화는 신화·전설·민담으로 이루어져 있다. 셋이 처음부터 함께 있었는지, 그 가운데 어느 것이 먼저 생기고 어느 것은 나중에 생겼는지 분명하게 알기 어렵지만, 역사적 의의를 발현한 선후관계는 말할 수 있다. 처음에는 신화가 중요한 구실을 하다가 다음 단계에 이르

하면, 동화적 환상적 옛날이야기만을 가리켜 민담이라 부르기도 한다".[14] 신이나 영웅의 이야기와 달리 민담은 일반 민중들의 입을 통해 전승된다. 민담은 쉽고 단순한 구조를 지니고 있으며 사람들에게 흥미 있는 소재를 가지고 있다. 최인훈은 왜 민담의 소재를 빌려 시극을 창조한 것일까? 민담을 패러디한 이 작품은 다른 시극 작품들과 차이를 가지고 있다.

첫째, 먼저 작품의 '단순성'을 통해 시극의 완성도를 높일 수 있다. 이 작품은 짧은 단막 시극이다. 〈둥둥 낙랑낙랑樂浪둥〉이나 〈옛날 옛적에 훠어이 훠이〉 등 다른 작품보다 줄거리가 짧고 대사도 매우 짧다. 단순한 구조와 평면적인 인물의 모습을 가지고 있다. 작가는 이 형식을 의도적으로 보여주고 있다. 최인훈은 시극뿐 아니라 소설에서도 복잡한 구조와 인물의 설정 대부분 만들고 있다. 예를 들면 「태풍」의 오토메나크, 「라울전」의 라울, 「크리스마스 캐럴」의 아버지를 통해서 보여주었다. 최인훈은 소설에서 시극으로 장르를 넘나들면서 새로운 형식이 필요했다. 최인훈은 시극의 단순성이 작품의 주제를 협소하게 만든다고 생각하지 않는다. 철학적 사유와 문학적 진실을 드러내기 위해서는 그 반대로 단순하고 짧은 시극이 강한 완성도를 지닐수 있다고 생각한다.

이 작품은 관객들에게 객관적인 거리를 만들고 '사이'를 더 가질 수 있다. 대부분의 극은 관객에게 줄거리와 인물의 행동을 집중해 주기를 요구한다. 이 작품은 단순한 구조와 함축적인 대사를 만들며 관객은 자신의 생각과 감정을 개입시킬 수 있는 영역을 만들 수 있다. 문장의 단순함과 주체

러서는 전설과 민담이 신화를 대신해, 새롭게 문제된 자아와 세계의 관계를 표현하는 데 아주 적합한 갈래로 등장했을 것 같다." 조동일, 『한국문학통사』 1, 지식산업사, 1990, 101쪽.

14   강등학 외, 앞의 책, 137쪽.

의 단순함이 맥락과 주제의 파동을 일으키고 독자가 개입할 영역이 확보되며 여운이 다양해진다는 것이다. 또한 여러 모습을 지닌 인물보다는 평면적이고 단순한 인물을 통해 극적 긴장은 무대 위에서 가시화된다는 것이다. 즉, 작가의 사유는 실체 텍스트에 밖에 숨겨져 있으며 최소한 단순하게 드러난다는 것이다.

산길을 가는 세 사람
어머니는 젊고 아이 둘은 꼬마들이다
모퉁이에서 호랑이가 나온다

호랑이   어흥, 네 새끼 한 마리 내놓아라
엄마   여기 있다. 가져가라

엄마, 꼬마 하나를 내준다
호랑이, 꼬마를 잡아먹는다
두 모자, 걸음을 다르쳐 달아난다
한참 가다가 다른 산모퉁이, 호랑이 또 나타난다

호랑이   네 새끼 한 마리 내놔라
엄마   여기 있다. 가져가라

엄마, 꼬마 하나를 내준다

민담이나 동화 원작에 나오는 '엄마'의 모습은 희생적인 인물이었다. 아이들을 위해 마을로 가서 일을 하고 온다. 일을 한 보상으로 떡을 받아오는데 산속에서 호랑이를 만난다. 호랑이는 "떡 하나를 주면 안 잡아먹지" 하고 위협한다. 이 행동을 계속한다. 하지만 호랑이는 엄마의 떡을 다 받아먹고 엄마마저 잡아먹는다. 호랑이는 거짓말과 위협으로 자신이 원하는 욕망을 다 채운다. 그리고 호랑이는 '엄마'의 옷을 입고, 아이들이 있는 집으로 간다. 엄마로 변신한 호랑이는 아이들에게 또 거짓말을 하고 문을 열고 들어가 아이들을 잡아먹으려고 한다. 아이들은 호랑이가 모르는 문으로 도망가 나무 위로 올라간다. 그리고 하늘에 동아줄을 내려달라고 소원을 빈다. 아이들은 하늘의 도움을 받아 하늘로 올라가고 해님 달님이 되어 영원히 세상을 밝게 만든다. 호랑이도 아이들의 행동을 따라하며 밧줄을 내려달라고 하지만 썩은 밧줄이 떨어져 수수밭에 떨어져 죽고 만다. 즉, 이야기는 권선징악에 바탕을 둔 것이라고 볼 수 있다. 이 이야기에서 최인훈은 모든 이데올로기를 제거한다. 아이와 어른, 강자와 약자, 거짓말과 진실, 탐욕과 결핍 등이다.

따라서 최인훈이 민담을 통해 시극을 성공시킨 이유는 둘째, 권선징악의 도덕적 이념이나 경구를 통한 교훈을 배제했다는 것이다. 즉, 민담을 시극으로 변형시키면 이러한 극을 보면서 시적인 울림을 느낄 수 있다. 강등학은 "'시적인 이야기'라고 하는 한마디 말에 민담의 본질에 응축돼 있다. 상상의 이야기로서의 민담은 시에 비견할 만한 풍부한 색채를 지니고 있다"고 했다. 이 작품을 통해 선한 사람은 살고 악한 사람은 죽는다는 이념을 통해 쾌감을 느끼지 못한다. 아이들을 쉽게 내준 엄마도 아이들을 잡아먹은 호랑이도 죽지 않는다. 아이들은 엄마를 찾아 돌아다니다가 호랑이로 변신해서 호랑이와 다정하게 있는 엄마를 보고 놀라지도 않으며 증오하지도 않는다. 그저 엄마에게 상한 밧줄을 줘야 하나, 멀쩡한 밧줄을 줘야 하나, 고민하다가 아무것도 결정 못 하고 커다란 나무가 있는 길을 지나쳐 버린다. 이 장면에 핵심이 있다.

꼬마들의 시극적 상황

전통적인 설화에 등장하는 엄마는 자식을 위해 일을 하고 노력한다. 그러나 이 작품에서 등장하는 '엄마'는 호랑이가 자식을 요구하자 고민도 하지 않고 자식을 준다. 두 아이를 다 잡아먹고 호랑이는 잠에 빠진다. 이 '꼬마'들은 스스로 호랑이의 입을 벌리고 나온다. 꼬마들의 환생은 그 전의 생과 다르다. 엄마를 믿지 않는 꼬마들이다. 엄마가 자신의 이익을 위해 '꼬마'를 내어줬지만 '꼬마'들은 엄마를 계속 찾아 다닌다. 그러나 엄마는 '호랑이'로 변해 있다. 고난을 겪으면서 '꼬마'들의 말투와 행동은 더 단순하고 건조해진다. 호랑이는 "수수깡"에 찔려 고통을 받아도 되지만, 엄마의 죄는 어떻게 판단해야 하는가. '꼬마'들의 이러한 갈등은 이 작품의 시극적 상황이 되며, 시극적 대사를 만들게 된다.

꼬마들의 시극적 대사

꼬마 1	엄마는 썩은 밧줄이 내려야 할지
꼬마 2	엄마는 성한 밧줄이 내려야 할지
꼬마 1	네가 말해
꼬마 2	네가 말해
	아무도 정하지 못해
	네가 말해 네가 말해

나무에 올라가기 전에 정해야 할 일을

네가 말해 네가 말해

서로 정하지 못해

큰 나무가 있어서도

그냥 지나쳐

달리기만 한다

호랑이와 호랑이

어흥어흥 쫓아온다

최인훈은 이 장면에서 관객과 독자에게 물음을 던진다. 우리가 일반적으로 옳다고 생각하는 이분법적 논리, 도덕적 윤리와 가치, 관념의 기준은 누가 정한 것이며 과연 사람들의 정신과 삶에 어떻게 존재하는가이다.

ⓒ이 작품에는 시극적 '아이러니'[15]가 존재한다. 아이러니는 사람들이 일

---

15 "아이러니의 반대는 상식이다. 왜냐하면 그것이야말로 중요한 모든 것들을 아무런 자의식도 없이 자신과 주변 사람에게 습관화된 마지막 어휘로 서술하는 사람들의 표어이기 때문이다. 상식적이 된다는 것은 그와 같은 마지막 어휘로 구성된 진술들이, 다른 마지막 어휘를 채용하는 사람들의 신념과 행위와 삶을 서술하고 판단하는 데에 충분하다고 간주하는 것이다. 상식에 자부심을 갖는 사람들은 이 책의 제1부에서 전개된 일련의 생각들이 참기 어렵다고 볼 것이다. 상식이 도전을 받게 되면, 그것을 고수하려는 자들은 (그리스의 일부 소피스트들이 그렇게 했으며, 아리스토텔레스가 그의 윤리적 저술에서 그렇게 했듯이) 우선 그들에게 익숙한 언어 놀이의 규칙들을 일반화하고 명시화하여 반응한다. 그러나 만일에 낡은 어휘로 구성된 어떤 상투적인 말투도 그 논변의 도전에 응하는 데 충분치 못하게 되면, 대답해야 할 필요성 때문에 상투적인 말투를 넘어서려는 자세를 낳게 된다. 바로 그 지점에서 대화가 소크라데스적이게 될 것이다. "이제는 X임에 대한 모범적인 사례들을 제시함으로써 간단히 대답될 수 없는 그러한 방식으로 X는 무엇인가?"라는 물음이 제기된다. 그래서 하나의 정의, 하나의 본질이 요구되기에 이른다." 리처드 로티, 김동식·이유선 역, 『우연성, 아이러니, 연대성』, 민음사, 1996, 147쪽.

반적으로 생각하지 않았던 곳에서 고의적인 오류와 상황을 설정한다. 여기서 고의적이란 말은 작가가 주제 전달을 위해 일부러 내용을 비틀고 언어의 오류를 만드는 것이다. 즉, 예상치 못한 진행과 결과로 사람들은 낯설고 기이한 순간을 맞이하는데 그곳에서 아이러니가 발생한다. 이 내용에서는 호랑이가 나타나 아이를 달라고 했을 때 고민 없이 '아이'를 내주고 아이는 잡아먹힌다. 또 잡아먹힌 아이들이 호랑이 입속에서 나와 '엄마'를 찾는다. 엄마에게 벌을 줘야 하는지 말아야 하는지 고민하다가 결정을 못해서 살아남을 수 있는 큰 나무를 놓친다. 자신들이 결정을 못해서 기회를 놓치는 것이다. 그러나 이 부분에서 아이들의 감정은 존재하지 않는다. 불안과 후회라는 감정이 개입하지 않으며, 그 현상 그대로를 드러내고 있다. 엄마는 호랑이가 되어 아이들을 잡아먹었던 호랑이와 친구가 되어 있다. 그리고 이 모든 것이 꿈이었다고 마무리되고 있다. 작가는 극 안에서 문제를 만들지 않는다. 인물들의 갈등이 극의 이야기를 끌고 가지 않는다. 이 극이 추구하는 것은 '자유'와 '순수'이다. 모든 문제와 갈등을 해결하려는 의지가 없다. 그것은 인간 삶의 상식으로부터의 해방이다. 이 시극은 '해님 달님'의 이야기와 '늑대와 일곱 마리 아기 양'의 일부 이야기를 패러디한 것이다. 이 작품의 꼬마들은 "꼬마들 힘내서 간다"는 기존의 작품을 재현하고 변형하여 새로운 작품으로 재탄생시키는 것이다.

2) 환상성을 가진 시극

이 시극은 우화적 민담의 특징인 "환상"[16]적인 성격을 가지고 있다. 호랑이가 아이들을 잡아먹는 장면이나 아이들이 호랑이 입에서 튀어나오는 장면, 엄마가 호랑이로 변해 있는 모습에서 환상성을 알 수 있다. 아이들을 엄마를 찾기 위해 도토리에게 도움을 받고 까치에게 도움을 받는다. 또한 반복적인 아이들의 대사는 보는 이로 하여금 순수성과 희극성을 느끼게 한다. 작품의 마지막은 일상적인 아침의 풍경이다. 현실의 세계에서 엄마는 악몽을 꾸며 가위에 눌린 아이들을 깨우는 장면이다. 그리고 엄마는 사라지거나 변하는 존재가 아니라 옆에 있다는 안도감을 준다. 현실적인 모습은 사실성을 부여한다. 최인훈은 이러한 형식을 옛것 그대로 가져오기보다는 근대적인 형식으로 바꾸었다.

예를 들어 아이를 쉽게 호랑이에게 주는 행위는 개인의 희생을 강요하는 사회로 해석할 수 있다. 또한 강한 자가 원하면 자신의 것을 저항 없이 줘야 하는 약육강식의 모습을 상징하는 것이다. 자신들을 호랑이의 먹이로 쉽게 준 엄마에게 어떤 평가를 내려야 할지 고민하는 '꼬마'들의 삶의 태도를 현대인의 모습으로 비추어 볼 수 있다. 최인훈은 산문에서 "현대 작가는 현대 사회의 조건하에서, 신화를 만들어야 한다는 것이다. 낡은 신화를 되풀이해서도 안 되고, 현대적 조건을 부분적으로만 받아 들여서도 안 된다. 현대 사

16　환상적 민담은 환상이 개입하여 현실과 비현실이 섞인 이야기이다. 초월적 존재나 능력을 가진 동물이나 물건이 등장할 수 있다. 희극적 민담은 인간존재나 그들의 삶을 희극적으로 변형하여 웃음을 자아내는 효과를 지니고 있다. 줄거리가 흥미롭고 개성적인 캐릭터가 등장한다. 사실적 민담은 현실적으로 우리 주변에서 일어날 수 있는 이야기를 바탕으로 한다. 상상이나 희극적 요소에 기대지 않고, 현실적 가능성 안에서 전개되며 인간 삶에 관한 소재로 그 폭이 넓고 종류가 많다. 강등학 외, 앞의 책, 150~153쪽.

회의 조건을 전폭적으로 받아들여서 그것을 신화의 모습으로 명확하게 만드는 것, 이것이 현대 작가가 현실에 대해 가지는 바른 관계라고 결론할 수 있겠다".[17] 즉, 작가는 민담을 시극으로 변형하면서 환상성을 활용하였다. 이러한 작업은 지금의 '현대성'을 직시하고 인간의 현존성을 통해 다른 세계를 꿈꾸고 '자유의지'를 갖게 하기 위함이다.

3. 욕망과 억압의 장소 __ <둥둥 낙랑낙랑樂浪둥>

이 시극은 다른 작품에 비해 대사가 많고 복잡한 플롯 구조로 되어 있다. 총 11막을 가지고 있으며 등장인물은 왕비, 호동왕자, 낙랑공주, 부장, 왕, 난쟁이 등으로 구성되어 있다. 이 중에서 호동왕자와 왕비의 캐릭터는 개인의 갈등과 외부의 갈등으로 분석해 볼 수 있다. 고구려의 호동왕자는 낙랑과의 전투에서 승리하고 고구려로 돌아와 과거 역사의 조상인 주몽에게 칭찬을 받고 왕으로부터 인정을 받는다. 그러나 이런 성과가 호동에게 만족을 주지 않는다. 그의 전쟁은 죽은 낙랑공주의 도움으로 승리하였고, 사랑하는 낙랑공주의 죽음은 자신 때문이라는 죄책감에 휩싸인다. 즉, 호동왕자의 외적 갈등은 호동의 내적 갈등을 일으키고 사회적 제도와 이성 안에서 좌절하게 되는 것이다. 왕비는 죽은 낙랑의 쌍둥이 언니이다. 왕비는 유일하게 낙랑성에서 살아남은 낙랑공주의 가족이다. 왕비는 무속인, 주몽의 역할, 동생 낙랑공주의 역할, 왕비의 역할, 네 가지 역할을 수행하면서 내적 갈등을 일으킨

---

17   최인훈, 『문학과 이데올로기』, 문학과지성사, 1979, 137쪽.

다. 왕비의 내적 갈등은 '복수'라는 목표를 통해 호동을 죽이고 자신도 자살하고 만다. 이 작품은 복잡한 줄거리와 입체적인 인물의 심리를 가지고 있으면서도 지극히 개인적인 감정에 집중하는 작품이다. 즉 겉으로 보이는 갈등과 구조보다는 '인간 심리의 이해'를 목적으로 두고 있으며, 그것은 현실에서 추구하는 이성과 합리성보다는 '문학적 진실'과 '첨예한 인간'의 얼굴을 직시하고 있다. 그 모습이 어떻게 구체적으로 짜였는지 인물의 특징과 구조를 함께 살펴보고자 한다.

1) 인물의 갈등 구조와 여성의 위치

① 호동왕자

호동은 비이성적이고 감정적인 인물이다. 어떤 일에 있어 결과 중심적인 것보다 과정을 중시하는 성격이다. 호동은 국가의 운명보다는 운명적인 사랑을 우선시한다. 호동의 욕망은 낙랑에 대한 그리움이며, 죄책감을 해결하고 윤리적인 태도를 가지게 되는 것이다. 과거 역사 속의 주몽은 전쟁에서 승리하기 위해 비도덕적인 방식도 행해 왔다. 호동은 과거 이념과의 갈등을 겪는다. 세계의 옳고 그름이 호동의 관념을 혼란스럽게 한다. 그것은 개인의 행복보다 집단적 이익이 중요한지 그렇지 않은지에 대한 질문과 고민으로 이어진다. 호동은 낙랑공주와 닮은 왕비가 낙랑과의 사랑을 재현하는 것을 제안했을 때 거절하지 않는다. 추억을 되살리는 놀이를 통해 과거의 시간을 경험한다. 그러나 둘의 가상 체험은 현실에서 근친상간으로 이어나가고 호동의 죄책감과 혼돈은 더 깊어진다

호동   나는 정정당당치 못한 용사, 내 사랑하는 이를 써먹은 비열한 자가

되어야 겠구나, 낙랑의 북아, 네가 지키고자 한 사람 손에 찢긴 낙랑

의 북아.

  호동은 독백에서 자신의 비도덕적인 행동을 반성하면서 하늘이 묻는다면 낙랑의 북을 선택하겠다고 말한다. 낙랑과 얼굴이 닮은 왕비를 보면서, 그 왕비도 놓치고 싶지 않아 북에 대한 사연은 숨기고 만다. 호동의 사랑은 낙랑에서 왕비로 대상이 변화되는 것이다. 호동과 대립되는 사람은 주몽과 부장, 작은 아버지, 고구려 대신들이 있으며, 반대되는 사유로는 비도덕성, 고구려의 사회제도와 일반적인 상식과의 대립이다. 호동은 고구려의 왕자이며 용맹스럽고 전투적인 성격이다. 그러나 그의 승리는 삶의 만족을 주지 못하고 내적 갈등으로 인해 괴로워한다. 아버지의 뜻에 반감을 가지게 되었고 옛 역사 속의 주몽에게도 회의를 느낀다. 결과만 좋다면 그 과정의 도덕성은 평가받지 않아도 된다는 사상에 의문을 가지면서 낙랑은 그 문제를 극복하기 보다는 죄의식에 빠지게 된다. 이러한 인물을 그린 작가의 의도는 개인의 행복과 집단의 이익 중에서 결정해야 하는 현대인들의 자화성을 보여주고자 함이다. 개인의 불행과 고민은 외면당하고 사회적이고 국가적인 이슈가 세상을 얻을 수 있다고 생각하는 제국주의적 태도인 것이다. 세상은 발전하고 욕망은 다양해지는데 사람들의 고독과 소외감, 허무의식 또한 비례적인 모습으로 커져간다. 작가는 호동이라는 인물을 통해 개인과 집단, 개인과 사회의 균형과 두 가지 모두를 인정하고 그 존재를 파악하게 만드는 것이다.

② 왕비

왕비는 낙랑성에서 유일하게 남은 왕족이다. 자신의 가족을 그리워하며 원수의 나라에 온 것을 증오한다. 그녀가 고구려로 온 것도 고구려의 위협으로부터 낙랑국을 지키기 위해서였던 것이다. 왕비의 욕망 또한 호동에 대한 사랑과 나라에 대한 사랑이다. 왕비는 달래를 통해 자명고가 왜 울리지 않았는지에 대해 알게 된다. 자명고가 울렸다면 낙랑성은 물론 낙랑왕의 가족들이 모두 자살하는 사건이 일어나지 않았을 것이다. 고구려왕이 낙랑의 패망이 하늘의 뜻이었다고 말했고 호동이 낙랑공주와 사랑하는 사이였다는 것을 알게 된 후 호동에게 연민을 느끼기 시작하면서 호동과 가상체험 연애놀이를 한다.

> 왕비　　　동생아, 너하고 지낸 세월을 다시 살아보는 일이 그렇게 즐겁다면
> 　　　　　내가 너처럼 살아주마, 이상한 의붓어미의 사랑이여, 그러나 이것
> 　　　　　이 내 길이라면 네 아닌 너를 살아주마.

왕비의 자아는 진실과 허구 속에서 책임감과 수치심을 느낀다. 왕비는 호동과 만남을 이어가던 중, 낙랑공주가 스스로 북을 찢고 아버지에게 죽임을 당했다는 것을 알고 호동을 미워한다. 왕비는 호동에게 복수하고 싶어하지만 그 또한 사랑의 다른 이면일 뿐이며 둘의 근친상간은 더 깊어진다.

> 왕비　　　그대 머리여, 그대는 이렇게 토막이 잘린 이내의 마음이로다 (머리
> 　　　　　에 입술을 맞춘다) 호동님, 그대를 따르오리다.

결국 왕비의 복합적인 갈등 구조의 핵심은 호동과 마찬가지로 '개인적인 차원의 일', 사랑에 대한 것이다. 자신의 정체성을 잃은 채, 사랑에 대해서도 일에 대해서도 대리자밖에 할 수 없는 한계에 절망감을 느낀다. 왕비는 호동을 죽이라는 명령을 내리고 하늘의 사자인 백골에 의해 죽음을 맞이한다. 왕비는 죽음을 통해 호동과의 사랑을 완성한다.

③ 난쟁이

난쟁이의 시극적 상황

작가는 주요인물과 대립되는 쪽에 "난쟁이"를 배치한다. 난쟁이는 왕자와 왕비와는 다르게 계급의식에 영향을 받지 않고 하고 싶은 말을 마음껏 하는 인물이다. 또한 사회적인 금기 속에서 자유롭게 자신의 욕망을 마음대로 표출하는 인물이다. 호동과 왕비가 남의 눈을 의식하고 근친상간에 괴로워하는 인물이었다면 난쟁이를 배치하면서 작가는 '억압'에 대해 상반되는 인물들을 구성한 것이다. 난쟁이는 극 후반부에 나오는 인물이다. 호동이 낙랑성을 점령하고 고구려로 돌아온 후, 부장은 고구려의 작은 아버지 세력을 견제해야 한다고 말한다. 이때 꼽추 난쟁이가 등장하여 부장과 말장난을 친다. 왕자는 난쟁이와 말장난을 치다가 난쟁이가 "정들었다고 곳간 열쇠 주지 마라"는 말에 자극을 받는다. 난쟁이는 부상과, 궁녀, 왕사와 만나게 된나. 여기서 난쟁이의 특징은 익살과 장난을 섞으며 계급에 상관없이 하고 싶은 말을 다 하는 것이다. 왕비가 제의식을 하고, 왕자와 왕비가 죽게 되자 난쟁이가 등장한다. 왕자의 관을 쓰고 왕비의 치마를 입고 능청을 떨다가 울다가 데굴데굴 구르기도 한다. 마치 금기와 억압 속에서 괴로워하던 두 인물의 삶을 비난하듯이, 그의 행동은 괴기스럽고 우스꽝스럽다. 최인훈은 관객들에게 난쟁이의 행동을 보여주면서 죽음·금기·도덕·죄의식에 대한 주제로부터 해방감을 주고자 한 것이다. 그것은 본질적으로 도덕적 태도를 중시했던 계몽주의에 대한 비판이며 억압된 성의식에 대한 풍자이다.

난쟁이의 시극적 대사

난쟁이	누나가 보고 싶어서
궁녀	**망측해라**
난쟁이	저런 소리 하는 것 봐, 어젯밤에는 나 없인 못 살겠다구 하구서
궁녀	(붙잡아 때린다)
난쟁이	맞는 것도 좋아
궁녀	어마
난쟁이	어마, 하는 것도 좋아
궁녀	어머머
난쟁이	그것도 좋아
궁녀	시끄러워, 너 여기는 못 들어오는 덴 줄 몰라
난쟁이	너하구 나하고만 들어오는데
궁녀	장난이 아니야, 왕비님이 여기는 **아무도 못** 들어오게 하셨어. 들키기 전에 빨리 나가

'금기'는 사회 안에서 사람들이 만든 제도와 가치관을 벗어나는 일이다. 개인의 욕망에 제한을 두며 개인의 자유는 책임과 더불어 금기 사항을 적용시킨다. 그러나 역사는 사람들의 금기를 완전히 억압하지 못하고 예술 작품 안에서 그 욕망은 다양한 형식으로 발휘되기도 한다. 어머니를 사랑하

는 오이디푸스 왕은 자신의 욕망을 위해 정해진 운명과 금기를 깨트린다. 이런 금기의 결과는 행동을 통해 드러난다. 미셸 푸코는 "그것은 그것들이 근본적 금기의 대상, 그것의 위반이 중대한 과오로 간주되는 금기의 대상이기 때문이라는 것이다".[18] 금기의 대상은 성적 자유로 통한다. 난쟁이의 쾌락은 사회의 기준과 억압을 벗어나며 사회적 위치와 제한을 벗어나는 심리이다. 이 작품의 핵심 갈등은 "망측한" 새 왕비와 호동의 사랑이다. "난쟁이 마음이 착하면 웅덩이도 못 건넌다지 않습니까?"라는 대사를 왕자에게 뱉는다. 난쟁이는 왕자의 갈등이 문제를 해결하고 다른 세계로 나아가기 힘들다는 것을 의미한다. 심리적인 고민은 인간을 나약하게 만든다. 호동과 낙랑의 사랑은 다른 이들과 유기적인 관계를 통해 외적 문제를 일으키지도 못한 채 사라진다. 그 둘의 죽음으로 그 문제는 내면의 문제일 뿐이다. 이 금지된 사랑의 반대편에서 '난쟁이'의 대사와 행동은 '성의 본질'에 대한 사고를 넓히고 객관적 거리감을 만들게 한다. "호랑이가 승냥이 잡아먹고 승냥이가 여우 잡아먹는 것이 이 세상 이치 아닙니까"라는 말 속에 난쟁이는 세상의 원리를 약육강식의 흐름으로 생각한다는 것을 알 수 있다. 난쟁이는 다른 인물들의 심리를 비꼬고 야유한다. 인간과 세계관의 비합리적인 관계에서 난쟁이는 저항하고 비판하는 인물이다. 특히 마지막 장면에서 난쟁이는 왕자의 목을 자르는 행위는 왕사의 내적 세계가 세거되는 상황을 상징한다. 죽은 왕자의 왕관을 쓰고 왕비의 치마를 입는 행위는 인간들이 만들어 놓은 기준과 금기에 대한 반항이다.

---

18   미셸 푸코, 문경자 · 신은영 공역, 『성의 역사』, 나남, 1990, 24쪽.

2) 제의적 활동 공간

최인훈은 이 작품을 통해 개인의 삶은 집단사회의 관계와 이익으로 인해 갈등을 일으키고 고통을 받을 수 있다는 것을 보여주고 있다. 이런 주제는 작품 속 주체적인 인물이 수동적인 행위를 하거나 능동적으로 운명과 맞서 싸우느냐에 따라 달라질 수 있다. 최인훈은 사회적 제도와 정치적 관계에서 수동적으로 행동했던 낙랑의 운명을 비극적으로 그리고 있다. 그것은 작가가 말하고 싶은 바를 역설적인 구조를 통해 관객들에게 강조하고 싶은 계기에 있다. 작가는 정체성을 상실해가던 왕비에게 '무당'의 역할을 준다. "음악이 끝나고 그들은 굿자리 앞에 늘어선다. 사람들 무대 양쪽에 들어와 늘어선다. 악대 물러간다. 왕비가 앞장서서 무당들 들어선다. 무당춤이 끝난다. 왕비 단을 올라간다. 왕비 탈을 쓴다."[19] 무당은 신과 사람들을 연결해주는 민속 문화의 하나이다. 풍요와 안정을 추구하던 옛 민족들은 가난과 가족의 건강 등을 위해 무당을 찾아가 빌고 제의식을 함께 했다. "무당은 가문의 모든 운명의 병액뿐만 아니라 무사, 번창, 행복까지 신령에게 빌어주는 의무가 있고"[20] 무당의 굿이나 춤사위, 탈을 쓰는 행위는 사람들에게 심리적 안정과 죄를 없애주는 심판자의 역할을 기대해 왔다. 무당이 된 왕비는 사람들과 굿을 하고 죄의식 때문에 낙랑의 부처를 간직하고 있는 호동을 심판한다.

하늘의 사자인 백골이 내려온다

각설이 타령을 부르면서

---

19   최인훈, 앞의 책, 315쪽.

20   이규태, 『한국인의 민속문화』, 신원문화사, 2000, 297쪽.

어허

얼시구 절시구 누가신두

흐늘거지 나가신두

이 의식에 속한 "각설이 타령"은 하늘의 사자인 백골이 부르는 노래이다. 백골은 난쟁이가 죽인 왕자의 머리를 바랑에 넣고 왕비의 목도 바랑에 넣는다. 이 공포스러운 행동을 저지르며 백골은 각설이 타령을 부른다. 이 행동에 누구하나 반대하며 일어서지 않는다. 사람의 죄를 심판하는 것은 역사와 신의 뜻에 따라 중간 매개자인 '무당'과 '백골'이 할 수 있다. 사람들은 굿을 함께하고 처형하는 과정을 함께하면서 공동체 의식을 느낀다. 피지배층인 민중은 왕과 왕비의 처형 과정을 보며 쾌감을 느낀다. 자신들이 할 수 없는 일을 신과 인간의 중간자가 대신 해줌으로써 안도를 느낀다. 왕과 왕비가 죽고 무대에는 비가 내린다. 비는 민중들에게 풍요로운 세상을 암시해준다. 각설이 타령을 들으며 민중들은 익숙한 '하층민의 춤'을 축제로 즐기며, 자신들의 억압을 해소해주는 필연적 과정이라고 받아들인다. 작가는 이 제의식을 무대에 삽입하면서, 개인의 삶과 갈등이 집단의식 앞에 쉽게 무너지는 것을 그로테스크하게 보여주고자 한다.

4. 전체를 위한 개인의 희생 __ <옛날 옛적에 훠어이 훠이>

1) 영웅 제거와 민중의 정체성

이 작품은 『삼국사기』에 들어있는 '아기장수' 설화를 시극이란 형식으로 변용한 작품이다. 이 이야기는 평안북도에 내려오는 전설이며, 전설의 원화는 애기를 눌러 죽이는 데까지이다「작가의 말」. 총 넷째 마당으로 되어 있으며 등장인물은 아내, 남편, 애기인형이나 소리로 처리, 개똥어멈, 할머니, 마을 사람 등이다. 지문은 서정적이고 절제된 시적 대사로 이루어져 있다.

김현은 작품의 핵심을 이렇게 분석한다. "선택된 자가, 그가 태어난 고장에서 받는 수난의 의미이다. 선택된 자는 그의 부모들을 괴롭힐 뿐만 아니라 그가 속한 마을, 국가의 구성원들까지 괴롭힌다. 왜? 그것은 그가 너무도 뛰어났기 때문이다. 일상성 속에 갇혀, 편안하게 세상을 살아가려는 일상인들의 잠든 의식을 그가 깨우기 때문이다. 고대의 영웅이나, 선지자들이 당한 고난을 씨는 그러나 영웅의 입장에서 서술하지 않는다."[21]

마을 사람들은 영웅이 나타나면 마을이 사라지고 모두 죽을 수 있다는 '불안'을 느낀다. 불안은 극적인 행동을 유발시키며, '불안'의 대상을 삭제하고 싶은 욕구를 지니고 있다. 최인훈의 작품에서 '불안'이라는 감정은 그의 소설에서도 잘 드러난다. 마을 사람들의 '불안'은 아기장수의 부모가 극복해야 할 '두려움'의 이유로 연결되며, 영웅 제거의 목적으로 확대되고 있다. 아기장수를 둘러싼 주변 인물들의 심리는 기대감→공포심으로 바뀐다. 말을 더듬는 남편과 아내 사이에 아들이 태어난다. 아기는 태어난 지 며칠 지나자

---

21   김현, 『김현 예술 기행/반고비 나그네 길에』 (김현 문학전집 13), 문학과지성사, 1993, 222쪽.

걷고 말하고 비범한 힘을 가지게 된다. 용마를 찾으러 돌아다니던 사람들에게 아기는 역적이 되는 운명을 지닌다. 아기를 사랑하지만 부모는 아기를 죽이고, 남편은 산에 아기를 묻고 오지만 아기는 다시 살아난다. 집으로 돌아와 보니 아내는 죽어 있고, 남편은 죽은 아내를 붙들고 주저앉아버린다. 말이 우는 소리가 들리고 사립문 쪽에서 용마를 탄 애기가 들어온다. 죽은 아내인형는 꽃을 들고 일어나 애기를 끌어안는다. 셋은 말을 타고 하늘로 날아간다. 그렇다면 이 비범한 아이, 장군은 왜 죽어야 했을까?

첫째, 권력 지배자들이 피지배자들을 통치하기 위한 계획이다. 예를 들어 마을 원님은 도적을 잡아 잘린 목소금장사을 관가 앞에 걸어 놓는다. 원님의 행동은 마을 사람들에게 위화감을 조성하며 흉년이 들고 굶어 죽어도 반란을 일으키지 말라는 경고이다.

도적되면 넓은세상

오도갈데 없어지고

관구기둥 높은 곳에

잘린토막 목이 되어

또한 용마의 울음소리가 들리기 때문에 고을에 장수가 태어난 것이니 마을을 샅샅이 뒤져서 잡아 오라는 명령을 내린다. 지배층은 다른 영웅이나 지배 대상이 나타나면 자신의 위치를 잃게 된다. 자신의 권력을 장악하기 위해서 새로운 영웅의 출현을 제거해야 된다.

개어   전에-어느, 고을에-장수가, 났는데, 땅이, 나빠-그렇다구-온,

	마을에ㅡ불을 질러서, 사람채로ㅡ다, 태워버렸다더군
아내	아이구ㅡ그럼, 어떡하나, 죄 없는, 우리ㅡ애기가 (방쪽을 보며)
개어	글쎄, 용마가, 운다는ㅡ저, 산이, 우리, 고을 말고도ㅡ세, 고을에, 걸
	쳤으니, ㅡ아마, 그쪽에서ㅡ장수가, 난, 모양이지
아내	글쎄ㅡ그랬으면ㅡ제발

장군이 나타나면 용마가 나타나고, 용마가 나타나면 마을과 마을 사람들이 모두 불에 타서 죽었다는 소문을 개어개똥어멈의 대사를 통해 알게 된다. 이러한 불행을 막기 위해서 마을 사람들이 갓 태어난 장군을 찾아내야 한다. 이 아이의 죽음은 이러한 외부 환경에서 시작된다.

둘째, 최인훈은 개혁이 필요한 세계를 역설적으로 표현하기 위해 극을 설정했다. 인간은 자신의 운명을 지니고 태어난다. 계급이나 국가 인종, 성별을 타고 태어난다. 그러나 자신의 능동적인 방식으로 삶을 바꿀 수 있으며, 닥친 위기를 극복하고 문제를 해결할 수 있다. 이 시극의 인물들은 수동적인 인물들이다. 비범한 아이의 운명을 알고 있던 부모가 먼저 아이를 죽이고 아이를 따라 스스로 삶을 포기한다. 천마를 타고 하늘로 올라가는 모습은 단지 죽음을 수용하는 태도가 아니라 더 이상적인 세계로 나아감을 상징하는 것이다. 그리고 이야기에 나오는 장수는 건국 신화에 나오는 영웅이거나 비장한 힘을 발휘하는 영웅이 아니다. 가난하고 힘든 가족으로 태어나 장수의 능력을 발휘하지 못하고 하늘로 올라가는 모습은 자연이나 지배계층에 저항하지 못하고 수긍해야 하는 민중의 모습을 반영한 것이다. 이러한 영웅의 소멸은 평범한 민중에게 심리적 위안을 준다. 민중은 불에 타 죽지 않거나 마을의 비극을 멈추었다고 생각한다. "훠이 다시는 오지 마라"며 민중들은 안도하지만 그들의 수동적인 삶을 안타까워하는 작가의 역설적 의도가 담겨 있다.

셋째, 아기장수 부모의 사랑 때문이다. 말을 더듬는 아버지와 가난한 산모는 늘 굶주려 산다. 아기를 낳아 키우는 것이 이들의 기대였다. 그러나 장수인 것을 알고 부모는 갈등하며 두려워한다. 부모는 다른 이들에게 죽임을 당하거나 아기의 몸이나 시체를 원님에게 뺏길 바에, 자신들이 아기의 죽음을 해결해 주고 싶어 한다. 아버지는 씨앗 부대로 아기를 눌러 죽인다. 이 '씨앗 부대'는 중의적인 의미를 가진다. '씨앗'은 자연의 처음이 되며, 앞으로 곧 시작될 미래를 의미한다. 극 초반에 남편은 만삭인 아내를 위해 먹지 못하는 씨앗으로 밥을 지어준다고 말한다. 씨앗은 애틋한 둘의 사이를 증명하며 닥친 아기의 생명을 멈출 도구로 이용된다. 아기의 어머니는 죄책감에 뒤덮이고 스스로 목숨을 끊는다. 아기장수소리의 대사 "배고파"는 민중들의 허기진 심리와 슬픔을 자아낸다. 또한 말더듬이 아버지와 대비되는 비범한 성장을 보이는 아기의 육체는 1970년대 한국사회의 억압된 사회와 질서를 투영한 모습이다.

> 남편　　　　다, 다, 다, 다 다람쥐
>
> 아내, 고개를 떨군다
> 남편, 새끼를 꼰다. 포졸들 노랫소리
> 꼬다 말고 아내를 건너다본다
> 아내, 마주 보지 않고 나물을 뒤적거린다
> (…중략…)
> 갑자기 무대, 그늘이 진다

두 사람, 깜짝 놀라 하늘을 본다

남편   구, 구, 구, 구 구름―

　멀리서 포교들이 장수를 잡으러 오는 소리가 들리고 말더듬이 남편과 아내는 고민에 빠진다. 아기를 지키고 싶지만 아기는 방 안에서 손잡이를 잡고 흔들고, 부모는 바람소리, 그늘이 지는 것에도 깜짝 놀란다. 아기를 지킬 수 없다는 한계를 인지하고 부모가 갈등하는 장면이다. 말을 더듬는 남편과 아내는 심각한 상황임에도 불구하고 최소한의 행동을 보여준다. '새끼를 꼬거나', '나물을 뒤적이'는 행동은 소시민들이 어려운 역경에 대처할 수 없는 슬픈 상황을 대변하는 것이며, '눈을 마주 보지 않고' 각자의 소소한 행동을 따르는 것은 지친 내면을 표현하는 것이다.

2) 시극적 필연성―침묵(사이)의 효과
'남편'의 시극적 상황

　최인훈은 시극을 창작할 때 '침묵의 방법', '사이의 방법'을 기술적으로 사용하고 있다. '눈에 보이는 것과 보이지 않는 것, 그리고 '무대에 재현되는 것'과 '이야기되는 것'이라는 정교한 변증법을 고안해 낸 것은 바로 이런 딜레마를 해결하기 위해서였다. 오생근은 푸코의 철학을 해석하면서 "중요한 것은 문학의 언어와 광기의 언어가 제일 가깝게 만나는 이 지점에서 '문학의 존재'를 발견하는 일이다. 푸코는 문학의 존재가 신의 말씀처럼 충만성을 갖는 언어와는 달리 빈 공간의 언어라는 점을 강조한다. 이런 점에서 현대문학은 아무것도 말하지 않고, 그렇다고 해서 침묵을 지키고 있지도 않은 사람의

대답 없는 질문으로 전개되는 빈 공간의 언어로 구성된다고 할 수 있다".[22]

시극적 대사 – 남편이 말을 더듬는 행동

남편	그, 그, 그, 그, 그 모, 목 잘린 도, 도, 도적이누, 누, 누, 누군지 알아?
아내	……
남편	아, 아, 아 알아?
아내	내가 – 어떻게 아우?

남편이 말 더듬는 소리는 긴장하거나 공포를 느낄 때 심하게 더 더듬는다. "그, 그, 그, 그, 그 모, 목 잘린 도, 도, 도적이누"와 "아, 아, 아 알아?"는 더듬 는 속도가 다르다. 말을 더 더듬는 소리는 인물이 놀란 감정을 더 잘 표현한 것이다. 이 상황에서 남편의 1차 충격은 마을에서 도적질하던 사람의 목을 잘라 관가 앞에 걸어 놓은 것이다. 잘못을 하면 목을 잘려 죽게 되고 시체는 관가 높은 곳에 매달린다. 비도덕적인 행동은 처벌을 받고, 도덕의 기준은 관가에서 만든다. 남편이 말을 더듬는 설정은 약자인 시민들을 대변하며, 정 해진 도덕과 명령을 따르지 않을 시 충분한 응징을 받아야 하는 정황을 보 여주고 있다. 이 모습을 보는 관객들은 어눌한 남편의 행동과 말에 비극성을 느낀다. 그리고 2차 충격은 그 도적이 남편과 아내가 알고 있던 '소금장수' 라는 것이다. 평소에 도적처럼 행동하지 않고 평범하게 잘살던 소금장수가 도적이라니, "차, 차, 차, 참, 벼, 벼, 별일이지"라며 남편은 말을 더듬는다.

---

22   오생근, 『미셸 푸코와 현대성』, 나남, 2013, 63쪽.

이런 상황처럼 집단이 개인에게 주는 공포는 인도의 '서발턴'[23] 계층과 부분적으로 비교해 볼 수 있다. 서발턴은 지배계층이 권력이 없는 하층계급을 지칭하는 말이다. 여기에는 노동자, 농민, 여성 등이 있으며 일종의 노예계층이다. 그들은 자신이 처한 상황에 대해 함부로 말하거나 주장할 수 없다. 이러한 현상은 지배계층의 명령을 따라 무조건 행해야 하는 소외 인간들의 모습을 보여준다. 위 예문의 '남편'의 대사를 들으며 관객들은 답답하기도 하고 슬픔을 느끼기도 한다. 마을 지배층이 만들어 놓은 응징의 댓가는 가난하고 힘없는 자들에게 가혹한 형벌이다. 이 대화는 그 후에 이어질 자신의 아기를 결국 '죽이게' 되는 결과를 암시하며, 관객은 무대에서 연출되는 이야기를 통해, 무대의 공간과 개인의 입장에 대해 소통과 문제의식을 느끼게 된다. "이것은 비극에서의 시간과 공간이 이중성을 지닌다는 개념에 기반을 두고 있다. 말하자면 공간에는 두 가지, 즉 현재 관객이 보고 있는 무대 위의 공간과 관객의 눈을 벗어나서 행위가 이루어지는 주변 공간이 있다는 것이다."[24] 그것은 최인훈의 시극을 통해 대사와 대사 사이, 지문과 지문 사이, 사건과 사건의 사에서 멈출 때 발생한다.

애기   (확성기에서 나오는 목소리, 메아리처럼) 못 참겠다

---

23 가야트리 차크라보르티 스피박 외, 로절린드 C. 모리스 편, 『서발턴은 말할 수 있는가?』, 그린비, 2013, 433쪽.

24 장자크 루빈은 아리스토텔레스의 이론을 재해석하면서 보이는 것과 보이지 않는 것에 대해 작성했다. 예를 들어 무대 위에서 아기를 직접 죽이는 모습을 보여주기 거북할 때 다른 효과로 보여줄 수 있으며, 사건이 한 막이 진행되는 도중 무대 안에서 벌어지는 경우와 사건이 한 막이 진행되는 도중 무대 밖에서 벌어지는 경우를 생각해 보면 재현되지 않으나 예상할 수 있는 가능성을 말한다. 또한 인물의 심리를 더 극대화시키기 위해 대사나 사건의 흐름을 삭제하거나 건너뛰는 것을 극의 '사이'라고 칭할 수 있다. 장 자크 루빈, 김애련 역, 『연극 이론의 역사』, 현대미학사, 2004, 51~52쪽 참조.

아기의 대사는 두 번 반복된다. 아기를 둘러싼 오막살이 내부와 오막살이 외부의 상황은 다르다. 세 식구를 제외한 마을은 원님의 횡포로 "벌써-열흘째-양식이다. 닭이다 도토리다 하구-마을에서, 거둬, 올려가니, 용마, 잡기 전에-사람, 잡지-않겠나?"101쪽라는 대사를 통해 짐작할 수 있다. 평범함을 강요하는 사회에서 마을 사람들은 수동적이고 폭력을 받기만 하는 존재이다. 평범하게 사는 삶이 행복이라는 비논리적인 권력자들의 횡포는 수탈로 살인으로 이어진다. 아기의 폭발적인 대사 "못 참겠다"는 마을 사람들과 더불어 아기를 지키고 싶은 부모의 심리를 대변하는 것이다. 또한 아기장수의 죽음으로 이야기는 끝나는 것이 아니라, 아기장수의 죽음을 함께하며 세 가족은 죽음 이후에도 함께 할 수 있는 가능성을 여는 것이다.

3) 시극 언어의 아이러니와 리듬

"신비평가들이 격찬하는 시들은 엘리엇이나 프로스트의 시에서처럼 아이러니적 요소를 내포하고 있고 극성을 갖는다. 아이러니는 극에서도 강한 힘을 발휘"25할 수 있다. 시어의 아이러니와 상황의 아이러니는 이중적인 언어의 의미와 비극성을 더욱 확대시킬 수 있다. 가령 이 작품에서 첫째, 비극적인 상황을 묘사하면서 지문의 문장은 간결하고 고요하고 평화롭다.

같은 날 밤, 남편, 아내 마주 앉아 있다. 아가는 옆에 잠들어 있다

---

25 최인훈의 시극 작품에서는 시적 아이러니 방식을 발견할 수 있다. 아이러니는 언어적 측면의 아이러니와 이중성과 복합성이 지속적으로 일어나는 상황적 아이러니가 있다. 예를 들어 '둥둥 낙랑樂浪둥'은 언어의 다의성과 아이러니적인 복선이 깔린채로 플롯이 진행되기도 한다. 손필영, 「한국 시극의 가능성을 위한 서설」, 『드라마연구』 제2권, 태학사, 2006, 151쪽 참조.

씨앗 자루가 윗목에

두 사람 귀를 기울인다

바람 소리

아내   잡힐까요

남편   그, 그, 그, 글쎄-

늑대 우는 소리

  위 지문은 둘째 마당 끝부분에 있는 내용이다. 아들을 잃은 노파가 관가에 가서 잘린 목이라고 가지고 가겠다고 말하고 사라진다. '개똥어멈'은 '남편'에게 자신의 아범은 어디 있냐고 묻는다. 관가 '나으리'들은 장수를 찾으면서 집집마다 닭을 잡아갔는데 '개어'의 씨암탉도 잡아갔다고 한다. 남편은 아내와 아기를 걱정하며 관가 나으리들이 들르지 않았냐고 걱정한다. 마치 큰일이 날 것처럼 주변은 고요하고 정적이 돈다. 둘째 마당에서는 부부가 자신들의 아기가 장수인 것을 모른다. 그러나 작가는 '잡힐까요 / 그, 그, 그, 글쎄-'라는 대사를 쓴다. "늑대 우는 소리"는 다음 사건을 예고다. 또한 아기 장수의 태어남과 죽음이라는 사건을 끌고 가면서 극 전체적으로 리듬의 속도가 변화를 많이 일으킨다. 이 변화를 분석해볼 수 있는 지문이나 대사를 마당별로 분류할 수 있다.

  첫째 마당은 리듬의 속도가 가장 느린 부분이다. 아내와 남편은 태어날 아기를 기대하며 나물죽을 먹고 죽어서 목이 관가에 매달린 소금장수 이야기를 하다가 잠이 든다. 지문에서 "모든 사람의 말의 주고받음이 답답하게 그러나 당자들은 그것이 자연스럽게" 이루어진다. 지문과 대사들이 서정적이며 고요하게 표현되어 있다. 아내와 남편의 느린 행동과 대사는 빠르고 복합적인 외부세계를 향한 반어적인 형상이다. 둘째 마당에서는 아기장수가 태어나고 배고프고 답답한 상황에 호소하기 시작한다. 아기의 울음을 통해 구체적인 현실이 드러나고 극의 리듬이 빨라지기 시작한다. 셋째 마당에서는 아기가 장수임을 발견하고 부부의 심리는 매우 극적으로 솟아난다. 여기서는 두 가지 리듬이 공존한다. 외부의 리듬은 급속히 빨라지고 밖의 상황은 더 피폐하게 돌아간다. 무대 위의 사건의 리듬은 부부의 행동을 통해 잠시 멈춘 듯이 있다. 남편은 새끼를 꼬고 아내는 나물을 넌다. 고통스러운 인물들의 갈등을 행동의 리듬으로 보여주고 있다. 이러한 균일은 갈등의 고조를 이루고 마침내 아내의 노래는 아기의 분노를 잠재운다. 아기의 생은 끝이 나고 넷째 마당에서 다시 살아난다. 부모를 말에 태우고 날아가며 진달래꽃을 뿌린다. 지상에 있는 사람들은 훠어이 사라지는 대사와 함께 춤을 추며 기뻐하는데, 대사의 리듬은 천천히 진행된다. 하늘로 날아가는 가족보다 기뻐하며 지상에 살아남은 사람들이 더 비극적으로 보이는 장면을 연출하기 위함이다.

이어서 이 작품의 아이러니가 극의 완성도를 높일 수 있는 두 번째 원인으로는 '말더듬이 아버지'를 등장시킨 점이다. 말을 더듬는 사람은 평범한 이들 중에서도 너리고 부족한 사람이다. 타인들은 그의 말을 듣기 위해 기다려야 한다. 그 답답함은 사람들과의 관계를 줄이고 소통을 줄인다. 자신의 주장을 내세우는 능동적인 자아들은 계급과 권력에 의해 좌절된다. '말더듬이 아버지'는 그 인물을 대변하는 시대적 산물이다. 자신의 주장을 할 수 없는 현대 사회에서 계급의 상승은 매우 힘든 일이며 희생과 역경을 이겨내야만 가능하다. 오막살이 외부의 환경은 말더듬이 아버지와 반대로 재빠르게 돌아간다. 살인과 수탈과 폭력에 휩싸인 사회와 말더듬이 아버지의 대립적 구조는 갈등을 일으킨다. 그 갈등은 극적 '사이'를 발생시킨다. 이러한 효과는 독자나 관객으로 하여금 상황을 상상하게 만들고 긴장감을 일으키며 작품의 수용성을 확대시키는 것이다. 말더듬이 아버지의 '청각'은 위협으로 불안하다. 강압적인 권력에 대한 능력이며, 극을 보는 관객들의 청각도 공간 공간에서 불안을 느끼는 유일한 감각이 된다. 최일수는 "시극의 소리는 주관성과 객관성이 합일이 된 소리일 뿐 아니라 그것이 내일로 향하는 광장에서 종합적인 상황을 배경으로 하고 이루어지고 있다. 그러므로 시극의 소리는 서사시처럼 서술하지도 않고 서정시처럼 감각하지도 않는다"[26]라고 말했다. 극 속의 '애기의 목소리', '바람소리', '늑대울음소리', '자장가'와 '농악소리'는 들은 새로운 가능성을 깨우는 오브제로 활용된다.

4) 존재 미학–부활과 승천의 의미

억압과 통제 속에서 인간은 사회의 부조리를 경험한다. 힘없고 가난한 민중들은 권력자들이 만든 세계에서 질서와 법을 따라야 한다. 예를 들어 이 작품 속의 부부가 '감자 농사'를 지어도 마을의 원님에게 바쳐야 하고 개인의 이익은 권력자에게 먼저 제출해야 한다. 극 초반에 '소금장수'의 죽음은 그 반대의 상황을 야기한 것이다. 평범한 인물들은 자신의 신분을 상승시켜서는 안 되며 지배자들의 범죄는 자유와 허락으로 처리된다. '아기장수'의 부활은 이러한 세계를 벗어나 다른 차원을 보여주고 있다. 물론 아기장수의 부활 능력은 하늘을 나는 것 밖에 보여주지 않으나, 작가는 아기장수의 능력

---

26   최일수, 앞의 책, 384쪽.

을 축소하여 남은 자들의 불행을 보여주고자 함이다.

> 사람들   훠이 다시는 오지 마라, 훠어이 훠이

> 사람들, 어느덧 손짓 발짓 장단 맞춰 춤을 추며, 어깨짓고 갯짓 곁들여, 굿춤추듯, 농악 맞춰 추듯, 춤을 추며

그들은 특별한 일과 특별한 사건들을 두려워한다. 지배자가 알려준 대로, 상식과 일반을 뛰어넘지 않으며, 불행의 기준을 의심하지 않는다. 장수의 죽음은 마을 사람들의 평화를 보장한다고 믿는다. 관객들은 이 극의 상황을 보며 극 속의 인물들과 자신의 자아를 투영한다. 그것은 최인훈의 작품에서 드러나는 '존재성'이다. 그것은 이상 세계를 떠남으로써 발현되는 것이 아니라 현실에서 이루어야 하는 것이다. 푸코는 폴 래비나우와의 대화에서 '존재'에 대해 언급하고 있다. "억압과 자유"[27]의 관계에 대해서 그것은 심리적인 것이 아니라 실천이며, 사회를 통한 행위임을 말한다. 아기장수는 '말'[28]

---

27 어떤 것은 '해방'의 층위에 속하고 또 어떤 것은 '억압'의 층위에 속한다고 말할 수 없다. 사람들의 자유는 결코 그것을 보장해주는 법이나 제도에 의해 확보되지 않으며 그러한 법과 제도는 거의 모두 반대의 목적으로 쓰일 수도 있다. '자유'는 행사되어야만 하는 것이기 때문이다. 미셸 푸코, 이상길 역, 『헤테로토피아』, 문학과지성사, 2014, 72쪽 참조.

28 "고구려 동명왕(東明王)을 두고 생긴 전설에서 동명왕은 인마(麟馬)를 타고 땅밑 세계를 드나들었을 뿐만 아니라 하늘에 오르기도 하였다. 이 동명왕의 인마는 아시아 샤머니즘의 말의 이미지를 농후하게 지니고 있다. 영혼이 타는 짐승인 말이 신들의 탈것이 되는 것은 자연스러운 일일 것이다. 실제로 말을 타고 하늘을 오르내리는 신들의 모습을 우리는 신화에서 적잖이 발견하게 되는 것이다. 혁거세 신화의 천마도 이러한 일련의 천마들의 하나라고 보아도 무방할 것이다. 이러한 천마 사상은 『세종실록』에까지 그 여파를 끼치고 있다. 즉 동해 가운데 천마가 사는 섬이 있는 것으로 소문이 전하여지자 그 천마와 보통 말을 교배하여 양마(良馬)를 얻도록 보자는 논의가 조정에서까지 그럴싸하게 대두된 것이다.

을 타고 승천한다. 이것은 작가가 단순히 전설에서 신화로 이어지는 지점을 장착한 것이다. 한국 신화에서 말은 부활과 승천의 상징을 가지고 있다. 작가는 지상의 있는 사람들과 승천하는 세 가족의 형상을 수직적인 구조로 보여주고 있다. 두 공간의 높이는 인간이 운명을 그대로 받아들이거나 인간의 운명을 개척하는 능동적인 삶의 차이로 보고 있다. 즉, 인간의 고통은 위기를 극복하는 방식에 따라 다양하게 존재한다.

말이 신이나 영혼이 타는 짐(會)이라는 관념은 쉽사리 말을 신들에게 바치는 희생물이 되게 하였다. 유라시아 양 대륙의 유목민들 사이에서 말은 대표적인 희생의 짐승이었다.˝ 김열규, 앞의 책, 60~61쪽.

문정희 작품[1] 내용과 시극적 특징

　　문정희[2]는 시극 〈나비의 탄생〉, 〈도미〉와 창극 〈구운몽〉과 극시 〈날개를 가진 아내〉, 〈봄의 장〉을 발표했다. 1974년 『현대문학』 5월호에 발표된 〈나비의 탄생〉은 문정희의 첫 공연 작품이다. 이 이야기는 원래 중국 이야기책 『연리수기』에 나오는 설화를 변용하여 창작한 작품이다. 공연은 1974년 7월에 명동예술극장에서 5일 동안 무대에 올렸다. 창극 〈구운몽〉은 엑스포 극장과 예술의 전당에서 공연되었다. 1986년 〈도미〉는 『삼국유사』 제48종에 나오는 소재이며 쌀롱 떼아뜨르와 '눈먼 도미'로 1986년 11월 문예회관 소극장에서 공연했다. 문정희는 진명여고 시절 이화여대 주최 전국 여고생 문학 콩쿠르에서 〈역류〉라는 희곡으로 당선되기도 했다.[3] 즉 문정희의 시극

1　문정희의 〈나비의 탄생〉과 〈도미〉 공연 현황

작품명	공연날짜	극장	극단이름
나비의 탄생	1974.7.4~8	명동예술극장	여인시장
도미	1986.7.5~25	쌀롱 떼아뜨르	극단가교
눈먼도미	1986.11.29~12.12	문예회관소극장	극단가교

2　1947년 전라남도 보성 출생. 1969년 『월간문학』 신인상에 「불면」과 「하늘」이 당선되어 등단했다. 시집으로 『문정희 시집』, 『혼자 무너지는 종소리』, 『아우내의 새』, 『그리운 나의 집』, 『제 몸속에 살고 있는 새를 꺼내어 주세요』, 『모든 사랑은 첫사랑이다』, 『나는 문이다』 등이 있다. 1975년 시극집 『새떼』로 현대문학상을 수상했다.

3　70년대 초, 대학을 졸업하고 부임한 여자고등학교에서 신동엽의 시극 극본 집들을 발견한

제4장 · 문정희 작품 내용과 시극적 특징　　195

은 2편이며 극시 2편과 창극 이 책에서는 문정희 시극 2편 〈나비의 탄생〉과 〈도미〉를 중심으로 분석한다. 두 편 모두 설화를 시극의 형식으로 변용하여 창작한 작품으로써 그 특징과 미학적 구조를 살피고자 한다. 극시 「날개를 가진 아내」는 선녀와 나무꾼의 설화를 변용한 작품이지만 시극의 형태보다는 '극시'에 가까운 형태를 제시하고 있으며, 『새떼』에 명시되어 있는 바 극시로 판별한다. 그러나 그의 작품을 비교 분석하면서 참고하고자 하며 '창극' 〈구운몽〉은 원작에 충실한 줄거리로 평면적인 구조를 이루고 있다. 이에 시극에 해당되지 않으므로 주 연구에서는 제외시킨다.

문정희의 시극은 세 가지 특징을 가지고 있다. 첫째, 우리나라 민족의 문화와 전통의식을 계승하려는 의도가 있다. 나비의 탄생과 도미는 설화의 세부 개념 중에서도 열녀전설[4]에 속한다. 나비의 탄생은 중국의 『연리수기』의 모티프[5]에서 소재를 가져왔다. 이 이야기의 중심은 남편이 죽고 무덤 앞에서 여인이 정성을 들이자 무덤이 열렸다는 전설이다. 문정희는 이 이야기를 자신의 창작으로 끌어들여 흥미와 극적 효과를 재구성했다. 〈도미〉는 『삼국유사』제48종에 나오는 소재이지만, 도미와 개루왕과 도미처에 대한 갈등 구조는 더 유기적으로 연결되어 있다. 원작을 바탕으로 한 창극 〈구운몽〉보다는 작가가 다시 구조를 짜고, 대사와 극적 상황을 만들어 주제를 확보하였다. 작가는 한국의 1970년대 사회 상황을 체험하면서 시극 창작을 병행했다. 설화를 바탕으로 한 시극 창작은 관객과 독자들에게 한국문화의

것이 시극에 열정을 보인 최초였다. 문정희, 앞의 책, 1쪽.

4 열녀전설은 삼국사기 열전의 설씨녀, 도미처 등에서 그 형태를 보였으며, 열녀들의 행동양상은 신의를 중시하면서도 자연스러운 인간적 정감을 드러내고 있어 감동을 준다. 강등학외, 앞의 책, 127쪽 참조.

5 이상호, 『한국 시극사 연구』, 국학자료원, 2016, 399쪽 참조.

전통적 모습과 섬세한 심리를 보여준다.

둘째, 문정희의 시극 작품에서는 페미니즘을 넘어선 여성들의 '도전'과 '승화'가 나타난다. 나비의 탄생에 나오는 '여인'은 죽은 총각 귀신 때문에 고통 받는 마을을 위해 희생되는 인물이다. 가난한 집 여인으로서 부모에게 효도도 하고 마을 사람들에게 이익이 되는 대상이다. 살아 있는 여인을 죽은 총각 몽달귀신과 결혼시키는 명목하에 3년 동안 치성을 드리고 무덤이 열리면 여인은 그 속으로 들어간다. 시극 속에서 '여인'이 죽음으로 과정을 외부 인물들의 대사와 사건 속에서 이루어진다. 그 과정을 통해 여인의 옷자락이 나비가 되는 환상을 자아내는 것이다. '매파'와의 만남, '계집'과의 상황, '무희들'의 노래를 통해 '여인'의 심리는 분열되고 고민한다. 이 극에 등장하는 '매파'와 '계집'은 여인의 또 다른 자아로 나타나며, 여인의 상황을 반박하는 존재로 설정된다. "여인 : 여보!(계집의 가슴에 격정적으로 안긴다)"는 대사는 "여인 : 오! 이 눈을, 이 입술을, 그리고 이 숨결 속의 깊은 뜨거움을 갖고 싶었어요"라는 대사로 이어진다. '여인'의 운명은 죽음으로 직진하는 게 아니라 자신의 내면과 욕망을 분출하며 자아를 발견하고 도전하게 된다. 〈도미〉의 '도미처'는 자신의 사랑을 지키기 위해 변신술을 행하며, 왕과 남편 사이에서 자신의 몸을 지키려 한다. 문정희는 극 안에서 여성들의 죽음이나 고난을 수동적인 인물로 그리지 않는다. 결국 〈나비의 탄생〉에 나오는 여인의 죽음은 자연이 상승하는 상징으로 '나비'의 형상을 만들었고, '도미처'는 '도미'와의 결별을 지나, 장님이 된 도미와 재회를 나눈다. 이처럼 문정희는 작품을 통해 여성 인물들의 위치를 한계와 비탄으로 설정하는 것이 아니라, 문제를 해결하고 승화하는 결과를 도출해내는 방식을 택한다.

셋째, 〈나비의 탄생〉과 〈도미〉에서 비슷한 구조가 있다. 〈나비의 탄생〉의 무대는 "주술적인 냄새가 짙은 신비한 음악과 함께 막이 서서히 오른다"[6]는 지문과 가마꾼의 대사 "가마꾼 A : 아, 눈부신 벌판, 햇빛은 절뚝이며 쏟아지고 바람은 그칠 줄 모르는 군"으로 시작한다. 작가는 시적인 지문과 대사를 통해 청각적 효과를 만든다. '소리'의 대사를 말하는 이는 무덤 속의 총각귀신이다. "별빛 하나 흐를 수 없는 검은 침묵의, 그 끝없는 잠속으로 가게 해다오"[7]는 정체되어 있는 총각귀신의 음성이다. 그는 행동도 사건도 일으킬 수 없으며 오직 소리로만 무대와 교류한다. 그런데 개인적 의무와 집단적 의무를 가진 '여인'의 운명은 역동적이다. 여인이 움직이는 동선에 따라 가마꾼들의 대사와 매파와 계집이 등장한다. 여인의 죽음은 단순히 끝이 아니라 다른 세계의 열림이다. 무덤을 열고 들어간 여인의 삶은 다른 생명의 탄생으로 미학적 가치를 지닌다. 〈도미〉에서는 예술가인 도미가 완성하고 싶은 욕망과 개루왕이 사적으로 이루고 싶은 욕망은 차이를 두고 있다. 도미는 사적인 사랑을 위해서 자신의 일을 완성하려고 하지만 개루왕은 자신의 사적인 욕망을 위해 얻으려다 실패한다. 피지배층인 인물에게 속임을 당하고 백성도미이 스스로 눈을 찌르는 행동을 본다. 개루왕은 도미처를 멀리 쫓아내지만 둘의 사랑은 끝나지 않는다. 즉, 사회 계급으로 개인의 사적인 영역을 지배할 수 없음을 미학적으로 보여주고 있다. 또한 대립적으로 개루왕의 사랑은 평범한 남자도미의 사랑보다 완전하지 못함을 보여주고 있다. 즉, 작가는 도미처와 도미의 사랑을 그리며 외부의 인물들을 보조적인 인물로 설정하고 있는 것이다. 이로써 문정희 시극에 나타난 위의 세 가지 특징을 분석해보고자 한다.

---

6   문정희, 『구운몽』, 둥지, 1994, 15쪽.
7   위의 책, 17쪽.

1. 삶의 고통을 극복하는 배경 __ <나비의 탄생>

〈나비의 탄생〉은 총 3막으로 구성되어 있다. 제1막에서는 지문과 가마꾼 A, B의 대사를 통해 마을에 총각으로 죽은 청년과 살아 있는 '여인'을 결혼시키려고 가는 장면으로 시작한다. 귀신의 한으로 재앙이 계속 일어나는 마을에는 재물로 바쳐질 여인이 필요하다. 가난한 집 여인은 부모님께 보상을 받게 해드리려고 자신을 희생한다. 여인은 3년간 무덤에서 치성을 드려야 한다. 제2막에서는 여인이 무덤으로 가는 도중 계집과 사내는 본능적인 애정을 표현한다. 계집의 성격은 '여인'과 반대로 누구를 위해 희생하는 인물이 아니다. 이성보다는 본능에 충실한 삶을 산다. 살아 있는 사람과의 뜨거운 사랑이 더 중요하다고 생각하는 계집을 통해 여인은 자아를 발견한다. 또한 '매파'를 통해 인간의 본능에 대해 대화를 한다. 매파는 여인을 비판하고 여인은 매파를 비판한다. 여인은 자신의 운명에 대해 갈등하고 힘들어 한다.

마지막 장에서는 여인이 자신의 선택이 옳은지 틀린 것인지 고민한다. 여인은 환각 속에서 계집을 죽은 사람으로 오해하고 본성을 드러낸다. 큰 옷은 자신에게 맞지 않는다고 여인이 지닌 윤리성과 책임감에 괴로워한다. 여인의 진심에 무덤이 열리고 여인은 무덤 속으로 사라진다. 계집은 여인의 치마를 잡고 치마는 나비로 바뀐다.

죽은 사람을 위해 살아 있는 '여인'의 본능을 삭제하는 것은 존재와 비존재의 경계가 없음을 뜻한다. 재앙을 퍼트릴 수 있는 권력은 산 사람보다 죽은 이가 더 강하다. 이러한 문제의식은 우리 민족의 삶이 불안하고 가난하며 처절한 상황이었음을 대변하기도 한다. 삶의 재앙과 고통을 민간 신앙으로 해결하려는 문화를 가지고 있다. 집단의 평화를 위해 한 여성의 삶을 포기해

야하는 극적 상황은 뛰어난 문학성을 가지고 있다. 개인과 세계와의 대결에서 개인의 좌절은 문제를 일으키고 해결하는 계기가 된다. 그러나 작가는 이 여인의 운명을 바꾸지는 않는다. 결말을 그대로 두되 다른 방식의 창조적 방법을 논하고 있다. '기다림'으로 끝나가는 위기감이 여인의 마음에 자리를 잡으면서 갈등이 시작한다. 개인적 자아에 속한 '본능'이 매파에 의해 나타난다. 사람과 귀신의 중매쟁이인 매파는 가마꾼들이 "미친 해탈자, 허무주의자"로 표현한다. 여인과 대립되는 존재이나, 중매쟁이의 "이 옷을 벗으면 나의 본래의 얼굴이 나오지. 내 이름은 본능이라고 해. 지금 네 속에서 뜨거운 혀를 널름거리고 있는 본능이야"라는 말은 인간 내면의 본성을 드러낸다.

가마꾼A	저 장님이 바로 중매쟁이지?
가마꾼B	미친 해탈자, 허무주의자
가마꾼A	아니 장님에겐 천리 밖의 귀신도 보이나 봐요. 그렇지 않고서야 싱싱한 꽃송이를 죽은 벌판에다 심을 수 있담.

매파	아니야. 나는 그 따위 중매쟁이가 아냐. 나는 중매쟁이의 옷을 입었다 뿐이야. 이 옷을 벗으면 나의 본래의 얼굴이 나오지. 내 이름은 본능이라고 해. **지금 네 속에서 뜨거운 혀를 널름거리고 있는 본능이야**
매파	그렇지, 나는 장님이지. 뜨거운 불을 쓰고 밀림을 태우는 바람이지. 밤의 가장 깊은 밤 속에 누워 우주라는 수레바퀴를 돌리는 원동력! 나는 앞 못 보는 장님이어야 해.
여인	나를 유혹하지 말아요!
매파	넌 지금 자신을 속이고 있는 거야. 네몸은 어디다 두고 껍데기로 말

하고 있어. 탈을 벗고 나면 후줄근한 땀과 허무 뿐인 걸. 지금은 밤이

야. 내 앞에서 모든 것이 경건해지는 시간이란 말야. 열녀비나 효심

따위로 본성을 숨기는 건 교활해. 그건 잿빛이야!

여인　　아니예요. 순수한 의지의 승리예요.

　여인은 처음 목표한 대상을 향해 간다. 여인은 계집과 매파와의 대화를 통해 숨겨졌던 자신의 본성과 성적 욕망으로 드러내기도 했다. 그러나 여인은 본능을 벗어나 이성적으로 행동한다. 집단과 집안을 위해 자신의 삶을 기꺼이 바친다. 대립적인 인물 매파와 계집은 악을 가지고 있지 않다. 이 여성적 인물들은 여인의 또 다른 자아로 해석된다. 여인은 끝까지 갈등을 놓지 않는다. 여기서 갈등의 결과는 중요하지 않다. 자신과 다른 여성들을 보며 자신의 본능을 드러내는 과정이 중요하다.

　결국 "순수한 의지의 승리"로 여인은 무덤 속을 택한다. 현실에 대한 순응이 아니며 여인은 갈등을 통한 승화의 단계로 오른 것이다. 승화는 본능적 욕망을 최초의 목표로부터 더 가치 있는 단계로 이르는 것이다. 동시에 억압으로부터 해방되는 단계이다. 즉, 작가는 단순한 페미니즘의 이데올로기를 넘어서 여성의 삶을 풍성하게 보여주고, 스스로 선택할 수 있는 힘을 부여하게 한 것이다. 한 여성의 생과 죽음은 '도전과 승화'를 보여준 것이다. 그 이유는 무엇인가. 문정희가 설정해 놓은 마지막 결말 때문이다. '계집'이 끝까지 포기하지 않고 도와주려 했던 여인의 치맛자락에 있다. 이 작품의 마지막 장면은 "계집은 나비를 보고 여인의 환생"[8]이라고 여기는 부분이다. 이승하

8　이승하, 앞의 책, 274쪽

는 이 부분이 작품의 완성도를 높이고 있다고 본다. "시인은 암시와 상징으로 대사를 끌고 가다가 끝처리를 환상적으로 함으로써 극적 반전을 이루"[9]었다고 주장했다. 이 장면은 치맛자락은 그대로 소멸되지 않고 '나비'라는 생명을 얻게 된다. "외로운 뱀 한 마리 살고 있습니다. 하늘이여, 나를 만나게 해주세요." 그러면서 현 세계와 다른 세계를 연결시켜 주려는 작품의 완성도를 분석할 수 있다.

2. 권력과 사랑을 통한 갈등 __ 〈도미〉

시극 〈도미〉는 삼국사기 제48, '도미 설화'[10]를 현대적인 방식으로 재창작한 작품이다. 무대의 배경은 백제의 개루왕 시대이며 나오는 인물은 도미, 아랑, 개루, 시녀, 채금 기타 포졸과 마을 사람, 보초병 등이다. 작품의 구조는 2막 5장으로 구성되어 있으며, 보초병의 합창과 아랑의 노래는 장면을 연결시키고 청각적인 감각을 일으킨다. 이 작품은 모든 것을 가진 권력자가 남편이 있는 도미처를 질투하며 생긴 사랑 이야기이다. 권력으로 뭐든지 해결할 수 있다는 사회에 대한 인식을 시극을 통해 저항하는 작품이다. 또한 어떤 일이 있어도 신념이 변하지 않는 남녀의 사랑을 통해 관객과 독자에게

---

9   위의 책, 같은 쪽.
10   삼국시대의 전설 – 삼국통일기에는 명장, 충신, 효자, 열녀 등 다양한 인물전설이 나타난다. 통일의 주역인 김유신에 관한 전설은 민간영웅의 면모를 보여주는 다양한 전설유형 속에 자리한다. 죽음을 무릅쓰고 간언하다 죽어서도 길가에 묻혀 왕의 사냥 중단을 만류했던 김후직이나 왕의 동생을 귀국시킨 뒤 왜국에서 죽임을 당한 박제상 등의 충신전설과 함께, 여성 인물의 의지와 결단 또한 주목할 만하다. 망부석이 된 박세상부인, 설씨녀, 도미처 등은 열녀 전설의 성격을 지니고 있다. 강등학 외, 앞의 책, 87쪽 참조.

삶의 위안과 가능성을 전해준다.

　제1막 제1장 : 도미의 집에서 눈먼 도미가 바위에 앉아 피리를 불고 있다. 늙고 병든 아랑이 등장하며 서로를 모른 채 대화한다. 아랑은 "두 눈이 보이시나요?" 물어보고 도미는 "저 노을 속의 무지개가 선명하게 보입니다. 밤이면 하늘에서 아름다운 연이 별이 되어 날고 있"다는 대사를 통해 기둥 쪽에 있는 연을 확인한다. 아랑은 도미에게 피리 소리를 한 번 더 들려달라고 하고 아랑이 춤을 추자 마을 사람들이 춤추며 등장한다. 마을 사람들의 대사를 통해 도미와 아랑의 결혼 장면이 시작된다. 둘은 '연' 이야기를 하며 사랑을 속삭이고 마을 사람들이 두 사람의 결혼을 축복하며, 개루왕이 아랑의 미모에 반한다.

　제2막 제1장 : 개루왕이 아랑의 미모에 반해 도미를 부러워하면서 질투한다. 개루왕의 마음을 안 시녀가 좋은 방법을 제시한다. 도미에게 궁중에 큰 누각을 지으라고 명령을 내리면 그 약속을 지키지 못할 것이므로 그때 아랑을 가지면 된다는 방법을 말한다.

　제2장 : 예술가로서 누각 공사에 열중하는 도미에게 아랑이 부정한 사람이라고 거짓말을 하며 둘의 관계를 망치려고 한다. 왕이 아랑을 왕비로 맞이할 것이라는 이야기를 하고 아랑을 포기하라고 한다. 그런데 두 사람은 확고한 사랑에 변치 않는 태도를 보여준다. 개루왕은 아랑의 선택에 모든 것을 결정하겠다고 말한다.

　제3장 : 시녀가 아랑에게 계속 말해도 아랑은 기다릴 것이라 확신한다. 시녀는 자신의 처지를 말해주면 신분상승할 것을 아랑에게 제안한다. 백성은 국가를 위해 있고 국가는 왕을 위해 있는 것이며 왕은 왕 스스로를 위해 있다고 말한다. 시녀는 아랑에게 "대왕을 사모합니다"라는 말을 연습시키지만

아랑의 맘은 변하지 않는다. 개루왕은 화가 나서 아랑을 그의 집으로 돌려보내라고 한다.

제4장 : 개루왕이 아랑의 집으로 간다. 아랑은 도미를 사랑하는 마음을 지키려고, 채금과 옷을 바꿔 입는다. 왕은 변신한 채금하고 사랑을 나눈다. 도미도 채금을 아랑이라 착각한 나머지 아랑과의 아름다운 관계를 영원히 눈속에 간직하겠다며 자기 눈을 찔러 눈알을 뽑는다. 아랑이 왕을 속인 사실이 탄로가 나고 도미는 눈을 개루왕에게 바친다. 그것을 본 개루왕은 자기 마음과 총명을 멀게 한 아랑을 백제 땅에서 쫓아내고 시녀를 찔러 죽인 후 스스로 가슴을 찌르고 쓰러진다. 그리고 피리 소리가 들리고 도미가 앉았던 자리에 도미가 없고, 노파 아랑은 앉아 있다. 위 줄거리를 통해 문정희는 설화를 시극으로 변용하면서 비극적이지만 아름다운 도미의 사랑을 대사와 무대 효과를 통해 은유적으로 표현하고 있다는 것을 알게 된다.

'도미'의 시극적 상황

'도미'는 누각을 짓는 건축가이며 예술가이다. 그리고 왕은 국가의 발전과 백성을 거느리는 인물이다. 도미와 상반되는 직업인이다. 왕은 지배자이며 도미는 왕의 명령을 받아 일을 한다. 작가는 왕의 탐욕이 도미의 사랑을 깰 수 있는지 없는지를 실험해보며 극을 진행한다. 사건들의 아슬한 결과와 대사를 통해 흥미가 이어지며 관념적인 대사들은 몽환적이며 초현실적인 분위기를 만들어낸다. 다음 인물들의 대사를 통해 시적인 순간이 어떻게 미학 구조를 이루는지 분석해보자. 아래의 대사는 도미와 아랑이 결혼을 진행하면서 나눈 대사이다. 마을 사람들과 도미와 아랑은 연날리기를 하고 있다. 객석을 향해 연줄을 이리저리 늦추었다 조였다 한다. '연'은 지상을 벗어나 다른 세계로 날아가고 싶은 물건이다. 사람들의 이상을 염원하고 있으며, 놀이를 통해 즐거움과 생동감을 부여한다. 연은 아름다운 허공에 닿고 별에게 닿을 것 같은 내면을 상징한다. '아름다운 순간'은 "아름다운 별"이 되고, 아랑은 현재의 행복이 "슬퍼질"까봐 두려워한다. 아랑의 대사 "별은 싫어요. 너무 멀고 외로워서 싫어요."라는 말은 앞으로 둘에게 일어날 비극적인 사건을 암시한다.

'도미'의 시극적 대사

①

아랑	오호, 됐어요. 도미, 이젠 됐어요. 정말 아름다운 순간이에요. 아니, 이를 어쩌나. 아랑의 연이 실을 버리고 달아나고 있사옵니다.
도미	어디 봅시다. 별이 되고 싶은가 보오.
아랑	**별은 싫어요. 너무 멀고 외로워서 싫어요.**
도미	당신처럼 아름다운 별이오.
아랑	**아름다운 건 언제나 슬퍼요.**

②

도미	대왕은 그의 외모를 원하시고 저는 그의 **내면**을 지키고 있겠습니다.
개루	외모는 내면을 담고 있는 그릇이야.
도미	**그릇이 바뀐다고 그 안에 담긴 것이 변할 리 없습니다. 나무로 만든 기둥은 모양이 바뀌어도 끝내는 나무입니다. 쇠나 돌이 되지 않습니다.**

아랑의 미모를 보고 반한 개루왕은 도미를 증오한다. 권력의 힘으로 도미의 부인을 가지려고 한다. 그런데 도미는 왕에게 항거하지 않고 예술가다운

대사를 한다. 누각을 끝까지 짓게 해달라는 부탁이다. 왕은 도미의 행동에 모순을 느낀다. 도미는 불안하지 않고 자신의 사랑과 아랑의 마음을 믿는 것이다. 도미에게 있어 예술적 완성이란 사랑의 완성과도 같은 것이다. 도미는 사람의 외모보다는 "내면"을 지키고 싶어한다. 아랑의 내면은 자신과 통한다고 믿는다.

도미가 말한 '외모'는 사람의 조건과 환경을 의미한다. 도미는 왕에게 저항하는 태도를 보이지 않지만, 간접적으로 자신이 아랑의 마음을 가지고 있다는 것을 표현한다. 왕은 자신보다 많은 것을 가졌지만 아랑은 도미를 떠나지 않을 것이며, 만약 마음이 잠시 변한다 해도 다시 원래의 사랑으로 돌아올 것이라는 확신이 있다.

개루	무지개 누각이 보이나?
시녀	네, 차츰 보입니다. 선명하게
개루	참 좋은가?
시녀	오색이 영롱합니다. 무지개가 떴습니다.
개루	그렇겠지. **궁중에 둘러싸인 저 높은 담장도 헐어야 될 때가 왔군**

아랑이 채금과 옷을 바꿔 입고 개루왕을 속인다. 왕은 아랑인 줄 알고 채금과 밤을 보낸다. 도미가 이 상황을 오해하며 두 눈을 찌르고 절망한다. 왕은 비극의 근원인 아랑을 멀리 쫓아버리고 검으로 시녀를 찌른다. 시녀와의 대화에서 왕의 대사는 철학적인 의미를 함의하고 있다. 개루왕은 "무지개 누각이 보이나?"고 묻는다. 무지개 누각은 현실적으로 불가능한 누각이다. 개루왕은 현실을 받아들이기가 힘든 상황이다. 그런데 시녀는 "보입니다. 선

명하게"라고 답한다. 인간이 탐욕을 버리고 마음을 비우면 보이지 않던 것이 보인다는 것을 의미한다. 김수영의 〈사랑의 변주곡〉에서 "욕망이여 입을 열어라. 그 속에서 사랑을 발견하겠다"라는 문장처럼 사랑은 욕망을 동반한다. 욕망은 권력의 힘으로 조절할 수도 있다. 그러나 욕망이란 모든 이의 위치와 상관없이 누구든지 가지고 있다. 왕은 자신이 가진 권력으로 더 많은 욕망을 채울 수 있다고 생각했다. 그리고 이 사건의 결말은 왕의 반성으로 마무리된다. "궁중에 둘러싸인 저 높은 담장도 헐어야 할 때"는 권력과 사람의 경계를 허물어야 한다는 주장을 보여주는 대사이다. 작가는 왕의 대사를 대변하며 인간의 아름다운 사랑이란 고통과 위기를 극복하며 완성하고, 영원할 수 없는 삶은 슬프고 애절하다는 것을 보여주고 있다.

이 시극의 주인공 '아랑'에게는 시녀와 채금이 있다. 채금은 아랑에게 위기가 닥쳤을 때 도와준 인물이다. 개루왕이 아랑을 선택하여 차지하려고 할 때 채금의 옷을 바꿔 입는다. 채금은 왕과 밤을 보낸다. 채금은 아랑에게 도움을 주는 인물이며, 자신이 처한 문제를 해결하기 위해 적극적인 태도를 보인다. '시녀'는 왕의 입장에서 '아랑'을 차지하기 위한 방안을 강구하고 왕을 모신다. 그러나 '아랑'과의 대화를 살펴보면 아랑의 입장에서 이해하려고 하며, 자신의 속마음을 털어놓기도 한다. '시녀'는 아랑의 마음을 움직여 왕의 하인이 되고 싶은 욕망도 지니고 있으나 '아랑'을 부러워하는 마음도 가지고 있다.

시녀	백성은 국가를 위해서 있는 거야. 국가는 왕을 위해서 있고.
아랑	그럼 왕은 무엇을 위해서 있죠?
시녀	**왕은 왕 스스로를 위해 있지. 그런데 왕비가 싫다고? 흥, 자신을 죽이**

	고 자신의 사랑하는 사람에게 고뇌를 주고 만인에게 고통을 주겠다
	고? 무엇 때문이지?
아랑	**진실 때문이죠.**
시녀	진실이란 게 뭐야. 그건 한낱 이기심에서 나온 욕망인지도 몰라. 왕
	에게 고뇌를 주는 것은 만인에게 고뇌를 주는 거야. 그런데 그대의
	진실이란 소린 아니겠지? 그대가 결심을 늦추면 도미의 고통은 그
	만큼 길어져. 자, 결심을 할 수 있겠지?

이처럼 문정희는 주인공 여성 주변에 다양한 여성 인물을 배치한다. 어떤 문제가 닥쳤을 때 무조건 복종하기보다는 그 상황을 슬기롭게 해결하기를 원한다. '아랑'의 주변에 있는 여성 인물들은 아랑의 분신처럼 아랑을 돕기도 하고 아랑의 입장을 설명하기도 한다.

또한 이 작품에서는 음악의 기능이 중요하다. 합창, 독창, 춤이 다양하게 사용된다. 이러한 노래와 춤은 극적 긴장을 고조시키기도 하고 긴장을 풀어주기도 한다. 춤을 추거나 합창, 독창의 모습은 "축제 혁명적"[11]으로 보여지기도 한다. 도미는 열녀 전설에 해당하며 인물이든 사물이든 증거물을 통해 이야기의 내용이 사실이라는 것을 강조한다는 점에서 전설은 역사와 넘나들기도 한다. 『삼국사기』, 『삼국유사』 등 고대의 역사기록이 전설 자료에 크게 힘입고 있다는 사실은 전설이 지닌 이와 같은 역사 구술적 기능을 말해

---

11 극 속의 체제나 사건으로부터의 반란의 표시이며, 몸부림이다. 공식적인 삶이나 정해진 운명, 질서로부터 일시적인 해방을 표출하는 방식이다. 이러한 기법을 통해 일시적인 유토피아를 꿈꾸며, 해소를 꿈꾼다. 또한 그런 공포감으로부터 벗어나 자유를 의식하는 기저이기도 한 것이다. 김용수, 『연극이론의 탐구』, 서강대 출판부, 413~417쪽 참조.

주는 것이다. 그러나 전설은 근본적으로 허구적 서사[12]의 특성을 지닌다. 노래와 춤은 허구적 서사의 흐름과 시극의 즐거움을 증폭시킨다. "마을 사람들 합창 : 꽃은 꽃끼리 돌은 돌끼리 / 새는 새끼리 서로 만나서"라는 노래가 있다. 마을 사람들은 왕족이 아니라 민중이다. 민중들은 도미와 아랑의 사랑을 응원한다. 둘의 사랑은 '새와 새들의', '돌은 돌과의', '꽃은 꽃과의' 비슷하고 자연스러운 일이다. 민중들은 자연스럽고 안정적인 생활을 원한다. 그들은 억지스럽고 비극적인 일에 대해 두려워한다. 마을 사람들의 이러한 순수함은 작가가 설정해 놓은 합창을 통해 발현된다.

3. 여성 인물의 능동적 행동

문정희의 <나비의 탄생>과 최인훈의 <달아 달아 밝은 달아> 비교

이러한 미학적 구조는 최인훈의 〈달아 달아 밝은 달아〉와 비교해 볼 수 있다. 이 작품 또한 '심청'의 설화를 현대 시극으로 재창조한 작품이다. 그러나 최인훈의 시극 중에서도 이 작품은 판소리극에 가까운 것이다. 왜냐하면 시극적인 요소를 함의하고 있기보다는 작가의 자의식에 의해 심청의 내면이 극보다는 심리적인 면에 더 치중되어 있기 때문이다. 이 작품의 심청도 아버지의 행복을 위해 희생되는 인물이다. 심봉사는 "부처님께 시주한다 내가 한 말 때문에 남경배 상인들에게 공양미 값으로 팔려 물 건너 대국 땅에 기생살이 팔려가는 내 딸 심청이가 떠나는 뱃길을 배웅이나 하고서야 이 발이

---

12   강등학 외, 앞의 책, 87쪽 참조.

떨어지겠네. 뺑덕어미 잘 보소"라고 말한다. 심청은 아버지를 위해 뱃사람에게 팔려가고 뱃사람은 중국인에게 심청을 팔아버린다. 중국 용궁에서 '매파'는 중간에서 손님을 받고 심청이를 남자들에게 판다.

> 쥐 죽은 듯이
>
> 소리없는, 발 너머
>
> 방 속 매파 나온다
>
> 발 너머 방쪽과
>
> 무대 윗머리를
>
> 번갈아보면서
>
> 기다리는 매파
>
> 키 큰 손님 나온다
>
> 손님 돈을 준다
>
> 매파 도리질한다
>
> 손님 돈을 더 얹는다

심청은 중국 용궁에서 몸을 팔며 오랜 시간을 보낸다. 그러던 중 '인삼장수 김서방'을 만나게 된다. 김서방은 "조선옷 차림의 착실해 보이는 젊은이"다. 김서방은 심청에게 삶의 유일한 기다림이며 사랑이다. '김서방'은 돈을 벌어 심청과 고향에 가서 같이 살자고 한다. '거울'을 선물로 준다. 그러나 김서방도 "배 닻을 올린다 / 배 움직인다 / 손을 흔드는 심청 / 손을 흔드는 김서방" 지문을 통해 김서방도 심청을 해적들에게 팔아넘긴 것을 알 수 있다. 심청은 해적들에게 팔려 가 다시 몸을 팔고 폭력을 받으며 살아간다. 심청은 힘들 때마다 '거울'을 보며 김서방을 기다리지만 아무도 심청을 구하러 오지 않는다.

해적 3   응, 조선년이라는군
해적 1   조선년

심청의 삶은 더 고달프고 비극적으로 변하고 있다. 심청이 사는 세상은 "무대 여기저기에 불탄 짐승들 / 커다란 숯덩이를 세워놓듯 서 있다 / 장승에는 사람의 머리며 팔다리 / 넝마나 빨래를 널어놓듯 걸려 있다". 심청이 사는 삶이나 심청이 보는 세상은 크게 다르지 않다. 세상은 도적들에게 침략당하여 죽은 시체들이 여기저기에 널려 있다. 또한 '이순신 장군이 압송되는 장면'을 넣는다. 장군은 이상하게도 바다 건너온 "도적들을 쳐서 이긴 죄"로 잡혀가고 있다. 도적들이 정의가 되는 사회에서 영웅이 나타나는 것을 옳지 않은 일이다. 사람들에게 도움을 주고 진리를 말하는 자는 당연히 없애버리는 세계가 지배하고 있는 것이다. 작품 안에서 악은 정의가 되고 선은 금기가 된다. 작가는 왜 이런 비극성을 심청에게 부여하는가. 이 작품에는 심청과 사람들에게 어떤 가능성도 주지 않고 있다. 사람들은 자신들의 보따리를 챙기며 "괴물을 주시하듯" 심청을 본다. 늙은 심청은 "할머니가 되고 / 눈이 먼 / 심청"이 된다. 심청은 바닷가에서 아이들에게 자신의 과거를 포장해서 말한다. 아이들은 믿지 않고 "청청 / 미친 청 / 청청 / 늙은 청"하며 놀린다. 아이들은 순수함을 상징한다. 그러나 이 극에 나오는 아이들은 어른들의 거짓말에도 속지 않고 늙은이를 놀리며 야유한다. 심청은 기다릴 것 말고는 할 일이 없으므로 기다린다. 마지막 지문은 "심청 / 교태를 지으며 / 환하게 웃는다 / 갈보처럼"라는 글이다. 작가는 심청이 비극적 상황에서도 살아 있다는 것을 보여주고 있다. 현대는 개인의 삶을 사회적 희생물로 사용하고 정신과 육체를 황폐하게 만든다. 해적들이 심청을 욕한 "조선년"이라는 대사는 한국 사회의 정체성을 다시 돌아보게 한다. 이 시극 속의 여성 인물은 '매파'와 '뺑덕어미'다. 매파와 뺑덕어미는 자신의 이익을 위해 심청을 이용한다. 극 속의 남성 인물 또한 심청의 몸을 매매하며 돈을 번다. 심청은 이러한 상황을 극복하거나 바꾸려는 의지가 없다. 심청은 수동적이며 나약한 존재이다. 자신의 위치보다 약한 아이들에게조차 놀림을 당하며 극을 마무리한다.

반면 작가는 사회의 이익을 위해 여성 인물에게 '도움적 인물'을 설정한다. 주인공 '여인'을 돕기 위한 인물도 여성이다. 매파와 계집은 '여인'의 사회적 희생보다 개인적 행복을 완성하길 바란다. 끝까지 '여인'의 치맛자락을 놓지 않고 포기하지 않는다. 그 치맛자락이 '나비'가 되는 상황은 미학적 중심을 이룬다. 〈달아 달아 밝은 달아〉에서 심청은 외부의 상황에 맞추어진 인물이다. 극 중에서 심청의 삶을 구원해주거나 도와주는 인물이 한 명도 없다. 아버지조차 심청을 보낸 것을 슬퍼하지만 끝내 뱃사람에게 자신의 이익을 위해 팔아버린다. 이러한 심청의 비극적 삶은 당시 우리 민족들의 가난과 상처, 고통을 대변하는 모습이다. 문학적으로 고뇌하던 작가의 개인적인 내면이기도 하며, 참혹한 시대 상황을 반영하기도 한다. 하지만 최인훈은 왜 폭력적인 삶을 무조건으로 수용하는 태도를 그린 것일까. 심청이 몸을 파는 장면을 대사 없이 긴 지문으로 처리한 것은 아쉬움이 많다.

극적 설정과 사건으로 상황을 이끌어야 하는데 작품 전체적으로 평면적인 구성이다. 이러한 작품을 본 관객이나 독자들은 역설적으로 여성의 삶에 대해 분노하며 새로운 길을 찾을 수도 있다. 이러한 결과는 관객이나 독자가 고전적 페미니즘에 머물러 있을 수 있는 한계로 작용할 수 있다. "고전적 페미니즘은 자유주의 페미니즘과 급진적 페미니즘과 마르크스 페미니즘으로 구분될 수 있다. 자유주의 페미니즘은 여성이 공적 세계로 진입하는 것을 가로막는 일련의 관습적이고 법적인 제약을 철폐해야 한다고 주장하며, 급진적 페미니즘은 여성의 억압이 가부장제에 있다고 본다. 가부장제의 특징은 힘, 위계질서 및 경쟁인데, 이것은 개선될 수 있는 것이 아니라 전복되어야 한다는 것이며, 법적 정치적 구조뿐 아니라 가부장제의 사회문화적 제도도 함께 소멸되어야 한다는 주장이다."[13]

최인훈이 설정한 수동적 여성의 모습은 관객들에게 반능동적인 삶의 태도를 부여하기도 한다. 몸을 파는 심청의 모습을 통해 '추의 미학'[14]를 전달하기보다는 '좌절' 그 자체를 전달하기도 한다. 〈나비의 탄생〉의 여인은 대사와 행동을 통해 다양한 자아를 설정해 주었다. "여인 : (신랑의 가슴을 더욱 파고 들며) 자, 이 옷을 벗겨주셔요. 이토록 큰 옷은 제게 어울리지 않아요. 어서 이 옷을 벗기어서 큰 사람들에게 줘버려요. (…중략…) 신비한 음악, 신비한 조명 속에 여인과 신랑의 감미로운 환상의 묵극이 시작된다. 안타까운 묵극의 발레"까지도 설정해 주었다.

「달아 달아 밝은 달아」의 심청에게는 '거울을 들고 있는' 모습 외에 심청의 심정을 알 수 있는 단서가 별로 없다. 주인공이 대사와 상황을 통해 표현하기보다는 외부적인 인물이나 배경이 작품을 설명하고 있다. 이 작품 안의

---

13 한국연극평론가협회,『동시대 연극비평의 방법론과 실제』, 연극과인간, 2009, 266~268쪽 참조.

14 인간 삶의 정신적인 '추'와 육체적인 '추'를 미와의 변증법적 관계 속에서 파악하며, 고통스럽고 허무하고 추한 것들의 현상을 미학으로 인정하며 중요하다고 설명했다. 카를 로젠크라츠,『추의 미학』, 나남, 2008, 45~47쪽 참조.

지문과 대사는 시극적인 요소가 있긴 하지만 미비하고, 청각적인 연출의 판소리극이 어울린다고 할 수 있다.

4. 인물의 시련과 '건축' 작업의 공간 의미
문정희의 <도미>와 전봉건의 <무영탑> 비교

〈도미〉와 전봉건의 시극 〈무영탑〉의 공통점은 건축 일을 하는 남성 주인공과 사랑의 위기를 극복하려는 여성 주인공을 설정하고 있다는 것이다. 도미처를 차지하고 싶은 개루왕이 도미에게 무지개가 보이는 누각을 지으라고 명령하며, 〈무영탑〉에서 스님은 아사달에게 탑을 지으라고 한다. 탑을 짓는 동안 아사녀를 만나면 안 되며, 감정을 없애고 쌓는 일에 집중하라고 한다. 두 가지 모두 개인의 이익보다는 국가나 종교, 왕을 위한 일이다.

전봉건의 〈무영탑〉은 불국사 석가탑에 대한 설화를 시극으로 변용한 것이다. 주인공 '아사달'은 백제 안에서 뛰어난 '석수장이'며 '아사녀'의 남편이다. "아사달이 세우는 탑은 석가모니 부처님"을 상징한다. 불국사의 신묵스님은 아사달에게 탑을 완성시키는 것은 백성들과 부처님을 위한 중요한일이라고 말한다. 아사달은 아사녀를 떠나 불국사 안에서 지낸다. 탑 쌓는일에 집중해야 하지만 아사녀가 보고 싶어 방황하고 앓기도 한다. 아사녀도아사달이 보고 싶어 힘들게 불국사까지 찾아왔지만 아사달을 만나지 못하고 입구에 있는 연못에서 기다리다가 죽게 된다. 신묵 스님은 아사달의 마음이 흘릴 때마다 석수쟁이로서의 자부심을 일깨워준다. 아사달은 '도미'처럼개인의 행복보다 권력자가 내린 명령을 받게 된다.

그러나 두 작품 모두 자신이 해야 하는 일을 수행하면서 희생을 하게 된다. 사랑하는 이를 잃고 헤어지게 된다. '도미'는 도미 처에 대한 어긋난 사랑으로 자신의 두 눈을 찌른다. 스스로 자신의 눈을 찌른 행동은 '오이디푸스 왕'의 행동을 떠올리게 하지만 오이디푸스 왕의 입장과는 다른 것이다. 오이디푸스 왕은 자신의 잘못을 발견하고 죄의식을 느낀 이유로 저지른 일이지만, 도미는 개루왕과 아랑이 밤을 보내는 것을 듣고 괴로운 마음에 저지른 일이다. 오이디푸스 왕의 눈 사건은 자신의 내부에서 일어난 일이며, 도미가 눈을 찌른 것은 외부 환경에 충격을 받은 일이다. '부조리한 현실'에 대한 도전이며 충동적인 행동이다.

그렇다면 〈무영탑〉의 아사달은 어떠한가. 아사달은 아무 신체적 훼손을 받지 않는다. 그 희생은 아사녀의 고통과 기다림, 죽음으로 마무리된다. 신묵스님이 아사녀가 죽은 것을 원망하느냐고 묻는다. 연못에서 아사녀의 시체를 찾을 수 없다. 아사달이 탑을 완성하고 아사녀의 죽음을 알게 된다. 아사녀의 정신과 육체는 부처님이 모두 좋은 곳으로 보낸 것이리라 믿는다. 아사녀는 아사달의 꿈에 나타나 탑의 아랫부분에 연꽃무늬를 넣을 것을 제안한다. 그리고 아사달의 꿈에 죽은 아사녀가 연꽃 속에서 나와 아사달을 만난다. 결국 사회에서 뛰어난 석수쟁이로 인정받던 아사달은 아사녀가 죽어도 그 위치는 변하지 않는다. 오히려 아내의 죽음을 극복하며 석가탑을 완성하고 부처님을 실제로 만나기도 하며 아사달의 위치가 더 상승한다.

〈도미〉의 도미는 스스로 자해하고 아랑을 잃고 남루한 여생을 살고 있다. 즉, 도미는 이기적인 타자에 의해 자신의 삶을 잃은 것이다. 권력의 부조리를 향해 자신의 일을 완성하면 지켜나갈 수 있으리라 생각했지만 도미의 행동은 아무것도 이루지를 못했다. 개루왕이 마지막에서 "무지개 누각"을 언급하지만 그것은 실제 누각에 대한 이야기가 아니라 반성과 후회에 대한 심리를 표출한 것이다. 단지 '여성의 미모'가 남성들에게 탐욕의 대상이 되었기에 이 작품은 비극으로 끝난 것이다.

보초병들   도미는 이 나라 제일 큰 목수
                    도미는 이 나라 외로운 예술가

                    (…중략…)

                    우리가 도와주면 벌 받겠지, 큰 벌 받겠지
                    비바람 먹구름 퍼붓는 나라에
                    무지개가 어디 있담!

                    이 나라 외로운 예술가 도미
                    어서 빨리 누각을 지어라

도미의 일은 사회적으로 인정받지 못했으며 사랑도 잃은 것이다. 그러나 문정희는 도미와 아랑을 다시 만나게 해준다. 피리 소리를 불던 그 자리에 도미는 없지만 도미는 변함없이 아랑의 내면에 있다. 〈무영탑〉의 '아사달'은 '도미'와 달리 예술가로서 자신의 일을 인정받고 부처님의 사랑으로 아사녀를 보냈기에 그 절망감이 크지 않다. 아사달은 '도미'의 경우처럼 사랑은 잃었지만 건축가로서 특정 개인의 탐욕을 위한 일을 위해 한 것이 아니었다. 아사달은 불교적인 종교의식과 백제 민족의 평화를 위해 기도할 수 있는 장소를 지은 것이다. 완성된 석가탑에는 안타까운 아사녀의 죽음이 있다.

| 아사달 | (탑으로 가서 이모저모 살펴본다)…… 이곳에 와서 꽃이 세 번 피고 지는 것을 보았어. (팔짱을 낀다) 벌써 세 해가 지났구나. 그러나 세 해에 탑은 겨우 두 층이 올랐을 뿐. 꽃이 몇 번을 더 피고 지는 것을 보아야 이 탑을 다 올릴 수가 있단 말인가? 팔짱을 풀고 돌아서서 무대 좌측으로 천천히 가면서) 꽃…… 아사녀. 그래…… 아사녀가 좋아하는 꽃. |

아사녀의 꽃. 꽃나무 아래의 아사녀. 꽃가지 사이의 아사녀. 꽃 가지를 든 아사녀……(무대 좌측 끝에 이른 아사달, 몸은 관중석을 향해 먼 허공에 눈길을 던진다. 그 눈길을 따라 두 손을 들어 올린다)

아사달은 탑을 지으면서도 아사녀에 대한 사랑을 전하고 있다. 아사녀에 대한 정성으로 탑을 지으면서 '연꽃에 대한' 아사녀의 소중한 의견도 수렴한 건축이기에 의미가 있다. 전봉건은 비극적인 사랑에 대한 집중보다는 불국사 석가탑에 대한 설화 원전에 충실했다. 한 개인이 사랑을 희생하면서 국가와 사회를 위해 일한 가치를 평가하고 있다.

제3부

사극의 현실적 공간

현실적 갈등을 통한 시극 전개

이번 장에서 '현실의 경험'을 시극으로 형상화한 작품들에 대한 분석을 시도한다. 김명순의 작품은 '개인의 사랑'을 주제로, 홍윤숙의 작품은 '개인의 죄의식을 통한 자기부정'을 주제로 다루고 있다. 그러나 이 주제들은 분리된 것이 아니라, 복합적으로 얽혀 있으며, 작품 안에도 그렇게 상호연관적으로 쓰여 있다. 예를 들어, '사랑'이라는 주제는 남녀의 관계를 통해 질투와 배신, 허무와 상처를 구조적으로 드러낸다. '죄의식을 통한 자기부정'은 인물 '남자'의 사건과 대사를 통해 욕망을 드러낸다. 성공과 권력을 갖기 위해 질주하던 '남자'는 비도덕적인 일까지 행하게 된다. 그리고 그의 죄를 공고하는 신문을 보며, 자신을 부정한다. '자기 부정'의 정신은 자아를 돌아보는 동기가 된다. 자신의 심연에 들어가 허무와 상처를 느낀다.

그러나 인간의 심리는 종교나 의학으로 해결되지 않는다. 이러한 감성은 '사랑'이나 '범죄'의 사건을 통해 드러나는 현상만은 아니다. 인간이 타인과 관계를 만들고, 세계와의 불화를 느끼며 저항하는 삶을 살아갈 때 터득되는 갈등이다. 이 갈등은 인간의 삶에 '선택'을 강요한다. 인간의 선택을 통해 사건은 진행된다. 사건의 결과와 인간의 삶이 뒤바뀌기도 한다. 몽테뉴는 인간의 이러한 현상을 사고하며, '복잡하고 현란한 우리의 정신이 어떻게 스스로를 방해하는지'를 서술했다. "한 정신이 똑같은 두 가지 욕망 사이에 주저하고 있는 것을 생각해 보는 것은 재미있는 일이다. 왜냐하면 작정과 선택은 가치의 불균형을 품고 있는 만큼, 정신은 어느 편도 택할 도리가 없으리라는 것은 의심할 여지가 없다."674쪽 이 문장은 인간이 지닌 '이성과 감성'에 대한 분리문제를 생각하게 한다. 인간의 이성과 감정은 명확히 구분되지 않는다. 인간의 이성에 의한 판단은 결국 감성적인 결과를 낳기도 한다. 반대로 감성에 의한 시작과 발단은 이성에 의존한 결과를 만들기도 한다. 그뿐만이 아니라 우리 삶과 정신 속에는 이성도 감성도 아닌 관념들 또한 존재한다. 그러나 분명한 것은 어떤 관념이든 반드시 인간의 삶을 통해서 이루어진다는 것이다. 현실적인 경험을 시극으로 창작하는 활동은 어떤 가치를 지니는가?

① 현실의 경험을 소재로 만든 시극은 인간의 생활과 정신을 더 확장시킨다.

② 판단을 다양하게 만든다.

③ 갈등, 그 자체를 창조물로 내놓는다.

인간은 삶의 육체적·정신적 경험을 통해 내면이 확장된다. 사회는 인간에게 선과 악을 터득하게 윤리적 인생을 교육받게 한다. 다양한 욕망을 지닌 인간은 사회에서 교육받고 세계가 원하는 방식으로 성장하지 않는다. 인간의 욕망은 이념과 제도, 세계관과 마주하며 문제를 일으키고 변화시키려 한다. 이러한 변화는 다른 세계를 만들고 다른 인간을 창조한다. 시극은 인간의 이러한 과정을 이야기와 시, 종합적 예술 효과를 통해 작품으로 탄생한다. 갈등을 이루는 과정이나 갈등을 인정하는 못하는 인간의 심리를 다양하게 보여주고 있다. 분노와 허무, 해결과 불신, 의심과 믿음을 전제로 한 인간의 심리를 타인과의 대화나 사건을 통해 분출된다. 시극은 첨예한 인간의 이야기를 미학적 결과물로 보여주고 있는 것이다. 김명순의 〈조로朝露의 화몽花夢〉은 한국 시극의 최초의 작품이며 홍윤숙의 〈에덴, 그 후後의 도시都市〉는 시적인 대사와 극적인 필연성을 갖춘 완성도 있는 작품이다. 이를 통해 시극적 특징과 미학적 구조를 밝히고자 한다.

1. 현실과 환상의 가치 __ 김명순의 〈조로朝露의 화몽花夢〉

1920년 김명순[1]은 『창조』의 동인이 되면서 우리 근대 문학 최초의 여성 동인으로 시극을 발표했다. 이 글은 〈조로朝露의 화몽花夢〉[2]을 우리 시극사에서 "최초의 시극 작품"1920년 7월 『창조』 발표으로 간주한다. 그러나 1921년, "확실한 이유 없이 동인 자격을 박탈당한다. 이는 당시 동인이었던 김찬영과 관련된 스캔들 사건으로 추측"[3]된다. 〈조로朝露의 화몽花夢〉은 서사와 시가 섞여 있으며, 희곡으로 분류되어 있으나 작품 앞에 시극으로 명명되어 있다. 이 작품은 일제 강점기에 여성 작가로서 시극을 창작한 새로운 도전의식과 흥미로운 소재로 그 가치가 크다고 할 수 있다.

김명순은 평양에서 태어나 1904년 무렵 야소교 학교를 다니다가 서울로

---

1   1896년 평안남도 평양 출생. 1911년 서울진명여학교를 졸업한 뒤, 1917년 잡지 『청춘』 현상공모에 단편소설 「의심의 소녀」가 당선되어 등단했다. 1919년 전영택의 소개로 『창조』 동인으로 참여했다. 1939년 일본으로 건너간 이후 생활고에 시달리다 정신병에 걸려 동경 아오야마정신병원에서 숨을 거둔 것으로 알려졌다. 여러 편의 시와 소설을 썼으며 1925년 창작집 『생명의 과실』을 펴냈다.

2   서정자·남은혜, 『김명순 문학전집』, 푸른사상사, 2010.

3   위의 책, 832쪽.

왔다. 진명여학교 보통과를 졸업하고 중학교에 입학했지만 평범한 공부에 실망하고 1914년 도쿄 국정여학교에 편입해서 공부하다가 1916년 숙명여자고등보통학교 4학년에 편입했다. 1917년 졸업하며 단편소설 「의심의 소녀」로 이광수의 시선을 받으며 등단했다. 그러나 이 작품은 표절 시비에 걸리고 기생의 딸이라는 출생의 비난을 받기 시작한다. 근대에 이르러 인쇄 매체가 발달하고 신문이나 잡지에 김명순의 연애 문제, 첩의 자식이라는 출생의 비밀, 데이트 폭력 사건, 김찬영이나 임노월과의 동거, 김기진의 공개장 발표와 1927년 은파리 사건은 김명순의 운명을 비참하게 만들었다. "1923년 일본에서 출간되어 선풍적 인기를 끈 나카니시 이노스케의 소설 '여배우의 배후'에서와 김기진이 신여성지에 쓴 김명순 씨에 대한 공개장"[4] 등 매체로 인한 비판과 질책은 김명순이 일본으로 망명가거나 치명적 피해를 받으며 "자살시도"[5]를 하는 데에 일조했다.

1930년 일본으로 망명한 이후에도 김명순의 스캔들은 다양하게 돌아다녔고 김명순의 문학성은 힘을 잃기도 했지만, 그의 열정은 작품들을 탄생시키는 작업에 강력한 힘을 불어 넣었다. 청춘 현상 공모에 「의심의 소녀」가 당선되며 1939년 시 「그믐밤」을 발표하기까지 시·소설·수필·희곡·시극·시조 등 다양한 분야의 작품을 쓰고 작품집 두 권을 발간하게 된다. 그는 한국에서 얻은 상처와 절망을 안고 일본에서 피해의식으로 계속 살아간 것은 아니었다. 그는 한국에서 받은 배신과 수치심을 끌어안고 창작에 매달렸다.

---

4   남은혜, 「김명순 문학연구」, 서울대 석사논문, 2008, 51쪽; 서정자, 「축출 배제의 고리와 대항서사」, 『세계한국어문학』 제4집, 세계한국어문학회, 2010, 19쪽 재인용.

5   임종국·박노준, 『흘러간 성좌』, 국제문화사, 1966, 135쪽; 김명순, 「잘 가거라 1927년아」 『동아일보』, 1927.12.31 참조, 서정자, 「축출 배제의 고리와 대항서사」, 『세계한국어문학』 제4집, 세계한국어문학회, 2010, 19쪽 재인용.

그것은 그가 불안과 두려움을 극복하려고 여러 가지 필명을 사용한 사정에서도 확인된다. "김명순이 사용한 필명으로는 '망양초望洋草', '망양초茫洋草', '망양생望洋生', '별그림', '일연一蓮' 등과 아명을 내세운 '탄실彈實', '김탄실金彈實', '탄실彈實이', '탄실彈實', 김명순" 등이 있다. 그는 시·소설·희곡 등의 다양한 장르를 창작했으며 170여 편의 문학적 성과를 보였다. 이렇게 매우 활발한 '창작 활동'[6]을 하며 『폐허』의 첫 여성 동인으로써 문학적 자의식과 세계를 넓혔지만 1년 후 탈퇴 당하게 된다.

김명순은 일본에 대해 저항의식을 가지고 있었지만, 망명 후 일본인들에게 인간다운 면을 느꼈다. 망명지인 일본을 배경으로 한 소설 「고아원」, 「고아원의 동무」, 「고아의 결심」은 그의 고독한 내면심리를 잘 드러내는 작품이다. 서정자는 그의 논문에서 "이 소설은 일본인을 등장시킨 소설이라는 점에서 희귀한 자료."[40쪽]에 해당된다고 한다.

한국은 일본문학의 교류를 통해 외국문학을 접하고 일본문학에 영향을 받기도 했다. 한국에서의 "이시카와 다쿠보쿠 단카의 수용"[7]에 대한 부분에서는 박태원과 백석, 김기진의 작품을 살펴보면 나타난다. "한국 내의 일본문학 수용사"[8]를 되짚어보면 대구·경북 지역의 일본문학 수용과 타 지역의 연구자들에 의한 연구를 찾아볼 수 있다. 일본문학의 영향을 받는 일은 김명

---

6   "1917년 11월 『청춘』 현상응모에 소설 「疑心의 少女」가 당선되면서 출발하여 1939년 마지막으로 확인되는 작품인 시 「그믐밤」(『삼천리』, 1939.1)에 이르기까지 시, 소설, 수필, 희곡 등을 170여 편)을 발표하고 두 권의 창작집을 발행했던 김명순의 문학은 이러한 「의심의 소녀」와 〈조로의 화몽〉은 김명순의 초기 작품들이면서도 각각 현상응모 당선작이고, 첫 여성동인 자격으로 발표한 작품이므로 당시 김명순이 문단이라는 외부 상황과 가졌던 관계를 보여준다는 점에서 주목할 만하다." 서정자·남은혜, 앞의 책, 788쪽.

7   양동국, 「다쿠보쿠의 한국 내 수용과 영향은 특수한 것인가?」, 『아시아문화연구』 제48호, 가천대학교 아시아문화연구소, 2018, 283~293쪽 참조.

8   이미향, 「일본문학 수용사」, 『국제언어문학』 제11호, 국제언어문학회, 2005, 246~248쪽 참조.

순에게 특수한 경우가 아니라 일반적인 경우라 할 수 있다. 김명순은 일본을 통해 서양 문학을 접했고 번역을 통해 한국에 소개했다. "1920년대 초반 『개벽』에 번역시와 소설을 게재함으로써 번역가로서의 활동도"[9] 했다. 그의 일본어 소설 「인생행로난」에 나타난 "만주국의 정체성과 작가의식"[10]은 색다른 어조와 주제를 동반하고 있다. 개인적인 경험을 바탕으로 한 문학이나 고백체의 작품, 내적 심리를 중심으로 여성적인 성격을 지닌 작품들이 다수였다면, 이 작품은 구조와 내용면에서 적극적인 외적 성격을 지니고 있다.

둘째, 김명순의 시극 작품이나 그의 문학성이 조명받지 못한 이유는 여성 작가에 대한 '신여성'적인 인식 문제였다. 이러한 시선은 남성우월주의적인 사회 풍토에서 발생한 것이었다. 당시 사회는 여성의 신분으로 공부하고, 유학한 사람에 대해 성적 지조와 순정이 없다는 이유로 매체의 놀림거리로 만드는 폭력적인 인식이 가득한 시기였다. 그의 개인적 아픔과 다른 남성 작가들과의 스캔들, 주변의 질투로 인한 사건 등으로 인해 김명순은 『폐허』를 나가게 되었으며, 그것은 오늘날 그의 작품이 잊혀지게 된 실제적인 원인 중의 하나가 되었다. 작가 김명순의 전성기라고 할 수 있는 1924년은 『폐허이후』의 동인 활동으로 시작되었고, 3월부터 7월까지는 『조선일보』에 소설 세 편을 연달아 연재하였다. 종간된 『폐허』의 뒤를 이은 '폐허이후'에는 창간호로 종간되었지만 김명순은 시 「위로」를 발표하였을 뿐만 아니라 '회원'들의 글쓰기를 독려할 만큼 의욕적인 동인이었다. 이는 일방적으로 제명당했던 『창

---

9   남은혜, 「김명순 문학 행위에 대한 연구」, 『세계한국어문학』 제3집, 세계한국어문학회, 2010, 212쪽.
10   이성찬·권선영, 「김명순의 일본어 소설 『인생행로난(人生行路難)』 고찰」, 『한민족문화연구』 제48집, 한민족문화학회, 2014, 497~498쪽 참조.

조』때와 전혀 다른 양상이라고 할 수 있어 주목된다.[11] 그러나 그의 열정적인 문학 작품 활동과는 다르게 그의 실제 작품, 즉, 소설·시·번역·수필·희곡은 좀처럼 관심을 받지 못했다. 1920년 발표된 〈조로朝露의 화몽花夢〉은 여성 인물의 사랑과 질투, 순수한 감정을 표현한 시극 작품이다. 이 작품은 단편 시극에 속한다. 분량이 길지 않으며, 우화적인 요소와 동화적인 분위기가 환상적인 면을 만들고 있다. 이 작품의 기본 사건은 '탄실이의 꿈'과 '꿈밖의 다른 꿈'이 두 가지를 가지고 있다. '꿈 속의 인물'로는 장미 자매가 있다. 홍장미동생와 백장미언니, 망양초시에 이 시극의 '표기된 저자'로 구성되어 있다. 줄거리를 간단히 요약하자면 '탄실이'가 단꿈에서 깨어나 후원 파초 그늘 아래에서 앉아, 장미 향기를 깊이 호흡하면서 환상꿈에 빠져든다는 이야기다. 여성이라는 대상은 자신의 감정을 솔직하게 드러내기 힘든 존재였다. 순종적인 이미지와 수동적인 연애방식은 삶을 비능동적으로 살아가는 여성들의 모습이었다. 이 작품은 '신여성'에 대한 차별과 위선을 그리고 있는 작품이다. 고백체의 대사와 환상적인 구성을 지닌 작품의 의도를 살펴보면 사랑에 실패한 여성이 삶의 비극성마저 결정해버리는 세상을 어떻게 극복하는지를 보여주고 있다. 지금까지 한국 최초의 시극 작품은 박종화의 1923년 〈죽음보다 압흐다〉로 알려졌다. 하지만 위의 두 가지 이유 외에도 본론에서 그의 작품을 더 분석해갈 것이며, 1920년 『폐허』에 발표된 김명순의 〈조로朝露의 화몽花夢〉을 한국 최초의 시극 작품으로 보아야 타당하다.

김명순은 소설 20편, 시 79편개고 포함, 수필 15편, 평론 3편, 희곡 3편 시, 희곡, 그 외 번역 작품을 발표하는 등 활발한 창작 활동을 했다. 화려하게 문단

---

11   서정자·남은혜, 『김명순 문학전집』, 푸른사상사, 2010, 800쪽.

에 등단한 근대 최초의 여성 작가인 김명순은 당시 전통적인 여성의 모습과는 달리 대중들의 관심이 되었다. 기생 출신의 평양 부호의 딸로 데이트 강간을 당한 사실이 세상에 알려지면서 김명순은 부정적인 호기심의 대상이 되고 비난과 조롱을 받았다.[12] 김명순은 김일엽이나 나혜석 등 다른 여성 작가들과 더불어 문학적 가치를 인정받고 있다. 그는 일제강점과 남성 지배의 현실에 대해서 대결과 저항의 목소리를 냈다고 평가받고 있다. 그러나 화자의 어조와 소재가 개인적인 것으로 보이기도 한다. 그의 작품에는 '나'에 관한 고백과 사연이 많이 있다. 또한 '어머니'와 '가족', '민족'에 대한 대체로 짧은 시조와 시, 소설들은 자세히 들여다보면, '나'의 그리움과 안타까움을 중심으로 하고 있다. 이런 점을 고려해 볼 때, 김명순 문학의 특징은 소외되고 고립된 자아를 완성시키고, 사랑이든 사건이든 자신의 고통과 슬픔을 통해 정체성을 찾아가는 여정에 있다고 할 수 있다.

많이 사용된 '탄실'이란 아명은 시 「탄실의 초몽初夢」『생명의 과실』, 소설 「탄실이와 주영이」 등의 작품에서 제목으로 사용되었을 뿐만 아니라 작품 속 인물들의 이름으로도 등장한다. 이는 「초몽初夢」, 「조로의 화몽」과 「탄실이와

---

12 김명순에 대한 비난과 조롱에 앞장선 것은 근대 남성지식인이었다. 직접적으로 김명순을 공격한 대표적인 남성지식인은 김기진으로, 그는 김명순의 혈관 속에는 기생 출신의 평양 부호의 소실이었던 어머니의 피가 흐르고 있어 태생적으로 부정한 여성이라고 전제하고, 김명순의 성격은 방만하고 무절제한 타락한 여자이며 시들고 불행한 여성이자 정열도 없고 뻗어나갈 힘이 없는 여성이라고 매도한다.(김경애, 「근대 최초의 여성작가 김명순의 자아 정체성」, 『한국사상사학』 제39호, 한국사상사학회, 258~259쪽)
또한, 김명순은 남성소설가에 의해 전기물의 모델로 다루어지면서 오해의 대상이 된 전형적인 경우이다. 김동인이 1939년에 발표한 소설 「김연실전」의 여자주인공 김연실의 이미지와 1923년에 나카니시 이노스케의 소설 「너희의 배우에서」의 성적으로 분방하고 음란한 여주인공 권주영의 이미지와도 비슷하다는 소문에 김명순은 종적을 감추고 상처받았다. 위의 글, 258~259쪽 참조.

주영이」, 희곡인「어븟자식」 등에서 확인된다. 「어븟자식」에서는 주인공이 아닌 주인공의 여동생이 '탄실'이란 이름으로 등장하지만, 실연의 아픔을 형상화하고「朝露의 花夢」, '의붓자식'으로서의 고통을 주제로 삼고 있으며〈의붓자식〉, 아예 '자전소설'을 타이틀로 하고 있는 것「탄실이와 주영이」을 볼 때 이 '탄실'이란 이름을 통해 텍스트 속에서 작가를 환기시키면서 자신의 모습을 형상화하고자 했다는 것"[13]을 알 수 있다.

〈조로朝露의 화몽花夢〉은 단편 시극에 속한다. 분량이 길지 않으며, 우화적인 요소와 동화적인 분위기가 환상적인 면을 만들고 있다. 이 작품의 기본 사건은 '탄실이의 꿈'과 '꿈 밖의 다른 꿈' 이 두 가지로 이루어져 있다. '꿈 속의 인물'은 장미 자매가 있다. 홍장미동생와 백장미언니, 망양초통시에 이 시극의 '표기된 저자'가 주인공이다. 간단한 줄거리는 '탄실이'는 단꿈에서 깨어나 후원 파초 그늘 아래에서 앉아, 장미 향기를 깊이 호흡하면서 환상꿈에 빠져든다. 여기서 특이한 점은 "백설 같은 침의", 하얀 잠옷 위에 양털로 짠 숄을 걸치고 있다는 것이다. 또 "십자가의 초혜=짚신을 신고" 탄실이 장미의 아름다움을 노래하고 있다. 그리고 님이 오지 않음을 슬퍼하는 노래를 부른다. 탄실의 꿈속에서 홍장미와 백장미가 서로 상대방을 꾼 꿈을 말한다.

> 탄실彈實이는 단큼을깨트리고 서어함에 두쀔에고요히ㅏ흘러내려가는눈
> 물을 두주먹으로씻스며 백설白雪갓흔침의寢依를몸에감은채 억개우에는 양모羊毛로
> 두텁게 직조織造한흰쇼올을걸치고 십자가十字架의초혜草鞋를신고 후원後園의이슬
> 매친잔

---

13   서정자·남은혜, 앞의 책, 811쪽.

띄위로 창랑蒼浪히거러간다. 산듯싼득한 맨발의감각感覺 —더는 파초芭蕉 그늘아래에서 억개 에걸첫든 것을잔떠우에피고안젓다. 장미화薔微花의단향기香氣를 깁히 깁히 호흡呼吸하며 환상幻想을그리면서.

동東편담아래두그루의장미화薔薇花

어제오날반개半開하며

이슬을먹음어미美의힘대로

희고붉게아연雅妍히피엿다.

아직세상世上을못본무구無垢한용지容姿

아참바람에더욱연연妍妍히

동경憧憬하는노래를하는것갓치

자옥紫玉한향기香氣세몽롱히조을매.

아아파도波濤의잔잔潺潺한희롱戲弄이들닌다

상령한 물결에게

님이오실때를무르매

다만 찰삭찰삭. 우수면서.

파로波路에멀늬사러지신님이여

지금只今은어느곳에 —

금년今年에도오월절五月節이도라와

만물萬物이희희嬉嬉하나이다. 마는

오오지난날의 밋부신언약지난들

비록천만대千萬代를

한限업는영원永遠을아시는님이시니

감히져바리릿가. 마는

오오 거문고의 줄이은 어지나이다

나의눈물은 다만

못에서못으로방황彷徨하는

호접胡蝶의 마음을울미오니.

二

白"오오紅_花! 나는동생을위하여 쭘을무엇소"

紅"무슨쭘? 언니나도언니, 를위하여쭘을평쭈엇소"

白"더어동생이姍B하는&"紅은더 빨애지며3

(紅바"언니는하고"상령히눈을 흘긴다.

白"동생은무슨쭘을무엇나?"뭇는대 紅은하여지며"더어아시

지오? 藍胡蝶을? 그가"하고는감히 말을하지 못하며 버밋버 덧하는대 白

장미는더궁금한表情을짓는다. 紅은우스며,

紅"언늬 내니 약이는할터이니 아무런일이라도노하지 안으시료?"

白"대체 무슨쭘일가?!"

望羊草, 〈朝露의 花夢〉

백장미는 홍장미가 결혼하는 꿈을 꾸고 홍장미는 '남호접'이 자신에게 안오고 백장미에게 가는 꿈을 꾼다. 두 장미가 '망양초'를 찾아간다. '망양초'는 아름다운 얼굴을 하고 슬픈 노래를 부르는 시인이다.「망양초」의 대사는 자신이 꽃을 피웠을 때, 남호접이 찾아와 "너는 천심난만히 울고 웃구 '자기'를 정직히 표현한다고 일러주며 후일에 또 올 터이니 이 해변에서 기다리"라고 말한다.

'망양초'의 시구 "님은 내게 오지 않고 장미에게로 가네"는 남호접의 결혼식에 축원을 드리겠다는 의도로 보인다. "그대의 결혼식에 / 예물을 드리려 하오니 / 오히려 부족하시면 / 당신의 마음대로 / 색색의 꽃을 꺾어서 / 뜻대로 쓰소서"라는 표현을 통해, 얼핏 결혼을 축원하는 듯이 보이면서, 속으로는 상대를 조롱하고 있다. 여기서 '홍장미'는 의미 파악을 못하는 존재로 나온다. 남호접이 온다고 서둘러 백장미에게 돌아가지고 한다. 그때 '탄실'은 환상에서 깨어난다. 탄실은 꿈을 꾸며 눈물을 흘리지만 무엇인가를 해소한 기분이 든다.

"불치의 병에 우는 탄실의 눈물.. 풀잎에 맺힌 아침해의 광채를 받고 진주같이 빛난다." 왜, 상쾌한가? 남호접의 방탕함을 비판했기 때문이다. 또한 홍장미의 어리석음을 보았다. 남호접의 사랑의 구조는 아래와 같다.

> 망양초들꽃을 농락 → 홍장미를 농락 → 백장미를 희롱.

홍장미는 이런 사실을 모르고 꿈에서 암시되었음 남호접을 만나는 일에 초조해 한다. 남양초는 마지막으로 남호접이 생각을 바꾸기를 권한다. "그러나 나의 화원은 / 사상의 화원이오니"라는 이 예문은 욕정만 따르지 말고 생각을 하라는 권유이며 노래이다. "그대를 위하여 / 세련된 것이오니" 그대를 맞이하기 위하여 정갈하게 준비를 마쳤다는 뜻이다. 이것은 남호접을 쇄신시키고 변하게 만들겠다는 의지가 들어있다. "앗기지 마소서=아끼지 마소서"는 놓치지 말라는 말로 이해할 수 있으며, 겉으로는 '돌아오라'고 호소하는 듯하지만, 속으로는 남자에게 무서운 경고를 하고 있다.

망양초望洋草는 창백蒼白하엿다가 이연怡然히 합장合掌하고 천공天空을 우르여 기도祈禱한다.

홍장미紅薔薇는 전신全身의 혈조血潮를 꼬리며 백白장미의게,

"언니 더기 람호접藍胡蝶이 산山을 넘어 나를 차저 오나이다 속히 도라가십시다"

사랑하는 이여

나의 넓은 화원花園에서

오색五色으로 화환花環을 지어

그대의 결혼식結婚式에

예물禮物을 되리려 하오니

오히려 부족不足하시면

당신의 마음대로

색색色色의 못을 꺽거서

뜻대로 쓰소서

그러나 나의 화원花園은

사상思想의 화원花園이오니

그대를위하여

세련洗練된것이오니

앗기지마소서.

탄실彈實이는눈을번쩍떳다 더는이갓치幻想을그려본것이다, 오월五月아참바
람이 산들산들분다

농피濃皮를띄우고 소笑하는청공靑空──상쾌히관縮을아뢰는대지大地!

불치不治의병病에우는탄실彈實의눈물……비葦비매친이슬이조일朝日의 광채光彩를
밧에어

진주珍珠갓치빗난다.

　이 작품의 줄거리는 난봉꾼 남자에 의해 버림받은 자의 슬픔과 남녀관계의 허위성을 폭로하는 데 있다. 20세기 초엽 한반도에서의 '여성'의 지위를 반영하면서 동시에 저항의 논리를 구축하고 있다. 또한, 짧고 단순한 플롯을 지니고 있다. 이 작품은 '산문과 노래'의 구조로 이루어져 있는데, 이야기 부분은 현실적인 인생의 이야기를 묘사하고 있다. 여기서 드러나는 '노래'들은 현실에서의 상처를 노래하면서 숨은 의미를 암시하는 역할을 하고 있다.

　〈조로朝露의 화몽花夢〉은 '망양초', '백장미', '홍장미'의 인물의 이미지를 통해 화자의 우울과 몽환을 상징적으로 표현하고 있다. 정우택은 논문에서 "상징주의 이론들을 소개하고 작품을 통해 실험해 왔던 김억을 위시한 당대의 시인들은 데카당스, 상징주의, 자유시를 단순한 시의 기법이나 형식이 아니라 전 세계의 근대에 대응하는 시대정신으로 수용"했던 시기였다고 했다.

　이 작품은 현실의 이야기를 인생론적인 시극의 주제로 끌고 가고 있다.

이 작품의 의미는 첫째, 사랑을 둘러싼 배반과 헌신을 의미한다. 둘째, 사랑을 통한 삶에 대한 사고를 확장시킬 수 있다. 셋째, 노래를 통해 역설적인 인물의 심정을 전하고 있다. 이러한 형식은 당시 신여성의 등장을 반기지 않았던 상황 속에서 작가의 내적 고백과 심리를 반영한 것이라고 할 수 있다. 김명순의 삶과 문학은 시극의 존재 이유가 '인간의 삶은 무엇인가'라는 본질에 대한 질문임을 이 작품을 통해 증명했던 것이다. 그러나 이 작품의 한계는 김명순의 저항적인 노력에도 불구하고 사랑이라는 가치가 남녀를 둘러싼 질투, 탐욕에 국한되어 있다는 것이다. 이 작품을 통해 시인은 통속적인 남녀의 사랑을 보여줌은 물론 시극의 즐거움과 문학적 순수성을 얻을 수 있다.

2. 현실 인식의 공간화 ___ 홍윤숙의 〈에덴, 그 後후의 도시都市〉

1) 시극의 필연적 특징 분석 – 남자의 시극적 상황

홍윤숙[14]의 〈여자女子의 공원公園〉은 여성 작가로서는 "최초로 시극동인회에서 2회 공연[한]작품"[15]이다. 〈에덴, 그 後후의 도시都市〉[16]는 이듬해에 창작된 시극이다. 서장 1~4장으로 이루어져 있고, 종장은 총 6장으로 구성되어

---

14 1925년 황해도 연백 출생. 서울로 이주하여 동덕여자사범학교와 경성여자사범학교를 거쳐 서울대학교 교육학과에서 수학했다. 1949년 『문예신보』에 「가을」을 발표했으며, 1958년 『조선일보』 신춘문예에 희곡 〈원정(園丁)〉이 당선되었다. 1962년 첫 시집 『여사시집』을 펴낸 이래 『일상의 시계소리』, 『타관의 햇살』, 『하지제』, 『경의선 보통열차』 등을 출간했다.

15 "시극동인회의 1회 공연작은 신동엽의 그 입술에 파인 그늘이며, 2회는 여자의 그늘"이다. 이상호, 『한국시극사연구』, 국학자료원, 2016, 253쪽.

16 김종문·홍윤숙·신동엽, 「長詩, 詩劇, 敍事詩」, 『현대한국신작전집』 5, 을유문화사, 1967, 32~101쪽.

있는 장시극에 속한다. 이 작품은 현실사회에서 탐욕과 비리로 성공한 남자의 정신적 혼란을 그리고 있다. '남자'는 죄를 짓고 집에서(남자의 영역에서) 은둔하며, 자신이 한 짓이 아니라고 부정하고 있다. 작품은 70여 쪽에 달하는 장시극이며, 운문체의 대사로 이루어져 있다. 중심인물은 '남자'이며, 주변 인물은 '나무의 정1~나무의 정5', '처', '비서', '의사', '신부', '여객', '하녀' 등으로 이루어져 있다. '나무의 정'은 '남자'의 내면의 소리를 대변한다. '소리의 사나이'는 '남자'의 행동과 내면을 평가하며 대립되는 외면의 소리를 상징한다. 주인공 '남자'는 서정적인 '나무의 정'의 소리와 '소리의 사나이'의 비판적 소리에서 갈등한다. '나무의 정'은 '남자'의 쓸쓸한 심리와 열정, 고민을 운문체의 글로 나타낸다. 그러나 '소리의 사나이'는 '남자'를 객관적으로 평가하고 판단하는 기준이 된다.

이러한 구조는 시극의 분위기를 몽환적으로 만들며, 인물의 심리를 분석적으로 표현하는데 기여한다. 그러나 이승하는 이 작품이 긴 독백과 방백으로 이루어진 것을 지적했다. 이 작품은 갈등이나 반전이 중요한 작품은 아니다. 내면세계를 표현하는 독백이나 방백이 중요하지만 시적인 진행에 치중한 나머지 극의 긴장과 구성을 약하게 하고 있다고 비판했다.[17]

저자는 '나무의 정'과 '소리의 사나이'는 모두 '남자'의 내면에 존재하는 의식이다. 이들의 목소리에 확실한 개성이 있었다면 '남자'와의 갈등이 잘 드러냈을 것이다. 지금은 단지 '남자'의 심리를 대변하는 역할에 그치고 있다. 인간의 의식은 단면적이거나 일원론적이지 않다. 작가는 왜 이 시극에 나오는 '남자'의 내면을 구조적으로 엮기 위해 주변 인물들을 배치한 것일

---

17 이승하, 앞의 책, 265쪽.

까? 주인공 '남자'는 불법을 저지르며 성공을 위해 살았다. 남자는 자신의 부도덕한 죄를 부정한다. 남자의 '자기부정'이 시작되며 고통의 시간으로 시작된다. 겉으로는 여전히 권력을 쥔 자이지만 내면의 소리를 들으며 자신의 죄를 바라보기 시작한다. '남자'는 그 죄책감 때문에 절규하기 시작한다. 남자는 악몽에 시달리며 힘들어한다. 남자는 자신을 둘러싼 인물들과 지내면서도 소심해지거나 혹은 역설적으로 화를 내기도 한다. 남자는 아내를 원망하고 하녀에게 화를 내고 의사를 조롱한다. 남자의 비극은 무엇이든지 지배하고 싶은 욕망에서 시작되었으며, 이성을 잃은 것이다.

시극적 대사

①

남자	암만해도 이상해
	서서히 다가오는 저 발자국 소리
	가슴이 조여오는 이 마음의 소리

②

남자	그럴테지 그럴거야 쉬어야 하구 말구
	인간은 누구나 자기의 목소리에
	흐느끼는 목소리에 빠져버리는
	나르시소스의 자기 도취

③

남자　　아 미치겠다 미칠게다. 미쳐버릴게다

쉴 사이 없는 한밤의 아우성

내 안에도, 내 밖에도, 보이지 않는

도시의 소용돌이, 추격의 소리

이 작품에서 남자의 '독백'은 그의 시극적 상황을 대변하는 내면을 나타낸다. '남자'는 성공을 위해 어떤 일을 하든지 이루었다. 신문에서 그를 잡는다는 공고가 뜨고 '남자'의 불안은 ①→②→③로 고조되고 있음을 보여준다. '남자'는 부와 성공을 얻었지만 그는 비극적인 상황에 놓여있다. 이런 대립적인 설정이 이 작품의 시극적 필연성이 된다. 그의 시극적 상황은 그의 독백을 통해 독자나 관객들에게 전해진다. 아래의 대사는 그를 둘러싼 외부 인물들이 '남자'를 비판하고 평가하는 대화이다.

하녀	먹고 배설하는 입장에선 짐승이나 다를 게 없는 거죠
여객	다른 것은 다만 인간이 자신의 하체를 가리는 것뿐이죠
하녀	수치를 가리다보니 죄악을 감추는 지혜를 배웠군요
여객	지혜가 뛰어나면 열매가 크고 열매가 클수록 죄악도 크죠
하녀	죄악이 클수록 위대한 영웅이 된단 말이군요
	그런데 덜 익은 열매들이 떫거든요
	머리만 크고 속은 덜 익어
	떫어서 떫어서 먹을 수가 없거든요
여객	오 왜 아니에요, 그대는 무척 영리하군요
	오늘 밤 그대가 맘에 들었어요
하녀	아― 아― (하품) 시간이 없는데

여객	잠깐이면 되요. 차 한잔 먹을 시간
	우리는 다정한 공범자가 되는 거에요
하녀	다정한 공범자?

(두 사람 나가고 남자 반대쪽 문門에서 등장登場, 불안한 듯) 쫓기는 듯 뒤를 돌아보며 휘청대는 걸음, 좀 빠른 어조語調

남자	언제나 꼭 같은 시간과 꼭 같은 공간
	의식하고 쫓기고 불안하고 해결 없는[18]

위의 예문에서 '하녀'와 '여객'이 나눈 대화는 주인공 '남자'를 객관적으로 비판하고 조롱하는 대화이다. 먹고 배설하는 것은 인간이나 짐승이나 같은 입장에 있다. 인간은 짐승과 달리 수치심을 느낀다. 수치심을 느낀 인간은 수치스러운 부분을 감추려고 한다. 수치를 감추다보니 죄를 감추는 지혜를 터득한다. 작가는 인간의 이기심과 탐욕을 지혜로 역설적으로 말하며 풍자하고 있다. '그런 지혜'는 큰 열매를 맺는다. 열매는 성과와 결과를 대변한다. 〈지혜=열매=죄〉의 등식을 같이하며, 이 세 가지는 크기에 따라 비례한다. 하지만 이 열매는 아직 덜 익었다. 하녀와 여객은 사람이 먹지 못할 정도로 "떫어서" 열매를 필요 없는 존재로 인식한다. 떫고 떫은 맛은 비겁하고 비천한 존재를 상징한다. 성공한 사람들의 죄를 가치 없는 것으로 고발하는 것이다. 둘은 간접적으로 '남자'를 비판하고 있다. 둘의 대화가 끝나고 남자는 "언제나 꼭 같은 시간과 공간 / 의식하고 쫓기고 불안하고 해결 없는" 세상을 인지한다. 남자의 불안한 심리는 "해결 없는" 문제에 대한 공포이다. 자신이

---

18 김종문·홍윤숙·신동엽, 앞의 책, 68쪽.

이룬 모든 것을 잃고 죄값을 받아야 하는 방법 말고는 해결법이 없다. 남자는 변화가 없는 "같은 시간과 공간" 속에서 심리적 불안이 극대화되고 있다.

이러한 인간의 '불안'은 괴테의 『파우스트』에 나오는 파우스트 박사의 심리와 비교해볼 수 있다. 철학자이며 과학자인 늙은 파우스트는 삶의 진실에 대해 알고 싶어 한다. 악마인 '메피스토펠레스'는 파우스트가 지닌 또다른 본성을 대변하고 있는데, 홍윤숙의 시극에 등장하는 '사내의 목소리'를 연상케 한다. 이러한 인물의 특징은 중심인물의 내적 심리를 반영하며, 인물의 행동이나 사고를 객관적으로 질타하거나 판단한다. 또한 메피스토펠레스는 괴테의 '불안'에서 탄생한 인물이다. 모든 것을 얻고 싶고, 완전히 이루고 싶은 파우스트는 인간의 내면이 하나로 이루어져 있지 않음을 알게 된다.

파우스트	감독관!
메피스토펠레스	네, 주인님!
파우스트	무슨 방법이든지 간에 가능한 한 인부를 더 많이 긁어모아라.
	쾌락으로 달래고 엄하게 벌을 주며,
	돈을 뿌리고, 달래고, 쥐어짜기도 해라!
	지금 공사 중인 수로가 얼마나 길어졌는지
	나는 날마다 보고를 듣고 싶다.

그것은 인간의 삶이 단순하고 일원론적이지 않은 것과 같은 이치다. 즉, 괴테는 인간의 이러한 내면을 파헤치기 위해 이 작품을 썼고, 그 작품을 중간에서 매개해주는 인물이 악마 메피스토펠레스이다. 그렇다면 파우스트의 불안은 왜 탄생한 것일까. 인간의 불안은 상실에 대한 경험과 그에 대한 격

정으로부터 출발한다. 끝없는 탐욕은 그 반대인 상실을 동반하며, 인간은 끊임없이 잃지 않기 위해 채워 넣어야 하는 삶을 살고 있다. 파우스트는 메피스토펠레스에게 젊은 시간을 달라고 하고, 메피스토펠레스는 자신을 주인으로 섬긴다면 소원을 들어주겠다고 거래를 한다. 괴테가 설정한 파우스트는 젊고 에너지 넘치는 지성이 된다. 홍윤숙이 설정한 '남자'의 모습과 연결되는 지점이다. 파우스트는 메피스토펠레스의 마술로 도움을 받고 마르그리트의 마음을 얻는다. 부와 권력으로 여성의 마음을 얻은 파우스트는 그런 사랑을 하찮게 느끼며 버린다. 마르그리트는 파우스트의 아이를 낳게 되지만 죽이게 되고 친오빠도 잃게 된다.

메피스토펠레스는 파우스트의 완전한 사랑과 삶을 원하지 않는다. 파우스트는 악마의 계획에 휘둘리다가 애인의 사랑을 통해 구원받는다. 즉, 파우스트의 '개인적 불안'은 '타인의 행동'을 통해 해결되는 것이다. 그는 인간의 삶을 파괴하고 인간을 실험하며 인간의 한계를 만드는 인물이다. 괴테는 왜 이런 인물을 설정한 것일까. 홍윤숙이 인물 '남자'를 통해, 인간이 공통적으로 가지고 있는 악마적인 모습, 인생에 대한 모멸감, 허무함을 바람이나 나무로 표현하고 있다. 또한 자연의 목소리를 설정하면서, 자연의 한 부분인 인간의 욕망조차 비이성적인 본질을 보여주고 있는 것이다. 즉, 파우스트의 불안이 메피스토펠레스를 탄생하게 했으며, 홍윤숙이 만든 남자의 불안이 그의 범죄와 악마적인 얼굴을 탄생시킨 것이다. 그러나 이 악마적인 것을 실제 겪어 보는 과정을 경유함으로써, 인물은 마침내 자신의 한계를 뛰어넘고 창조적인 주제로 재탄생한다.

즉, 선한 것과 악마적인 것의 변증법적인 갈등과 극적인 통합을 통해서 새로운 인간으로 거듭나는 것이다. 김수용은 『파우스트』의 마지막 모놀로그를 분석하며 파우스트의 선험적 이념과 역사적 현실의 갈등에 집중했다. 즉, 파우스트가 악마와 동행하며 새로운 삶을 살면서 겪는 불안과 증오와 공포는 모두 창의적인 활동이 된다. 홍윤숙이 설정한 주인공 '남자'가 겪는 불안과 균열도 움직이는 인간의 내면이 되며 창조적 활동이 된다. "창조는 끝없는 형성의 과정을 통하여 완전한 창조를 지향하며, 인간은 영원한 발전의 과정을 통하여 신성을 획득하여야 한다. 이러한 과정이 무한한 것이기에 인간은 그 어떤 도달된 것"[19]으로서 인간이 지닌 '불안'은 사건과 새로운 인물을 탄생시킨다. 인간의 '욕망'[20]은 지속적인 것이지만 인간의 불안은 지속적인 것을 정지시키며 정지하는 동안에도 움직이며 다른 방향을 꾀한다. 홍윤숙의 작품에서 '불안'은 인간이 만든 지옥이다. 이 불안은 '죄책감'에서 비롯한 것이며, "지혜"를 가진 자들이 "죄"를 지으며 부자가 되고 권력을 쥐게 되는 중심 재료가 된다.

이 작품의 중심 사건은 성공을 위해 달려가던 남자가 탐욕이 넘쳐 죄를

---

19 Vgl.U.Wertheim v., "Faust-der Tragödie erster Tell", zwischen 1790 u.1808, In : U.W., Goethe-Studien, Weimar : Berlin u., 1990, S.181; 김수용, 「선험적 이념과 역사적 현실간의 갈등-파우스트의 마지막 모놀로그 분석」, 『독일언어문학』 제14집, 2000, 198쪽에서 재인용.

20 이러한 관점에서 보면 인간의 끝없는 갈구와 이에 따른 행동은 "미친 짓"은 결코 아니다. 그럴 것이 이 행동은, 그것이 비록 불완전하고 잘못된 것일 수 있어도, 창조를 완성시키고, 역사를 발전의 과정으로 만들어가는 의미를 가지게 되기 때문이다. 또 인간 행위의 소산으로서의 업적은 흔적 없이 소멸되는 무상한 것이 아니라 그 자체로서의 발전이자 진보이며, 완성으로 향하는 영원한 과정에서 없어서는 안 될 단계를 구성한다. 그리고 이러한 행위와 업적의 주체로서의 인간은 태어남과 죽음을 기계적으로 반복하는 무의미한 존재가 아니라, 가치와 의미를 창출해 내는 창조자로서 존재의 의미를 획득하게 된다. 그리고 이는 메피스토적 부정의 원칙이 갖는 니힐리즘, 즉 모든 존재는 궁극적으로 소멸을 지향하며, 생성과 소멸의 무의미한 반복이 세계의 근본 법칙이라는 허무주의가 극복됨을 의미한다. 그럴 것이 이 악마는 "창조된 것은 모두 허무 속으로 끌려가기 마련이다"라는 확신을 바탕으로 하여 "영원한 공허"를 궁극적인 지향점으로 삼고 있기 때문이다. 김수용, 「파우스트에 나타난 악의 본성」, 『독일언어문학』 제12집, 1999, 149~175쪽 참조.

짓고, 그 자신에 대해 괴로워하는 이야기이다. 인물 '남자'는 자기 중심적이고 이루고자 하는 일을 얻기 위해 비윤리적인 행동을 하는 사람이다. 자신의 가정을 지키며 부를 취득하고 권력을 지닌다. 그러나 마약 밀수와 밀매업자의 죄로 '남자'는 기사회된다. '남자'는 이 사실을 인정할 수 없으며 죄를 뉘우치고 고백할 생각이 없다. '남자'의 내면은 불안과 공포로 분열되기 시작한다. 그런 남자의 행동을 돕거나 이해하기 위해 주변 인물이 나타난다. 예를 들어 처, 비서, 하인, 등의 인물들이 그를 탐색하려 하지만 해결되지 않는다. 이어서 신부나, 의사도 그의 내면을 바꾸거나 설득하려고 하지만 실패한다. 남자는 신부나 의사에게도 비아냥거리며 굽히지 않는다. 결국 '나무의 정'령들을 통해 '남자'는 대화를 이어나가고 문제를 이끌어간다.

이 작품은 'a−b−a'의 구조를 이룬다. 작품의 도입 부분이 중간의 사건을 거치고 원환적인 결말 부분으로 반복된다. 이러한 구조의 특징은 시극이 말하고자 하는 현재성에 있다. 남자의 범죄와 아내, 하녀, 신부, 의사를 통한 이야기들은 남자가 자신의 정체성을 찾아가는 과정임을 강조하는 것이다. 작가는 시극의 시간과 공간은 일상과 다른 특별한 의미를 지니지 않으며, 이 일상의 무의미를 거쳐 개성적인 시극적 형식이 탄생함을 보여주고 있다. 아래와 같은 대사를 통해 이 작품의 필연성은 '무의미한 삶의 경쟁과 욕망'을 강조하고 있다는 것을 알 수 있다.

남자男子　　　수단방법을 가리지 않고?

의사醫師　　　수단방법을 가리지 않고!

남자男子   싸우면 이기는 거죠![21]

벤야민은 17세기의 독일 비애극을 아리스토텔레스의 이론을 적용하여 분석하고 평가했던 과거를 비판했다. 독일 비애극의 작품 안에서 '필연성'[22]을 찾아 연구하는 일은 긍정적인 가치를 지니는 일이다. 이러한 평가의 '필연성'은 모호한 영역에서 자리를 잡으면서 미학적으로 탁월한 개념이라는 것이다. "미학적으로 탁월한 필연성으로서 노발리스가 예술 작품의 선험성을 거론할 때 염두에 두었던 필연성 개념은"[23] 예술 작품의 형이상학적인 영역까지 닿을 수 있다는 것이다. 이 시극이 지닌 '필연성'은 대사와 대사 사이에 있지 않다. 인물과 인물 사이에 있지 않다. 이 작품의 내적 필연성은 '남자'의 내면 구성에 있다. 앞서 비교 분석한 괴테의 '파우스트'와 달리 홍윤숙의 작품은 결말에 있어 차이를 보이고 있다.

파우스트 박사는 인간의 시간을 가지고 싶어했고, 과거를 얻고 싶어했다. 사랑을 이루며 평범하게 사는 인간들을 경멸했으나 사실은 자신이 가장 원하는 삶이었다. 파우스트는 이런 삶의 진실을 받아들이기 싫었으며 불안했다. 악마 메피스토펠레스는 이러한 목표를 방해하기 위한 인물이다. 괴테는 따로 이 악마를 설정하고 있으나, 악마는 또다른 파우스트의 모습일 뿐이다.

---

21   김종문·홍윤숙·신동엽, 앞의 책, 90쪽.

22   발터 벤야민, 조만영 역, 『독일 비애극의 원천』, 새물결, 2008, 48~49쪽 참조.

23   어떤 문제 상황이라는 맥락에서 어느 작품이나 어느 형식을 후대의 발전을 위한 전단계로 파악한다고 할 때 거론되는 '필연성'이라는 것도 별반 다르지 않다. "그 자연 개념과 예술관은 영원히 붕괴되고 파멸될지도 모른다. 그러나 시들거나 부패하지도 또 소멸하지도 않으면서 계속 번영을 누리게 될 요소는, 우선 소재적 발견들이며, 그 다음으로는 17세기에 이룩된 기술적 발명들이다." Don Pedro Calderon de la Barca : Schauspiele, Übersetzt von August Wilhelm Sdilegel, Zweyter Theil, Wien 1813; 발터 벤야민, 조만영 역, 『독일 비애극의 원천』, 새물결, 2008, 48쪽에서 재인용.

파우스트는 사랑을 알게 되고 자신의 삶을 구하려 했지만, 악마는 파우스트를 지옥으로 끌고 간다. 죄와 악은 종교적인 구원을 통해 새롭게 태어난다는 것을 암시하는 작품이다.

그러나 홍윤숙의 작품에서 '남자'는 끝까지 자신의 다른 모습을 알게 되었으나 인정하지 않는다. 자신의 모습을 잃지 않기 위해 관조적이고 태연한 척하며, 자신의 행동을 합리화한다. 이기는 것은 싸움의 당연한 결과이며, 무슨 짓을 해서라도 승리하면 된다는 것이다. 이러한 남자의 논리는 경쟁적인 세상과 비합리적인 사람들의 횡포를 고발하고 있는 것이다. 그러나 문학 작품이 윤리를 보호하고 대변하는 성질이 아니듯이, 홍윤숙의 그런 논리조차 깨려고 한다. 이때 이 시극의 필연성이 성립되는 것이다. '남자'의 분열적인 심리는 결국 아무것도 결정하지 못하며, 관객에게 생각할 거리를 제공한다.

2) 시극의 형식적 특징과 미적 가치

홍윤숙의 〈에덴, 그 후後의 도시都市〉는 〈여자의 공원〉에 비해 텍스트의 미학적 완성도가 높다. 사건 전개가 더 활발하며 인물의 관계도 조직적으로 구성되어 있다. 시적인 것과 극적인 것, 그리고 음악, 소품, 춤 등을 포함한 감각적 활동을 포함한 종합적 예술 활동을 시극이라 할 수 있다. 이 작품은 그 중에서도 인물의 삶을 통한 갈등을 섬세하게 분석했으며, 형식적 특징을 통해 발현되고 있다. 그러나 이 시극은 인물의 내면을 대사와 사건만으로 처리하지 않는다. 다양한 형식적 요소를 적용하여 독자나 관객들에게 보여준다. 서장에서 코러스 등장한다. 잃어버린 꿈을 애달파하며 구슬픈 음악 속에 환해지는 빛은 "조각적인 이미지를 부조"화시킨다. 또 우화적 요소를 지니고 있다. 세부적인 소품들의 특징은 다음과 같다.

소품 1	'나무'(의 정령)를 둘러싼 현실의 비판적 묘사와 생명에 대한 비명. 옛날의 순박함. 아름다움 회상 → 시인이 말하고자 하는 이상적 삶의 '전령'으로 사용, 이 이상적 삶에 근거하여 현실을 비판적으로 묘사.
소품 2	바람 : 나무와 현실의 부딪침뒤섞임을 담당 → 이 바람으로 인해, 현실속의 인물들은 그냥 비판만 되는 것이 아니라, 고뇌하고 몸부림치는 인물이 됨. '밝은 조명'은 각성을 촉구하는 기능을 함 → 신 앞에서의 벌거벗은 인간.

1장에서 남자가 등장한다. (모자, 금테안경, 콧수염, 단장, 무거운 목소리, 포즈를 통해 관객(독자)에게 인사 → 남자가 일종의 '역할'임을 암시. 이는 이 시극이 현실에 대한 일종의 해석이자 독자에 대한 안내라는 것을 가리킴)

세상에 오염될 대로 오염된 사람의 마지막 회환과 공포가 넋두리 형식으로 소품으로 등장하는 '비서'의 수동성과 기계성을 반영한다. 인간 일반(예속당하는 자로서의)의 잠재력의 결여와 현실 순응 현상을 투영한다.

2장	남자에 대한 '초자아' 소리의 규정 → 나의 고뇌를 끌고 간다. '처'의 간섭은 남자의 고뇌를 안식으로 끌고 가려 하는 노력으로 보인다. 그러나 대화 중에 부부 사이의 단절을 노출시킨다. (안식과 평화의 불가능성) '처'의 기능은 '남자'의 회복 불가능성에 대한 암시한다.(남자를 구하려는 노력에도 불구하고 불가능함을 거듭 확인)

소리의 사나이 그대는 세상을 멋있게 속인 줄 알지만 세상은 그대에게 속지 않는다

그대의 양심도 속이지 못하나

언젠가는 역사가 증명하리라

남자   그만! 그만두지 못할까

그대는 누구냐, 무얼 안다구

무례한 위협이냐! 지나친 간섭이냐!

소리의사나이 난 눈이다, 세상의 눈, 역사의 눈

그대 자신의 양심의 눈

나만은 못속인다 못속인다

와하하……

특이한 어법   "오, 차라리 관심하지 않을 바엔／어머니의 원수처럼 미워하세요." 소품으로 등장하는 '하녀' 역시 수동적이고 무기력한 군상을 대변한다. 그러나 '하녀'와 달리 '비서'는 전장과는 달리, '남자'의 욕망을 해석한다.

3장   남자와 군중이 뒤섞이며 '여객'이 등장한다. 무기력한 군중으로 보였던 사람들이 재앙의 표징으로 돌변한다. 새앙의 원인을 알게 해준다 : 욕망→직접적으로 언급되어서 실감을 주지는 못한다. 욕망의 뒷배경에 '권위'에 대한 집착이 있다는 것을 '모자'로 드러낸 것은 꽤 실감 나는 상징적 처리이다.

여객女客	대체 그 모자 1세기전 모자는 왜 쓰시는거죠? (남자 모자
	를 벗어 들었다 다시 쓰며 공허한 웃음)
남자男子	이것? 이것 말인가 아하……
	이건 내 권위의 표현이지[24]

　권위에 대한 집착은 필사적인 투쟁을 낳는다. 이 시극의 주제는 인간의 타락과 구원의 문제를 다루고 있다. 타락의 대표적 역할은 '남자'이다. 타락은 현실에서의 부패이며 동시에 인간 관계의 타락이다. 남자의 '처'를 등장시켜 현실에 대한 상황을 보여주고 여객을 등장시켜, 남자가 가진 상황을 객관적으로 묘사하게 한다. 그것은 인간 관계의 이동을 보여주는 것이다. 순환하는 타인들의 입장을 보여주고 있다. 무기력하고 기계적인 수동적 인간군에서 재앙을 가져오는 타자로 순환하고 있다. 남자의 고뇌에 현실감을 부여하고, 정서적으로 고조시키는 역할인 것이다. 또한 이 정서적 고조 속에서 두 가지 효과를 얻을 수 있다. 첫째, 삶에 대한 각성의 필요성을 부여한다. 둘째, 군중과 남자의 동일화 가능성이 열린다. 인간 문제를 인간이 해결하기 위한 첫 실마리가 된다. 시극의 형식적 구성은 '코러스→나무, 바람→인물들 : 의미→표징매개물→현실'이 된다. 코러스 쪽으로 가면 '시'가 강화되고, '인물들' 쪽으로 가면 '드라마'가 강화된다. 이 작품의 전체는 코러스의미를 암시하는 분위기에서 시작해 인물들을 드라마를 현재형으로 보여준 다음, 다시 코러스로 돌아가는 원환적 구성을 하고 있다. 이러한 원환적 구성은 현실의 치열함을 인생론적인 태도로 바라보게 한다.

24　위의 책, 74쪽.

여객女客	세상을 살아가는 방법엔 다를 것이 없어
	서글픈 허세, 외로운 무기를 휘두르지만
	기실 당신은 날개를 꺾인 한 마리 새
	필사의 곡예를 하고 있어요

남자男子	필사의 곡예! 그럴지도 모르지
	필사의 곡예!(회상에 잠기듯)
	난 아무에게도 기대지 않고
	혼자서 살아왔다
	세상에 나면서 전쟁이었고
	전쟁 속에 자라면서 고아가 됐고
	어머니의 나라의 말을 알기 전
	남의 나랏말에 굴욕부터 배웠다
	사랑을 알기 전에 미움을 먼저
	정의를 알기 전에 불의를 먼저
	삶을 알기 전에 죽음부터 보았다

위 대사에 나타난 "서글픈 허세"는 인간의 욕망을 가리킨다. 주인공이 평생 자신의 욕망을 위해 어떤 방법을 써서라도 달려온 시간을 돌아보는 것이다. "아무에게도 기대지 않고 혼자서 살아왔다"는 주인공의 대사는 욕망 뒤에 숨겨진 허무를 표현한다. 위대하고자 하는 욕망이 비인간적인 행위를 낳는다. 인간이 정말 자신의 존재의 이유를 긍정하려면, 성공과 결과만을 따르고 이기적으로 살기보다는 생을 긍정하고 이해하는 자세가 필요함을

상기시키고 있다. 군중이 남자의 각성 매개자가 됨으로써, 군중이 수동적인 존재로부터 능동적인 존재로 부활하고, 남자와 군중이 동등해질 수 있는 길이 열림을 상징한다.

4장　　　의사와 신부의 등장한다. 과학의 발전이 인간의 구원을 이끌지 못하며 '종교'는 인간이 해독하지 못한다. '신부'신의 대리인으로서의 인간는 인간을 구원하지 못한다. 신부도 인간이기 때문에 같이 싸울 뿐이다. 종장은 비극적 분위기로 종결된다. 제3장의 여운을 살펴보면, 과학과 신앙에 의지하기보다 인간 스스로 문제를 해결해야 한다는 다짐의 분위기를 조성된다. "나는 혼자다, 영원히 혼자다 / 채찍도 내게 있고, 해결도 내게 있고 / 나는 혼자다 / 혼자이며 또 전부이다 / 나는 어디로 갈까" 자신의 길을 생각하고 있다. "전쟁이 묻고 간 / 탄피 속에선 / 산쑥 질경이 / 돋아나건만" 이 '질경이'를 되살릴 것인가. '질경이'의 문자 그대로의 뜻에 주목할 수 있다. 질경이는 끈질기게 살아남는다는 뜻이다. 즉 구원에 대한 의지를 포기하지 않는다는 것을 알 수 있다.

지금까지 〈에덴, 그 後후의 도시都市〉에 나타난 시극적 특징이 나타난 '공간적 특징'과 미학 구조를 연구했다. 홍윤숙은 이성과 감성이 섞인 인간의 세계, 즉 현실의 세계를 '남자'의 내면을 통해 작품을 표현한다. 선과 악을 넘어서 인간의 내면은 복합적으로 소용돌이친다. 인간의 삶은 세계의 질서 속에서 구속당하거나 강요당한다. 인간의 삶은 연속적인 가치를 지니지만 죽음과 범죄, 배신, 상실, 고독이라는 관념을 통해 희생된다. 작가는 이 작품을 통해, 관객이나 독자들이 자신의 삶을 진정으로 되돌아보고 사고하기를 원한다. 그것은 죄와 벌에 규정된 한계가 아니다. 새로운 삶에 대한 상상이며, 여운이다. 인간은 능동적으로 자신의 삶을 구체화시키고 발달시킨다. 그 과정은 기술과 돈과 권력으로 이루어지지 않는다. 거듭된 내면을 통해 인간의 세계는 변화를 일으킨다. 이것이 시극이 가진 문학성이다. 엘리엇은 "인간의 미숙한 지식으로 구축한 어떤 사회정책도, 잠자는 인간의 양심을 깨어나도록 도와주는 종교의 힘에 미치지 못함을 주장하고 있다. 엘리엇은 인간이 결코 도달할 수 없는 '절대적'인 것이 있다는 것을 밝힌 흄의 반인본주의"[25]와 같은 입장을 취하고 있는데, 인간의 겸손과 자유로운 예술 활동이 사회 구원을 실현할 수 있다는 태도를 보인다.

문학은 인간의 새로운 세계를 위해 반드시 존재해야 한다는 것이다. 인간의 욕망은 스스로 규정하지 못하며, 욕망은 탐욕이나 불안으로 변화되기도 한다. 그러나 이 불안은 더 나은 길이 된다. 작가는 작품을 통해 인간의 삶을 제시한다. 독자나 관객은 객관적으로 작품을 평가하며, 자신의 삶에 적용시키며, 사고와 상상의 영역으로 발전시킬 수 있다. 관객의 현실 세계를 셰익스피어는 〈헨리 5세〉를 다음과 같은 프롤로그로 시작한다. "관객 여러분 제발 상상해주십시오. (…중략…) 우리들이 부족한 점을 상상으로 메우"[26]고 현실로 돌아가 작품의 가치를 계속 생각하라고 한다. 홍윤숙의 시

---

25 T.S. Eliot, "Second Thoughts about Humanism", *Selected essays*, p.490, 김재화, 『T.S.엘리엇 시극론』, 동인, 2010, 34쪽 재인용.

26 셰익스피어, 이태주 역, 〈헨리5세〉, 『셰익스피어 4대 사극』, 범우사, 2003, 245쪽.

극 작품은 현재를 살아가는 사람들에게 정신적 사유와 삶의 다양성을 부여하고, 변화시키게 만드는 주체가 된다.

제2장

라디오 시극의 공간과 효과

1. 플롯의 단순화 공간 __ 전봉건의 〈꽃소라〉

전봉건[1]의 〈꽃소라〉는 '작품 제목' 아래에 명기되어 있듯이 '라디오를 위한 시극詩劇'[2]이다. 작품의 형식적 특징은 시극의 무대가 '라디오'라는 매체라는 것을 알 수 있다. 작품의 공간은 실제 무대가 아니라 '라디오'이며, 소리를 통해 플롯을 전해야 하므로 플롯이 비교적 단순하다. 이 단순한 구조는 청자들에게 순수함과 현실적 공감성을 느끼게 해준다. 또한 '떠남과 남은 사람'이라는 반복 구조를 통해 라디오 시극이 가진 효과를 잘 들을 수 있다. 그러나 인물의 캐릭터가 잘 구별되지 않는다는 점에서 실패한 점이 보인다. 인물의 성격은 극의 변화에 따라 달라질 수 있고 갈등에 따라 다른 인물의 모습을 가지기도 한다. 전체 플롯이 너무 단조로움을 가지고 있어서 청자들은

---

1   1928년 평안남도 안주 출생. 1945년 평양 숭인중학교를 졸업하고 1946년 월남했다. 형 전봉래의 영향으로 문학을 시작했다. 1950년 『문예(文藝)』에 시 「원(願)」, 「사월(四月)」, 「축도(祝禱)」가 추천되어 등단했다. 시집으로 『사랑을 위한 되풀이』, 『피리』, 『꿈속의 뼈』, 『북(北)의 고향』, 『돌』 등이 있으며 방송시극에도 관심을 가져 〈꽃소라〉(1964), 〈모래와 산소(酸素)〉(1968) 등을 발표하기도 했다.
2   전봉건, 『전봉건 문학선』, 문학 · 선, 2013, 245쪽.

결말을 이미 예상할 수 있다.

　작품에 등장하는 인물들은 '노인, 소년, 소녀, 형, 복이, 할머니' 등으로 구성되어 있다. 시극의 장소는 대사와 소리를 통해 '바닷가'를 짐작할 수 있다. 바다와 육지라는 대립적인 공간을 이용해서, 바다로 떠나고 싶은 자들과 육지에서 살고 싶은 자들로 나뉜다. 이 극에서 바다로 떠나고 싶은 자들은 '노인', '소년', '형'이다. 이들은 모두 남성이며 모험심과 호기심이 있다. 바다에 나가서 고기를 잡아 애인에게 '금가락지'를 사주고 싶은 인물도 있고, 그저 인생의 목적과 모험을 이루기 위해 떠나고 싶은 인물도 있다. 막연하게 바다로 나가는 일은 육지에서 경험했던 일들과는 다른 것이라는 기대를 가지고 있다. 이 극에 나오는 남성들은 구체적인 목적이 있든, 추상적인 목적이 있든지 현재의 상황을 벗어나고 싶어한다.

　한편, 육지에 남은 여성, '할머니'와 '소녀'는 떠난 이들이 버리고 간 책임감을 수행하는 인물들이다. '할머니'는 아들이 바다로 나가자 집을 떠난 며느리 대신 두 손주를 키운다. 그리고 남편마저 떠나고 40년 후에 잠시 바닷가에서 만난다. 할머니는 손주 둘을 잘 키워 결혼시키는 것이 목적이다. 손주만은 바다로 나가지 않기를 바란다. 바다로 나간 이들은 다시 돌아오지 않기 때문이다.

　이처럼 전봉건은 작품 안에서 대립적인 장소와 인물을 설정하였다. 가난한 이들이 꿈꾸는 세상은 언젠가 '꽃소라'를 찾을 수 있을 것 같은 세계이다.

　이 작품의 줄거리는 집을 떠났다가 40년 만에 돌아온 노인이 소년과 소녀를 만나며 시작된다. 하지만 노인은 다시 돌아온 것이 아니라 잠시 배를 고치려고 온 것이다. 노인은 목이 마르고 소녀가 떠다 준 물속에서 어린 자신의 모습을 보게 된다. 그리고 40년 만에 부인과 재회하지만 일흔 살이 넘은 노인들에게 기쁨과 반가움은 짧다. 할머니는 그동안 물레를 돌려 실을 지으며 아이들을 키웠다. 육지에 남은 이들의 가난과 바다로 떠난 이들의 고난은 비슷하다. 바다로 떠난 이들은 자연재해를 만나 죽음과 삶 사이를 위태롭게 겪는다. 결국 '형'은 부인의 반지를 사주기 위해 고깃배를 타고 떠난다. 노인은 소년과 소녀를 두고 혼자 떠난다. 육지에 남은 소년과 소녀, 할머니, 복이는 또 다시 '기다림'을 시작한다. 이 작품은 줄거리가 단순하고 짧다. 작가는 단순하고 짧은 줄거리를 통해 라디오 시극의 효과를 발휘한다. 라디오 시극은 청각적 감각을 통해, 이미지와 스토리를 상상하게 만든다. 여러 가지 효과음을 통해 장소의 구체성과 생동감을 더한다. 그렇다면 보통 무대 위에 오른 시극 작품들과 라디오 시극은 어떤 차이를 지니고 있으며, 특징은 무엇인가. 구체적으로 이 작품의 형식적 특징을 살펴보기로 하자.

1) 라디오 시극의 정의와 시대적 배경

라디오 시극이란, 라디오라는 매체를 통해 시극을 형상화하고 청자들에게 전달하는 시극의 형태를 의미한다. 이 작품이 발표될 당시 1964년은 라디오라는 매체가 사람들에게 많은 영향을 끼칠 때였다. 라디오는 음악이나 뉴스, 시사적인 방송을 위한 프로그램을 만들고 전달의 매체로서 사람들에게 정보와 드라마의 감동, 언론의 소식, 소리의 즐거움을 전하는 물질이었다.

그러므로 영상이나 이미지 없이 소리로만 전달하는 라디오 매체를 통한 프로그램들은 청각적 환경에서 최선의 효과를 얻어야 했다. 라디오 시극은 인물의 대사와 자연의 상황, 장소의 상황을 음향효과를 통해 표현했다. 구체적인 상황을 만들어가며 청자들이 실감하게 되며, 극적인 효과를 만들어야 했다. 『글로벌대백과사전』2004에 따르면 세계 여러 나라에서는 라디오를 통해 사람들에게 무대 예술를 전했다. "초기의 라디오 드라마는 라디오 이전부터 존재하던 무대예술을 라디오에 적용시킨 것이었다. 수법에 있어서도 무대연극을 어떻게 청각만으로 이해시키는가에 집중되었다."[3] 1925년경에는 라디오를 위한 최초의 드라마가 제작되었다.

한국은 일제 강점기의 시기를 보내고 다시 한국 전쟁이 낳은 폐허와 주변국들과의 혼란으로 황폐해졌다. 정치나 경제는 조금씩 구축되기 시작했으나 사람들은 독재에 대한 불만과 불안으로 가난을 겪고 있었다. 1960년 4·19혁명이 일어나고 민주주의에 대한 자각이 시작되고 있었다. 즉, 개인의 생활과 안정, 표현의 영역이 사회적으로 커지고 있었던 시기였다. 노동 후의 즐거움과 안식은 사람들이 사회를 이끌어갈 중요한 요소로 자리 잡게 되었다. 그것은 개인의 가치와 자아실현과 연결된다.[4]

---

3 "이를 계기로 라디오 드라마란 명칭이 탄생하였다. 초기의 라디오 드라마는 무대극을 귀로 듣는 것만으로도 이해할 수 있도록 약간 수정한 것에 지나지 않았으나 차차 라디오적인 소재를 발견하여 종래의 무대희곡과는 다른 독특한 세계를 만들어 내게 되었다. 라디오 드라마의 효시이기도 한 1924년의 영국의 리처드 휴즈의 「탄갱 안」은 탄갱 안의 어둠 속에 갇힌 인간의 심리를 그린 작품이다. 물소리, 폭발음, 찬송가, 합창, 대사, 그리고 침묵으로 강하게 호소하고 있다. 이와 같이 시각이 없는 세계를 다룬 것에서 영국의 랜스 시브킹(Lance Sieveking)이나 독일의 루돌프 아른하임(Rudolf Arnheim) 등에 의해 시간적·공간적 제약을 받지 않고" 자유롭게 창작될 수 있었다. 안익수, 「라디오드라마 음향효과의 연출기법과 발전방안 연구」, 중앙대 석사논문, 2012, 24~25쪽.

4 "해방 전후 방송은 중일전쟁으로 황폐해진 환경 속에서 미군정 시대를 맞이한다. 결국 민족 간의 비극인 한국전쟁을 치러야 하는 혼란기(1945~1953)를 거쳐 전후 정비, 재건기(1953~1961)로 나누어진다. 하지만 이러한 혼란 속에서도 음향효과 담당자들의 노력은 굴하지 않았기에 이 시기는 음향효과의 실험기라고 할 수 있다. 한국전쟁이 끝난 1954년경에는 미군 군 방송(VONC)에서 효과음을 수록한 디스크가 일부 흘러나와 그것을 사용했으며 영국제 테이프 녹음기가 들어와 효과음도 채집하였다. 그러나 1950년대 중반까지는 연출가가 특별한 효과음을 요구하지 못하고, 있는 그대로 사용했다. 그 후 1957년 남산연구소 준공으로 시설과 장비가 제대로 갖추어짐에 따라 방송극에서 음향효과의 역할이 증대되었다". 이봉중, 「방송 음향효과 변천에 관한 연구」, 중앙대 석사논문, 1997, 68~71

이 시기에 제작된 라디오 드라마나 예능, 뉴스, 음악방송은 사람들의 여가 생활에 영향을 끼쳤다. 라디오를 매개로 한 문화 활동이 확대됨에 따라 음향 효과 또한 발전하게 되었다. "미군정 방송을 통해서 확보한 음향효과음 자료 디스크와 소형화 경량화된 녹음기의 도입으로 인한 채음 활동은 그동안 의음 에만 의존하였던 것에서 벗어나 자료를 사용하는 효과의 시대를 맞이하게 되었다."[5] 이처럼 이 시기의 음향효과는 실험적이며 많은 변화를 가져 온 시기였다. 해방이 되었지만 일제가 철수하며 환경은 어수선해지고, 미군이 다시 방송을 주도했고, 한국전쟁을 겪어야 했기 때문이다. 한국전쟁 후 방송국 시설이 복구되며 방송의 정상화를 찾게 되고 음향효과의 사용도 많아지게 되었다.

2) 라디오 시극의 기호와 특징

라디오 시극은 라디오 드라마를 통해 발전되었다. 라디오 드라마를 제작하는 방법은 영화적 수법이 적용되었다. 대사나 음향 효과의 특징을 살린 청각적 효과를 통해 장면을 전환시키고 사건이나 갈등을 표현한다. 라디오 시극은 청각적 요소만 가지고 있는 것이 아니라 "대사와 갈등, 구조"[6]를 통해 시극적 필연성을 가지게 되었다.

전봉건의 「꽃소라」작품에서 첫 장면에 나오는 사람들을 소개하고 음향효과에 대해 지시한다.

쪽; 위의 글, 24~25쪽, 32쪽 참조.

5 안익수, 앞의 글, 26쪽.

6 "자유로이 장면을 전환시키는 영화적 수법이 1930년경에 도입되었다. 다시 미국의 노먼 커윈(Norman Corwin)에 의해 청취자들의 상상력에 호소하는 공상의 세계를 다룬 것 등이 1940년경에 생겨났다. 즉, 라디오 드라마란 무대극의 시각적인 요소를 청각적으로 바꾸는데 그치는 것이 아니라, 대사·음악·음향의 3청각적 요소를 자유로이 구사하는 장르"이다. 위의 글, 25쪽.

M(F.I.) 주제곡 (바흐의 관현악을 위한 조곡 2번의 플롯 부분으로)

UP-DOWN.

E(C.F) 멀리 조용히 밀리는 바닷물결. 서서히 가까워져서—B.G.[7]

M:MUSIC효과음악를 뜻하며, E:EFFECT음향효과를 의미한다. E의 C.F:CANTUS FIRMUS평평하고 밋밋하게를 의미하며, M의 F.I : 영상에서는 FADE IN서서히 밝아짐을 지시한다. 이 작품의 주제곡은 바흐의 '관현악을 위한 조곡 2번'의 '플롯 부분'이 올라갔다가 내려가며 리듬을 부여한다. 음향효과에서는 이 작품의 배경 화면을 의미하는 바닷가를 표현한다. '바닷물결'을 나타내야 하므로, 이 시극에서는 멀리 조용히 들리는 바닷소리를 효과로 사용한다. 이 작품에 전체적으로 빈번하게 나타나는 B.G.는 BACK GROUND 배경음을 의미한다. UP-DOWN은 소리가 올라갔다 내려갔다를 나타낸다. 그 밖에 S.I.:SOUND IN 소리가 커지는 것을 지시하며, S.O.는 SOUND OUT 소리가 작아지며 잦아드는 것을 지시한다. F.O.는 영상에서는 FADE OUT 서서히 어두워짐을 나타내기 때문에 조용한 음악과 자연의 소리와 대사와 함께 처리된다.

　음향 효과에 대한 정보를 이 시극 작품에 적용하여 분석해 볼 수 있다. 노인이 우연히 닿게 된 해변가에서 소년과 소녀를 만난다. 소년의 이름은 '돌이'이다. '돌이'는 노인의 손자이다. 40년 동안 떨어져 있다가 처음 와본 고향이지만 돌이의 이름을 아는 것이 이해되지 않는 대목이다. 소년과 소

7　전봉건, 앞의 책, 245쪽.

녀가 노인에게 왜 이곳에 왔냐고 묻는다. 노인은 말을 더듬으며, 소년과 소
녀를 만나러 왔다고 달래고 있다.

노인　　　　(힘없이) 암……정말이구 말구….

M 앞의 음악 B.G.−다음 대사에 S.O.

소년　　　　근데(사이) ……할아버지?
노인　　　　(힘없이) ……오냐, 또 뭐냐?

소년과 소녀는 노인을 만나자 '꽃소라'를 가지고 왔냐고 묻는다. 바닷가에
사는 사람들은 바다로 떠난 이들의 삶이 궁금하다. 소라는 대부분 어두운 색
인데, 꽃소라를 기다리는 소년과 소녀의 호기심은 이 작품의 슬픔을 자극한
다. 노인은 아이들을 위해 아무것도 가져오지 못했다. '태풍'을 만나기도 하
고 '배'가 부서지기도 해서 손에는 피가 나기도 했다. 삶의 시련을 의미하는
대사를 엿볼 수 있다. 그러나 아이들은 새로운 물건과 새로운 자연에 대한 기
대와 호기심에 가득하다. 노인과 아이들의 갈등 사이에서 M은 음악을 뜻하
며, S.O는 소리가 서서히 잦아들며 작아지는 효과이다. 소년의 순수한 질문
과 노인의 힘없는 대사는, 삶의 활기와 허무의 대립적 양상을 만들고 있다.

3) 시극의 필연적 특징 분석 – 단순한 플롯과 시적 대사

스토리텔링의 화자는 본능적으로 '전달'의 목적을 가지고 있다. 시간과 공간을 설명하며, 인물과 사건의 전개를 말하며, 작품이 해결해야 하는 문제를 전달한다. 이것은 대화의 방식으로 이루어져 있다. 대화는 이야기를 이끌어가는 상호작용의 역할을 수행한다. 매체를 통해 시극의 스토리를 전달하는 화자는 대화의 방식으로 친근감있게 다가간다. 이 시극에 나오는 상처입은 화자는 '노인'과 '할머니'이다. 노인은 젊은 시절 20대에 육지를 떠나 바다로 나갔다. 새로운 세계를 찾아 더 나은 곳으로 떠났다. 그러나 정작 자연의 유혹이 주는 결과는 냉혹했다. 노인의 방황은 인간의 삶이기에 자연의 장소를 바꾼다고 해도 그의 삶은 변화될 수 없는 것이다. "노인 : 그렇소, 난 아직도 내가 갈 곳을 다 가지 못했우……." 70이 된 노인은 부인을 만나도 자신의 허무를 해결하지 못하고 있다. 노인은 육지를 떠나 사람의 삶과 자신의 신분을 잊은 지 오래다. "노인 (피곤한) 그렇군……, 그러니 그새 강산이 다섯 번이나 바뀌었을 테니……이렇게 와서도 얼른 알아볼 수가 없었지……. 하긴 순이라는 애가 떠다 준 물맛이 예사 물맛이 아니었오……." 267쪽 노인은 육지를 떠난 사람이다. 육지에서는 평범한 사람의 일생이 유지된다. 노인의 삶은 육지를 떠났던 자리에서 과정 없이 연결되지 않는다. 우연히 육지에서 머무른 순간이 낯설기만 하다.

'할머니'는 남편이 떠난 육지의 생활을 두 손자를 키우며 견뎌낸다. 40년 동안 노인을 원망하기도 하고 바다로 떠난 아들이 상처로 남았지만 물레를 돌리며 실은 지어 두 손자를 키워낸다. 노인은 '자연'의 유혹을 받아 떠났으나, 할머니는 자신의 생에 최선을 다했다. 할머니는 일상적인 사람이 책임을 완수하는 삶에 최선을 다했으나 만족하지 못한다. 다시 돌아온 노인도 완전히 돌아온 것이 아니라 다시 떠난다고 한다. 할머니의 '허무' 의식은 자식에 대한 '사랑'으로 극복되고 있다. 노인이 다시 바다로 간다고 했을 때, 노인의 행동을 단순하게 받아들이는 행동은 개연성이 부족한다.

> 할머니   (힘없이 애절하게) 가시려우?
> 노인   (덤덤하게) 이젠 갈매기두 제 잘 곳을 가는가 보우.

전봉건의 이 시극 작품은, 라디오 시극이란 특징을 의식한 나머지 다른 작품들에 비해 내적 필연성이 부족해 보인다. 40년 만에 재회한 부부는 다시 자연스럽게 이별한다. 조용하고 애절하나 서로가 원하는 것을 들어준다. 즉 갈등 구조가 약하다는 것이다. 갈등은 외적으로 큰 사건이 일어나지 않아도 내적으로 갈등의 크기를 구조화할 수 있다. 이 작품의 단순한 플롯과 동화적인 대사는 청자들에게 아련하고 슬픈 장면을 연상시킨다.

노인과 할머니의 '목적 없는 떠남과 목적 없는 기다림'은 당시 혼란스러운 시대를 반영한다. 목적이 분명했던 4·19혁명은 실패로 돌아왔고 사람들의 죽음과 희생을 필요로 했다. 사람들은 가난과 약자의 자리에서 전망있는 대책을 세우지 못했다. 전봉건은 당시 사람들에게 이 작품을 통해 위로와 이해를 전해주고 있다. 이러한 작품의 주제는 사회적 입장에서 해석할 수도 있으나, 개인적 삶에서도 반추해볼 수 있다. 인간의 삶은 목적대로 이루어지거나 원하는 이상 세계를 완전히 갖추지 못한다. 인간의 삶은 아이러니와 역설로 가득하다. 아래의 대사는 그것을 상징하는 예이다.

> 할머니   기다리는 사람의 한이 없는 것을 어떻거면 좋우?…….

노인	가는 사람의 한이 없는 것과 같은 것이 아니겠오. (사이) 그걸 어떻
	거면 좋은지 나도 모르오⋯⋯. 단지 사람이란 게, 기다리는 그 한이
	없는 것하구, 자꾸 자꾸 가는, 그 한이 없는 것하구가 한데 엉킨데서
	살게 마련인가 부다구⋯⋯그렇게 생각이 들 뿐이오.

'기다리는사람의 한'은 주어진 삶에 대한 초월을 예상할 수 있다. 가난과 고통을 견디며 기다린 '40년의 시간'은 돌아올 것이라는 심리적 '포기'를 하게 된다. 포기하며 자신의 상처를 잊었기에 한이 없다고 하는 대사이다. 그러나 이 대사를 표면적으로 해석하는 오류를 가져올 수도 있다. 할머니는 자신의 '한'을 지우며, 노인에 대한 '배려'를 갖추고 있다. 노인의 대사는 그러한 상대에 대한 대답이다. '가는 사람의 한'이 없는 것은 40년 동안 떠난 행동에 대한 후회와 반성에 대한 역설이다. 노인 또한 할머니의 남은 생을 위해 자신의 '떠남'을 합리화하며, 반어적인 표현을 통해 자신의 심리를 감추고 있는 것이다.

이 시극 작품에서 '바다'는 모험과 위험을 장악하고 있는 공간이다. 바다에 나가 일을 하면 돈을 많이 벌 수 있고 새로운 세계가 나타날 것이라는 모험심을 남성들에게 심어준다. 그러나 바다는 목숨을 잃을 정도로 위험하고 두려운 공간이다. 바다에 나간 노인은 40년 동안 돌아오지 않았고, 할머니의 아들은 영원히 돌아오지 않았다. '바다'는 사람들에게 도전을 요구하지만 위험과 모험을 제시하는 공간이다. '육지'는 변화를 두려워하고 평범한 인생의 과정을 상징하는 장소로 요약된다. 즉, 장소가 주는 사회적 규범과 제도가 이 시극에서 적용된다. 이러한 상황은 사람들이 사회적 활동을 전진하기 위한 개인적 장소를 포기하고 떠남을 욕망하는 무의식에서 발생한다. 작가는 이분법적인 장소 설정을 통해 단순한 구조를 설정하고 있다. 단순한 구조를 무대가 아닌 라디오를 통해 시극을 들려주고 있다. 이렇듯 단순한 구조와 단순한 대화, 동화적인 대사와 요소들을 통해 사람들에게 삶의 '순수'성을 전해주고 있다. 이 작품은 '라디오 시극'이라는 형식적 관점에서 연구 가치가 있으나, 시극의 구성면에서 '반복'의 형태가 잘 발휘되지 못한 점이 있다. 인물의 개성이 부족하다 보니, 인물간의 충돌이 만들어내는 갈등이 약하다는 단점이 있다. 그러나 당대 사람들에게 '떠남'과 '기다림'이라는 슬픔과 상처를 공감시키고 있다. '꽃소라'라는 소재를 통해 사람들이 추구하는 미래가 언젠가 올 거라는 예감을 제시하고 있다.

2. 청각적 감각의 공간 __ 장호의 <사냥꾼의 일기>

극작가이자 이론가였던 장호[8]는 극을 통해 인간의 '경험'을 강조하고 있다. 이 경험이란 '꿈'을 통한 경험이기도 하며, 작품 외적으로 겪는 경험도 포함된다. 경험을 통해 다른 상황을 예상하고 상상하기에 이르는 것이다. 이러한 인간의 활동을 위해 '현실적 공간'은 반드시 필요하다. 라디오 시극은 이 현실적 공간을 라디오 속의 '청각적 공간'으로 만든다.

장호는 1960년 한국시극운동과 더불어 다수의 시극 작품을 발표했다. "인간은 극을 통하여 상상적 체험을 겪고 그것으로 자기를 발전시킨다."[9] 인간은 체험을 통해 사회를 인식하고 세계를 경험한다. 자신의 영역을 인식하

---

8   1926년 부산 출생. 1951년 『신생공론』에 시 「하수도의 생리」를 발표하며 등단했다. 시집으로 『파충류의 합창』, 『돌아보지 마라』, 『동경 까마귀』 등이 있으며 시극 <바다가 없는 항구>, <수리뫼>, 방송시극 <모음의 탄생> 등이 있다.
9   김장호, 앞의 책, 35쪽.

고 반대의 세계를 인식하며, 인간은 대립적인 인식과 사유를 경험한다.

장호는 "다행히 인간은 상상적 동물이어서, 그 상상의 세계는 물론 현실 세계와는 판이한 것이지만, 그의 감정적 변화에는 때로 더 절실한 역할을 할 때가 있다. 저는 겪지 못할 체험, 저는 알지 못할 세계를 눈앞에 재생해 놓고 인간은 스스로 그것을 상상적으로 체험함으로써 세계에 대한 인식을 얻고 마침내 자기 생명의 발전과 심화를 기약"[10]한다고 밝혔다. 장호의 이러한 문학적 태도를 바탕으로 작품을 분석하는 일은 필연적이다. 장호의 라디오 시극 〈사냥꾼의 일기〉는 전봉건의 〈꽃소라〉보다 인물의 개성이 뚜렷하다. 단순한 구조 속에서 플롯의 높낮이를 형성하고 있다.

이 작품의 시대적 배경은 현대이며 장소는 두메산골에서 일어난 일이다. 나오는 사람들은 사나이, 메아리, 소년, 사슴 등으로 이루어져 있다. 작품의 주제는 자연의 존엄을 통한 인간의 갈등이다. 주인공 사냥꾼인 사나이는 자신이 평생 해 온 일들이 자연을 망친 것 같은 죄책감을 느낀다. 그러나 '아름다운 사슴'을 잡는 일을 꿈꾼다. 즉 자신의 욕망이 무엇인가를 사라지게 하고 훼손하고 있다는 고민을 한다. 하지만 이 작품의 주제가 자연을 훼손시키는 사냥꾼의 잘못으로 귀결된다면 윤리적인 일에 불과한 것이다.

장호는 작품 안의 인간이 갈등하는 모습 자체를 보여주고 있다. 그 갈등의 형상은 동화적인 우화적이고 환상적인 모습을 통해 드러난다. 이 극에서 '사슴'은 인간과 말을 하며, 사고를 지닌 동물이다. 또한 '에코'와 여러 '음향 효과'들은 그가 이 작품을 통해 "전달"하고자 하는 시극의 특징을 고심한 것으로 연구된다.

---

10   위의 책, 35쪽.

시극의 필연적 상황

이 작품의 '사나이'는 36년 동안 사냥을 해 온 자이다. 사나이는 그동안 자신의 삶을 돌이켜본다. 평생 동안 옳다고 생각하며 사냥을 해 온 사나이는 자신의 행동에 의문을 제기한다. 사나이는 사냥을 그만두기로 했으나 "귀여운 사슴 새끼"를 잡고 싶은 마음을 포기하지 못한다. 사나이는 '소년'이었던 시기를 생각하고, 사나이의 내면을 대신할 대상으로 '소년'이 등장한다. 사나이는 '사슴'을 갖고 싶어하지만, '소년'은 사슴과 소통하기를 원한다.

사나이가 산에서 우연히 덫에 걸린 사슴을 구한다. 집으로 데리고 온 사슴은 사슴떼로 변한다. 다시 자신이 가둔 사슴을 소년이 구하는 것을 목격한다. 사나이는 꿈인지 현실인지 구분하기 힘들고 혼란스러워 한다. 결국 사나이는 사슴을 놓친다. 여기서 사슴은 인간의 욕망을 상징한다. 인간은 자신이 갖고 싶은 세계를 소유하고 장악하려고 한다.

시극적 대사

①

사나이	이른 아침, 산속은 좋았다,
	가슴속 깊이 묵어있던 멍에들이
	맑은 공기에 씻기어, 흔적도 없이 날아갔다.
	쉬엄 쉬엄 가다가도, 오늘은! 하는 흥분 때문에,
	나도 모르게 발길이 빨라졌다.
	봉우리를 두 개 넘고, 병풍 바위를 저리로 돌아

M L.N-B.G

융단을 깔아 놓은 듯이 금잔디가 깔리인 언덕받이 아래 이르자, 내 가슴은 나이답지 않게 이상하게 뛰기 시작했다.

　　M 차차 U · P

　　사람들이 늙거나 젊거나, 자기가 뼈저리게 구하던 것에 가까이 한 발자국 나아갈 때, 그때 저도 모르는 긴장감 속에, 제 생명生命의 근원에서, 뿌리가 흔들리고 있는 것을 느끼게 되는 것인지도 모른다.

　　②

　사나이　　나는 그때 꿈속에 있었다.

　　　　　　전날 밤 그렇게 늦게야 잠이 들어, 일찍 일어나 사슴에게로 가 본다는 다짐도 잊어버리고 혼곤히 꿈속에 잠겨 있었다.

　　　　　　꿈속에서 나는 종로 거리를 걷고 있었다.

　　　　　　갑자기 그 숱한 자동차가 모두 사람이 되었다. 내 눈앞에서 달려오고 달려가는 사슴떼로 거리는 온통 뒤집히고 말았다.

　　　　　　사람들은 몰리어 골목으로 숨어 들어갔다.

　　　　　　나는 먼저 내 사슴을 찾았다.

　　　　　　어리 뛰고 저리 뛰는 사슴떼 사이로 내 사슴만 눈에 띄지 않았다. 사슴은 점점 수가 늘었다.

　위의 예문은 사나이의 시극적 필연성을 통해 알 수 있는 대사이다. ①와 ②의 대사는 '사슴'에 대한 심리가 더욱 고조됨을 알 수 있다. 사냥꾼은 자신의 직업을 떠나 일반적인 사람들이 모두 "사람들이 늙거나 젊거나, 자기가 뼈저리게 구하던 것에" 애착을 느끼고 있다고 생각한다. 여기서 '사슴'은 사람이 얻고자 하는 어떤 대상이 된다. 자신이 원하는 곳에서 '생명'을 느끼고 살아있음을 느끼는 것이다. 그러나 어릴 적 자신은 무엇인가를 꼭 얻고 가져야 하는 소유가 없었다. 성인이 되면서 사회속에서 겪게 되는 경험을 통해 욕망을 지니게 된다. 사나이는 성인이 되고 나서 깊은 상실에 빠진다. "갑자기 그 숱한 자동차가 모두 사람이" 되었고 "이리 뛰고 저리 뛰는 사슴떼 사이로 내 사슴만 눈에 띄지 않았"기 때문에 불안한 것이다. 사나이의 상실은 "자동차"와 "사람"이 많은 곳에서 불안과 외로움을 느낀다. 위 대사에 나타난 시극적 상황은 사나이의 내면을 통해 주변 환경들이 다르게 보이는 것을 나타낸 것이다. 사나이의 대사는 라디오를 통해 '소리'로 전해진다. 청각적 공간 안에서 '사나이'의 시극적 상황은 더 극대화된다.

라캉은 프로이드의 욕망의 이해를 해석하며 자신의 주장을 펼친다. "진실한 관점 속에서 정신분석의 가치를 회복하기 위해 정신분석이 인간의 욕망을 드러내는 데서 그렇게까지 멀리 나갈 수 있던 것은, 오직 신경증과 개인의 주변적 주체성의 광맥을 통해 욕망에 고유한 구조를 뒤따랐을 뿐이기 때문이라는 것—그리하여 이 구조가 이 욕망을 예상치 못한 깊이에서 빚어내고 있다는 것이, 즉 욕망이 자기 욕망을 인정받을 수 있도록 해주고 있다는 것이 입증된다—을 상기할 필요가 있다. 인간의 욕망은 타자의 욕망 속에서 외화된다aliene는 것을 말 그대로 확인해주는 이 욕망은, 실제로 분석 속에서 발견되는 충동들을 그것들의 원천, 목적, 대상 속에서 등장하는 온갖 논리적 대체물의 부침에 따라 구조화한다"[11]고 말했다. 인간의 욕망은 주변을 통해 드러난다. 극 속의 '사나이'는 자신의 직업을 통해 자신이 원하는 것이 무엇인지를 탐색한다. 사냥하는 행위보다, 사냥을 통해 얻어지는 성취욕과 소유

---

11 S. Freud, *Triebe und Triebschicksale*, GW, X, pp.210~232, 라캉, 『에크리』, 새물결, 2019, 403쪽 재인용.

욕이 앞선다. 그러한 사나이의 욕망이 '인정' 받지 못하고 단지 사냥꾼이라는 직업적 한계에 멈춘다. 라캉이 말한 대로 '욕망이 자기 욕망을 인정할 수 있도록' 받아들이는 일은 인간의 정신을 이해하는 교점이 된다. 사나이는 '사슴'과의 에피소드를 통해 자신이 사냥하는 일을 멈추거나 반성하는 일은 이성적인 판단이었다는 것을 알게 된다. 자신이 '사슴'을 얻고 싶은 일은 감성적인 가치가 된다. 장호는 시극 인물의 이러한 갈등이 인간의 욕망에서 기인한 것임을 보여주고 있다.

> 사나이 　그것은 아름다운 사슴이었다. 아직도 무서움에 질린 얼굴이면서도 고개를 쳐들면 수려한 콧날, 쪼옥 빠진 사지, 등에는 화려한 꽃무늬,
> (…중략…)
> 모든 준비를 시켜주고 나는 우리로 갔다. 애인을 대하듯이 떨리는 손으로 등을 두드렸다. 다리를 만졌다, 사슴의 목덜미에 입술을 대었다. 먹이를 주고 샘물을 떠나 놓고서야 자리에 들었으나 나는 갈아 앉지 않는 흥분 때문에 잠을 이룰 수가 없었다. 엎치락뒤치락하다 잠이 든 것은 자정을 훨씬 넘어서였다.

　전봉건의 작품에서는 '헤어짐'과 '기다림'의 감정과 입장으로 시작해서 그 감정이 반복되며 마무리된다. 그러나 장호의 작품에서 '인간의 욕망'은 직업적 회의를 느끼고, 소유욕을 알게 된다. 그 소유욕은 에로티시즘과 연결된다. "성적인 욕망"[12]은 대상의 존재를 만지는 것이다. 애인을 대하듯이 사

12　"주체가 박탈당하는 향유는 그것을 어떤 구경거리의 향유로 받아들이는 상상적 타자에게 넘겨진다. 즉 우리 속에 갇힌 주체가, 현실[실재]의 몇몇 맹수가 참여한 가운데 이 참여는

슴을 대하는 사나이의 행동을 분석해보자. 이 상황이 벌어지기 전 사나이의 상황을 이해해야 한다. "사나이 : 사람이란 늙거나 젊거나, 자기가 뼈저리게 구하던 것에 가까이 한 발자국 나아갈 때, 그때 저도 모르는 긴장감 속에, 제 생명의 근원에서, 뿌리가 흔들리고 있는 것을 느끼게"되었다. 사나이는 꿈과 현실의 경계도 없이 이동하면서 돌아갈 수 없는 시간에 대한 상실을 느낀다. "사슴 : 어어이(처절하게) 날 살려줘. (울부짖음, 멀리 Echo)"사슴을 구하는 일은 자신의 희생으로 회복되는 세계에 대한 안도이다. 사나이는 가까스로 사슴을 움켜 안고 단걸음으로 산을 뛰어간다. 사나이는 자신의 손주보다 아끼고 보살피며, 사슴을 넣을 궤짝을 만든다. 사나이에게 사슴은 '소중한 자신'으로 대변된다. 사나이에게 사슴의 몸은, 사랑하는 대상으로 교체된다. 라캉은 성적인 욕망은 다른 욕망이 사라져도 남는다고 주장한다. 사나이의 분열적인 행동과 사슴에 대한 강박은 자신에 대한 보상을 가리키며, 사슴을

대개 맹수들 자체의 희생으로 얻어진다-자기가 살아 있다는 것을 증명하기 위해 고등 마술(馬術) 훈련의 묘기까지 밀고 나가면서 제공하는 구경거리 말이다. 그럼에도 불구하고 중요한 것은 단지 그렇게 자기를 증명하는 것뿐이라는 사실이, 죽음에 가해지는 도전 덕분에 은밀히 죽음을 쫓아낸다. 하지만 모든 즐거움은, 결국 죽음이 승리를 거두기를 기다리면서 죽음을 풀어놓지 않고는 자리에서 몰아낼 수 없는 타자를 위한 것이다. 이런 식으로 죽음은 상상적 타자의 외관을 띠게 되고, 실재적 대타자는 죽음으로 축소된다. 이것이 존재에 관한 물음에 대답하는 경계 선상의 형상이다. 내가 이야기해 오고 있듯이 상상적 교환을 포함한 어떤 조작에 의해서도 이처럼 막다른 길로부터의 출구는 생각할 수 없다. 이 교환 속에서 바로 이 막다른 길은 막다른 길이 되기 때문이다. 분명히 주체가 자아 속으로 복귀하는 것은 얼마든지 생각해 볼 수 있으며, 현대의 정신분석에서 유행하는 견해와는 반대로 자아는 약한 것과는 거리가 먼 만큼 한층 더 그렇다. 게다가 우리는 그러한 사실을 히스테리성이든 강박성이든 신경정신 분석과 정신분석의 교육 증자가 이 두 비극에서 정상으로 간주되는 동류들로부터 얻는 지원 속에서 볼 수 있다. 이 두 비극은 비록 후자가 전자를 배제하는 것은 아니지만(이 점을 반드시 지적할 필요가 있다) 여러 측면에서 대조를 이루고 있다. 왜냐하면 욕망은 심지어 제거되는 경우에도 성적인 것으로 남기 때문이다." 라캉, 앞의 책, 539~540쪽.

안아보는 행위는 소유에 대한 완성을 뜻한다.

그러므로 이 작품의 가치는 '죽음'과 '살고 싶음'에 대한 이분법적인 욕망을 드러내는 일이다. 그 욕망은 우화적인 방식과 환상적인 방식으로 표현된다. '사슴'에 대한 '꿈'을 통해 사나이는 지나간 시간을 경험하며, 자신이 겪을 미래까지도 경험한다. 사슴에 대한 집착은 주체의 분열로 드러나며, 인간 보편의 심리를 향해 나아가고 있다. 장호는 라디오를 통해 시극을 전달하기 위해 음악, 효과음, 에코 등을 실감나는 방식으로 처리했다. 라디오 시극은 청각적인 라디오 시극의 한계를 벗어나 인물의 대사를 통해 이미지를 연상하게 하며, 듣는 이들의 상상력을 확대하게 만든다.

마치며

 이 책은 한국 시극 작품에 나타난 '공간성'의 특징을 밝히고, 그 공간성을 드러내는 측면을 세 가지 주제로 분류했다. 먼저 시극의 정의를 탐색하고 극시와 희곡과의 차이를 구분했다. 시극이란 시적인 필연성과 극적인 필연성을 동시에 추구하며, 중요한 공간성을 갖는다. 시극의 공간성은 시적인 것과 극적인 것의 개별적인 영역을 고유하게 지키면서 상호 교차하는 특성을 드러낸다. 시극의 공간성은 작품의 배경이나, 시간, 갈등 요소, 이미지, 음악, 대사 등을 통해 나타난다. 작품 내에서 발생하는 시극적 상황을 통해 시적 대사로 표현되거나 이미지와 상징 등을 통해 제시되기도 한다. 반대로 극적 구조를 통해 시극적 상황을 재현하기도 한다.

 지금까지 이 글은 기존의 시극 개념을 비판적 관점으로 파악하며 시극에 대한 논의를 정립했다. 새롭게 탐색한 시극의 이론과 정의를 통해 새로운 방법론을 설정하였다. 1960년 한국 시극 운동이 발전되었던 시기는 관객 호응의 문제로 시극공연은 성공을 거두지 못했다. 그러나 한국 시극은 사라지지 않고 현재까지 그 명맥을 이어오고 있다.

 2000년대 이후 한국 시극을 연구한 이상호는 한국 시극 역사를 정리했으며 작품을 발굴하고 분석했으며, 이러한 작업은 한국 시극사에 중요한 역할을 했지만, 다소 내용 중심의 분석이었다. 또 김동현은 최인훈의 작품을 희곡이 아닌 시극으로 간주하며 논의를 전개했지만, 과거 한국 시극의 이론을 정립하기에는 한계가 있었다. 한국 시극은 작가들이 서양 이론에 기댄 점과 공연 실패의 이유로 발전하지 못했으며, 제도적으로 다른 방안을 찾지 못한 까닭이었다. 이 책은 앞에서 살펴본 최일수의 시극론과 엘리엇 시극론의 '변화' 특징을 바탕으로 한국 시극의 의미를 파악했다. 작가는 시극의 공연과 텍스트로서의 성공을 위해 문학적 '공간'을 균형있게 고민해야 한다. 시극의 공간은 시적인 필연성과 극적인 필연성을 함께 수렴해야 하는 공간이기 때문이다.

시극 작품의 이러한 '공간'은 역사적 공간, 설화적 공간, 현실적 공간으로 나뉜다. 한국 시극의 최초의 작품인 김명순의 〈조로朝露의 화몽花夢〉부터 황지우의 〈오월의 신부〉까지 10명의 작가와 17편을 분석하였다. 이 작품들을 선별한 이유는 작가가 시극으로 정한 경우와 저자가 시극의 정의를 세우고 그 이유에 합당하는 작품을 선택했다. 또한 주제가 신선하거나 작품의 완성도가 높은 것을 선택했으며, 시극의 특징에 맞게 시적 특징과 극적 상황을 입체적으로 창작한 작품들로 구성했다.

먼저 역사적 공간에 해당하는 작품이다. 이 부분은 역사적 사건이나 역사적 인물을 중심으로 시극을 창작한 경우이다. 여기에서 '역사적 공간'은 단지 역사적 특징만을 보여주는 것이 아니라 역사적 공간을 다시 형상화하고, 전쟁상황의 특수함으로 인지하기도 하며, 역사적 시간이 중첩되는 공간이기도 하다. 또한 개인의 미시사적인 시간의 갈등과 사건을 소재로 창작된 작품들이다. 황지우·신동엽·김정환·최인훈의 작품을 통해 시극적 필연성을 연구하고, 작품 내에 존재하는 '공간성'을 분석해 볼 수 있었다.

둘째, 설화를 시극으로 변용한 설화적 공간이다. 최인훈, 문정희, 전봉건의 작품을 예로 들어 각각의 개성과 특징을 분석했다. 이들의 작품은 설화를 중심으로 창작했다는 공통점을 가지고 있으나, 세 작가의 작품은 모두 개별적인 고유성을 지닌다. 최인훈은 작품 속에서 꿈과 현실의 공간을 자주 이용했다. 다양한 실험을 통해 대사의 어조, 침묵, 구성을 다양하게 표현했고, 우화적 민담을 이용해 창작하기도 했다. 욕망과 억압을 드러내기 위해 설화적 공간을 형상화했으며, 전체를 위한 개인의 희생에 대해 시극적 공간을 통해 보여주었다. 문정희는 여성 중심의 플롯을 통해 삶의 고통을 극복하는 모습을 보여주거나 권력과 사랑을 통한 갈등을 보여주기도 했다.

이 작품들은 설화의 사회적 공간과 작품 속 인물의 관계가 밀접하게 연결되어 있다는 것을 보여주었다. 예를 들어, 설화적 공간을 통해 작품은 시극적 특징을 드러내고 인물이나 갈등은 그 입체적인 구조 안에서 변화하기 때문이다. 즉, 반전을 일으키는 작품이거나, 주인공의 능동적인 문제 해결력으로 작품의 모습이 달라지기도 하는 것이다. 설화적 공간의 작품은 단지 설화를 변용한 작품이라는 단편적인 의미 이상의 가치를 지닌다. 다른 외국 창작작품에 비해 우리나라 고유의 민족성과 개성, 민속문화, 한국인의 비극성, 공동체 의식, 내면의 분열 등을 이해할 수 있기 때문이다.

셋째, 현실적 공간에 대한 분석이다. 이 부분에서는 김명순과 홍윤숙의 작품을 예로 들어 분석했고, 무대를 전제로 하지 않지만, 현실적 문제를 다루고 있는 '라디오 시극'에 대한 논의를 썼다. 또한 매체를 통한 시극 공연이라는 점에서 현대의 '현실'적 문제를 해결한 시극 방식이기 때문에 이 부분에 포함시킨다. 김명순의 〈조로朝露의 화몽花夢〉은 한국 시극의 최초의 작품이다. 남녀 간의 사랑과 질투, 허무의식을 다룬 작품이다. 홍윤숙의 〈에덴, 그 후後의 도시都市〉는 욕망이 많은 한 남자의 죄의식과 무의식을 다룬 작품이다. 두 작품 모두 현실의 경험을 중심으로 작품을 이끌어가고 있다. 과거의 행동, 경험, 감정을 통해 현재의 사건과 마주한다. 김명순의 작품은 한국 최초의 시극 작품이라는 의의가 있으며, 식민지 시절에 창작된 그의 작품 세계와 특징을 파악할 수 있다.

또 라디오 시극에 대한 분석은 전봉건과 장호의 작품을 통해 시극 작품에 드러난 청각적 공간, 단순한 플롯의 '공간성'을 연구했다. 이런 분석은 앞에서 분석하고 정의했던 엘리엇과 이승하의 이론을 현실에 적용시켜 분석한 결과이며, 시극의 체계를 분석하며 이야기의 의미를 인식하는 구조주의적 비평을 통해 시극에 대한 '공간성'을 자세히 다룰 수 있었다.

한국 시극의 존재 가치에 대한 의문을 제기하는 것은, 시극의 새로운 미래를 전망하고, 다양한 문학을 파악하는 데 핵심이 된다. 한국 시극의 역사는 100년의 흐름을 가지고 있다. 그러나 타 장르보다 위축된 창작 활동은 시극을 일반적인 문학 장르보다 낯설고 독립된 존재로 만들었다. 하지만 단순히 그 이유만으로 시극 장르가 발전하지 못한 것은 아니었다. 시적인 대사와 상징, 이미지에만 집중하여 극 본연의 개성을 보여주지 못한 경우가 많았다. 또한 구성력이 부족한 경우, 극화되었을 때 관객의 호응을 이끌어내지 못하기도 했다. 서양의 경우에도 시극 이론과 작품은 엘리엇과 예이츠 이후에 적극적인 창작과 연구로 이어지지 못했다. 2000년대 이후, 시적인 대사와 내적인 필연성을 지닌 시극 작품이 많이 발표되지는 못했으나 현대에 이르러 무용극, 낭독극, 그림자극 등의 다양한 방식으로 극이 변화되고 있다.

한국 시극 작품이 발전하지 못한 원인은 무엇일까? 근대가 시작되면서 현대 사회는 뉴미디어와 매체 산업 등의 문화산업 시대의 영향을 받았기 때문이다. 기술복제 시대를 살아가는 현대는 고유의 아우라를 잃게 되었다. 벤야민은 이러한 현상을 긍정하기도 했지만, 아도르노는 부정적인 의견을 제시했다. 창의성이 부족한 사회에서는 획일화된 사고와 몰개성적인 생활이 자리 잡는다는 것이다.

그렇다면 한국 시극 작품이 새로운 예술 형식으로 자리 잡으려면 어떻게 해야 하는가? 첫째, 현대의 사회 현상을 읽고, 현대성에 주목해야 한다. 근대에 이르러 사진, 영화, 방송, 광고를 통해 순수예술의 고유성은 줄어들고, 경제는 계속 발전했다. 현대는 공동 사회에 속해있던 인간의 생활과 감정을 표현하게 하면서, 생활과 감정의 자유를 가능하게 했다. 대량 생산의 시대에 현대인들은 스스로 개인의 동영상이나 블로그를 통해 창작 활동을 진행하기도 한다. 이러한 현상은 자신만의 독창적인 모습을 찾고자 하는 움직임으로 보인다. 반복적인 일상을 살아가는 현대인들은 오히려 창조적인 일상을 추구한다는 것을 의미한다. 21세기의 시극 작품은 새로운 방식으로 발전되어야 한다. 유튜브 동영상이나 SNS를 통한 효과음, 시극 동영상을 제작하거나 시극이 가진 운문적 대사와 극적인 구성을 이용해 다른 장르와의 결합, 다른 매체와의 콜라보를 연구하거나 창작할 수 있다.

둘째, '수용자' 입장에서 작품을 창작하고 공유해야 한다. '순수주의' 문학은 예술사와 사회적 관계에 있어서 어떤 결핍을 반복하는 현상을 낳기도 한다. 야우스는 예술의 사회적 기능과 가치만을 추구하는 아도르노의 주장에 이견을 제기한다. "예술 작품에 있어서 모든 의사소통적 모멘트에 대한 아도르노의 단호한 거부를 야우스는 '수용과 구체화'를 희생시키는 것으로 비판하고 있는 셈이다. 작품과 작가, 수용자의 세 가지 입장에서 상호 교류적인 시극 작품을 밀도 있게 창작해야 한다.

셋째, 기술과 예술의 융합을 선도해야 한다. 시극이 가진 공연성과 문학성을 과학기술의 발전과 도모하여 연기, 대사, 무대 효과, 이미지 등의 연출을 시도해 볼 수 있다. 시극의 혁신적인 디지털 문화가 만들어진다면, 디지털 시대의 영상이나 뉴미디어 서사에 대해 합리적인 방안을 제시할 수 있다.

그런 면에서 이 책이 연구한 한국 시극 작품에 나타난 공간성은 매우 의미 있는 가치를 지닌다. 미래를 향하고 있는 지금, 과거 시극 작품들의 다양한 '공간성'은 미래의 새로운 '공간'을 예측하게 만든다. '역사적 공간의 작품', '설화적 공간의 작품', '현실적 공간'을 넘나드는 작품들을 분석했으며, 이러한 한국 시극 작품의 실험성은 새로운 예술 분야로 확대될 수 있는 가능성을 가지고 있다. 또한 이 책을 통해 새로운 예술 세계의 다양한 공연 형식과 창의적인 텍스트 내용의 확대를 도모하고자 한다. 예컨대 과학기술적인 방식과 생태학적인 인식을 접목해 전위성과 보편성을 동시에 확보하고, 새로운 공연 감각으로 많은 사람들이 공감 및 감동할 수 있어야 한다.

덧붙여 새로운 시대의 '수용자'들이 경험하는 시극 작품의 의미와 확산을 통해 소외된 한국 시극의 발전과 함께 한국문학사의 긍정적인 계기를 마련해야 할 것이다.

참고문헌

기본자료

김장호, 『학교연극』, 동국대 출판부, 1983.

_____, 『장호 시전집』 1 · 2, 베틀 · 북, 2000.

김정환, 『황색예수전』, 실천문학사, 1983.

_____, 『김정환 시집 1980~1999』, 이론과실천, 1999.

김종문 · 홍윤숙 · 신동엽, 『현대한국시작전집』 5, 을유문화사, 1967.

문정희, 『구운몽』, 도서출판둥지, 1994.

_____, 『새떼』, 민학사, 1975.

박아지, 『박아지 작품선집』, 글로벌콘텐츠, 2015.

서정자 · 남은혜, 『김명순 문학전집』, 푸른사상사, 2010.

신동엽, 『신동엽 전집』, 창작과비평사, 1975.

전봉건, 『전봉건 문학선』, 문학 · 선, 2013.

최인훈, 『옛날 옛적에 훠어이 훠이』, 문학과지성사, 1976.

황지우, 『오월의 신부』, 문학과지성사, 2000.

학위논문

강계숙, 「1960년대 한국시에 나타난 윤리적 주체의 형상과 시적 이념 – 김수영 김춘수 신동엽의 시를 중심으로」, 연세대 박사논문, 2008.

강철수, 「1960년대 한국 현대 시극 연구 – 신동엽, 홍윤숙, 장호를 중심으로」, 한양대 박사논문, 2010.

곽홍란, 「한국 현대시극의 형성과 전개양상에 관한 연구 – 1920~1960년대를 중심으로」, 영남대 박사논문, 2008.

권경수, 「W.B.Yeats의 시극 연구」, 이화여대 박사논문, 1990.

김동현, 「최인훈 시극의 장르론적 연구」, 부산대 박사논문, 2011.

김부영, 「T.S.Eliot의 시극에 나타난 구원의 양상에 관한 연구」, 한양대 박사논문, 1990.

김재화, 「T.S.Eliot 시극에서의 구원의 의미」, 한국외대 박사논문, 1987.

남은혜, 「김명순 문학연구」, 서울대 석사논문, 2008.

남진우, 「최인훈 희곡 연구 – 탐색과 구원」, 중앙대 석사논문, 1985.

안익수, 「라디오드라마 음향효과의 연출기법과 발전방안 연구」, 중앙대 석사논문, 2012.

이봉중, 「방송 음향효과 변천에 관한 연구」, 중앙대 석사논문, 1997.

이현원, 「1920년대 극시 · 시극 연구」, 계명대 석사논문, 1988.

_____, 「한국현대시극연구」, 계명대 박사논문, 2000.

학술논문

강영미, 「박아지의 시론과 시 양식의 특징」, 『우리어문연구』 제44권 44호, 우리어문학회, 2012.

강형철, 「신동엽연구-그 입술에 파인 그늘 중심으로」, 『숭실어문』 제3권, 숭실어문학회, 1986.

김경복, 「신동엽 시의 유토피아 의식 연구」, 『한국문학논총』 제64권 64호, 한국문학회, 2013.

김경애, 「근대 최초의 여성작가 김명순의 자아정체성」, 『한국사상사학』 제39호, 한국사상사학회, 2011.

김동현, 「신동엽 시극 〈그 입술에 파인 그늘〉의 이데올로기」, 『한국문학논총』 제55집, 한국문학회, 2010.

김 번, 「프로이트 "꿈" 그리고 해석」, 『인문학연구』 제5집, 1998.

김성민, 「T.S.Eliot의 시극과 연극이론」, 『Athenaeum』 Vol. 4, 단국대 영어영문학회, 1988.

김수용, 「파우스트에 나타난 악의 본성」, 『독일언어문학』 제12집, 1999.

_____, 「선험적 이념과 역사적 현실간의 갈등-파우스트의 마지막 모놀로그 분석」, 『독일언어문학』 제14집, 한국독일언어문학회, 2000.

김종환, 「사랑의 비극성-로미오와 줄리엣」, 『동서인문학』 제39호, 계명대 인문과학연구소, 2006.

김흥우, 「장호의 시극 운동」, 『연극교육연구』 제4집, 한국교육연극학회, 1999.

남은혜, 「김명순 문학 행위에 대한 연구」, 『세계한국어문학』 제3집, 세계한국 어문학회, 2010.

민병욱, 「한국 근대 시극 〈인류의 여로〉에 대하여」, 『문화전통논집』 창간호, 경성대 향토문화연구소, 1993.

서정자, 「축출 배제의 고리와 대항서사」, 『세계한국어문학』 제4집, 세계한국어문학회, 2010.

손증상, 「박세영의 아동극 연구-별나라 수록 작품을 중심으로」, 『한국극예술연구』 제41권 41호, 한국극예술학회, 2013.

심진경, 「'김명순'이라는 텍스트와 유전(流轉)하는 여성주체」, 『여성문학연구』 제47호, 한국여성문학회, 2019.

양동국, 「다쿠보쿠의 한국 내 수용과 영향은 특수한 것인가?」, 『아시아문화연구』 제48호, 가천대 아시아문화연구소, 2018.

여석기, 「엘리옷의 시극론」, 『문리논집』 제1집, 고려대 문리과대학, 1955.

오현숙, 「1930년대 아동문학의 미학적 연구」, 『한국현대문학연구』 제51호, 한국현대문학회, 2017.

이민영, 「김명순 희곡의 상징주의적 경향 연구」, 『어문학』 제103호, 한국어문학회, 2009.

이상호, 「장호 시극 연구」, 『한국문예비평연구』 제39집, 한국현대문예비평학회, 2012.

_____, 「장호의 시극 진흥 활동에 관한 연구」, 『한국문예창작』 제26집, 한국문예창작학회, 2012.

_____, 「'현대시를 위한 실험무대' 연구」, 『한국언어문화』 제51집, 한국언어문화학회, 2013.

이성찬·권선영, 「김명순의 일본어 소설 『인생행로난(人生行路難)』 고찰」, 『한민족문화연구』 제 48집, 한민족문화학회, 2014.

이재은, 「자코메티의 인물구성조각에 표현된 공간개념」, 『현대미술사연구』 제15집, 현대미술사 학회, 2003.

이현원, 「시의 극화와 영상화에 대한 고찰 ─ 현대시의 극화 양상과 특성 및 영상화 모색을 중심으 로」, 『한국어문연구』 제51집, 한국어문연구회, 2004.

_____, 「신동엽의 오페레타 〈석가탑〉에 나타난 시의 주제와 표현양식에 대한 연구」, 『한국학논 집』, 계명대 한국학연구원, 2009.

이혜경, 「현대 시극에 관한 연구 ─ 시극의 부활과 T. S. Eliot의 시극세계」, 『예술논총』 제3호, 국민 대, 2001.

이황직, 「민중 혁명 전통의 문학적 복원 ─ 정신사에서 본 시인 신동엽」, 『현상과 인식』 제36권 3 호, 한국인문사회과학회, 2012.

임승빈, 「1920년대 시극 연구」, 『한국극예술연구』 제16집, 한국극예술학회, 2002.

정명교, 「사르트르 실존주의와 앙가주망론의 한국적 반향」, 『비교한국학』 제23권 3호, 국제비교 한국학회, 2015.

정우택, 「한국 근대초기시에서 외래성과 민족성의 문제」, 『한국시학연구』 제19호, 한국시학회, 2007.

정재호, 「청산별곡의 새로운 이해 모색 ─ 주제와 구조의 연구를 살피면서」, 『국어국문학』 제141 호, 국어국문학회, 2005.

한용재, 「로미오와 줄리엣에 나타난 어긋난 세계」, 『Shakespeare Review』 제44호, 한국셰익스피 어학회, 2008.

평론

김광림, 「장호 작 〈바다가 없는 항구〉 공연평」, 『서울신문』, 1963.10.23.

김동현, 「시극의 장르시학(시학) 및 신동엽 최인훈을 통해 본 한국 시극의 가능성」, 『시와희곡』 1 호, 노작홍사용문학관, 2019.

김미도, 「'한국적 연극'을 창조하는 큰 미덕 ─ 문정희의 시극세계」, 문정희 시극집 『구운몽』, 도서 출판 둥지, 1994.

김정환·이인성·강동호, 「80년대 문학운동의 맥락 2」, 『문학과 사회』 32호, 문학과지성사, 2019.

김　현, 「이야기의 뿌리, 뿌리의 이야기」, 『문학과 사회』 1989년 봄호.

김홍우, 「장호의 시세계」, 『문예운동』 2008년 봄호.

노명식, 「역사에의 성실－自由와 平等」, 『문학과 지성』 1980년 봄호.

손필영, 「한국 시극의 가능성을 위한 서설」, 『드라마연구』 제2권, 태학사, 2006.

_____, 「최인훈 희곡, 〈옛날 옛적에 훠어이 훠이〉 연구－한국 시극의 가능성을 위한 서설」, 한국연극연구 Vol. 3, 한국연극사학회, 2000.

신문수, 「열림의 세계로 나아가기 위한 비평」, 『문학과 사회』 1989년 봄호.

이상일, 「극시인의 탄생」, 『최인훈 전집』 10, 문학과지성사, 2011.

이상호, 「한국 시극이 걸어온 길과 나아갈 길」, 『시와사상』 2015년 여름호.

이승하, 「신동엽·홍윤숙·장호·문정희의 시극」, 『한국시문학의 빈터를 찾아서』 2, 서정시학, 2014.

이영걸, 「시극의 가능성과 전망」, 『한국연극』, 1980년 5월호.

이현원, 「한국 현대시극의 흐름과 경향」, 『시와사상』 2015년 여름호.

장　호, 「시극의 개념과 방법」, 『평화신문』, 1959. 4. 10~11.

_____, 「연극의 문제와 시극의 방향」, 『서울신문』, 1967. 11. 16.

_____, 「시극의 가능성」, 『연극학보』, 동국대 연극영상학부, 1967.

_____, 「시와 시적인 것의 구별」, 『심상』 1974년 12월호.

_____, 「시극의 가능성－상상력의 확충으로서」, 『심상』 1975년 1월호.

_____, 「시극 운동의 좌표」, 『심상』 1980년 2월호.

_____, 「시극 운동 전후」, 『심상』 1980년 2월호.

_____, 「시극 운동의 문제점」, 『한국연극』 1980년 5월호.

_____, 「시와 극은 어디서 만나는가」, 『월간문학』 1980년 7월호.

_____, 「시극 운동 좌표」, 『심상』 1981년 11월호.

정의홍, 「장시와 극시의 가능성」, 『시문학』, 1974년 6월호.

정진규, 「시극에 있어서의 포에티와 드라마」, 『심상』 1981년 11월호.

_____, 「시극의 본질과 그 현장」, 『한국연극』 1980년 5월호.

최광렬, 「극문학과 무대－희곡 시극 및 무대·창조를 위하여」, 『자유문학』 1960년 1월호.

최일수, 「시극과 종합적 영상(上)－시극운동의 필요성을 주장하면서」, 『자유문학』 1958년 4월호.

_____, 「현대시극과 종합예술」, 『현대문학』 1960년 1·3~9월호.

최일수, 「시극과 씨네포엠－새로운 문학예술의 상황」, 『조선일보』, 1961.3.24.

_____, 「시극의 가능성－내재율의 시각적 구조」, 『사상계』 1966년 5월호.

_____, 「시극의 현대적 의의－종합적 이미지의 형상」, 『현대문학』 1972년 3월호.

국내저서

강등학 외, 『한국 구비문학의 이해』, 월인, 2000.

광주민주화운동기념사업회 편, 『죽음을 넘어 시대의 어둠을 넘어』, 창비, 2017.

구미례, 『한국인의 상징세계』, 교보문고, 2000.

권영민 편, 『한국현대문학대사전』, 서울대 출판부, 2004.

김동현, 『한국 현대 시극의 세계』, 국학자료원, 2013.

김만수, 『스토리텔링 시대의 플롯과 캐릭터』, 연극과인간, 2012.

김수남, 『총체예술개론』, 월인, 2011.

김수영, 『김수영전집』 2, 민음사, 1981.

김열규, 『한국인의 신화』, 일조각, 2005.

김영순 외, 『패러디와 문화』, 한양대 출판부, 2005.

김용수, 『연극이론의 탐구』, 서강대 출판부, 2012.

김익두, 『연극개론』, 한국문화사, 1997.

김재화, 『T.S.엘리엇 시극론』, 동인, 2010.

김정환, 『삶의 시, 해방의 문학』, 청하, 1986.

김종문 외, 『현대한국신작전집』 5, 을유문화사, 1967.

김주연, 『예감의 실현』, 문학과지성사, 2016.

김준오, 『문학사와 장르』, 문학과지성사, 2000.

김치수, 『구조주의와 문학비평』, 홍성사, 1983.

김한석, 『해석의 에움길』, 문학과지성사, 2019.

김　현, 『김현 예술 기행/반고비 나그네 길에』 (김현 문학전집 13), 문학과지성사, 1993.

문병호, 『아도르노의 사회이론과 예술이론』, 문학과지성사, 1993.

성민엽 편저, 『껍데기는 가라』, 문학세계사, 1984.

오생근, 『미셸푸코와 현대성』, 나남, 2013.

우찬제, 『불안의 수사학』, 소명출판, 2012.

_____, 『애도의 심연』, 문학과지성사, 2018.

유영규, 『현대조선문학선집』 제19권, 연문사, 2000.

이규태, 『한국인의 민속문화』, 신원문화사, 2000.

이근삼, 『그리스비극』 1, 현암사, 2002.

이상섭, 『아리스토텔레스의 시학 연구』, 문학과지성사, 2002.

이상호, 『한국시극사연구』, 국학자료원, 2016.

이준학, 『그립고 두려운 것에 대한 인문학적 고찰』, 전남대 출판부, 2001.

임승빈, 『1960년대 시극운동연구』, 청주대 한국문화연구소, 2007.

임종국·박노준, 『흘러간 성좌』, 국제문화사, 1966.

정명환, 『현대의 위기와 인간』, 민음사, 2006.

정호순, 『한국의 소극장과 연극운동』, 연극과인간, 2002.

조동일, 『한국문학통사』 1, 지식산업사, 1990.

_____, 『카타르시스 라사 신명풀이』, 지식산업사, 1997.

조성진, 『오페라 감상법』, 대원사, 2002.

조재룡, 『의미의 자리』, 민음사, 2018.

천병희, 『그리스 비극의 이해』, 문예출판사, 2002.

최인훈, 『문학과 이데올로기』, 문학과지성사, 1980.

_____, 『화두』 1·2(전집 14·15), 문학과지성사, 2018.

최일수, 『현실의 문학』, 형설출판사, 1976.

한국문학연구회 편, 『다시 읽는 역사문학』, 평민사.

한국문화예술위원회 편, 『100년의 문학용어사전』, 아시아, 2008.

한국연극사학회 편, 『연극에 나타난 대중성』, 푸른사상, 2003.

한국연극평론가협회 편, 『동시대 연극비평의 방법론의 실제』, 연극과인간, 2009.

황지우, 『사람과 사람 사이의 신호』, 한마당, 1993.

허세욱, 『중국문학론』, 법문사, 1999.

홍용희, 『아름다운 결핍의 신화』, 천년의시작, 2014.

_____, 『고요한 중심을 찾아서』, 천년의시작, 2018.

국외저서

가브리엘레 루치우스-회네·아르눌프 데퍼만, 박용익 역, 『이야기 분석』, 역락, 2006(초
　　판)·2011(개정판).

가스통 바슐라르, 곽광수 역, 『공간의 시학』, 민음사, 1990.

가야트리 차크라보르티 스피박 외, 로절린드 C.모리스 편, 태혜숙 역, 『서발턴은 말할 수 있는

가?』, 그린비, 2013.

로이스 타이슨, 윤동구 역, 『비평이론의 모든 것』, 앨피, 2012.

리처드 로티, 김동식·이유선 역, 『우연성 아이러니 연대성』, 민음사, 1996.

모리스 블랑쇼, 이달승 역, 『문학의 공간』, 그린비, 2010.

몽테뉴, 손우성 역, 『몽테뉴 수상록』 II, 동서문화사, 2007.

미셸 푸코, 문경자·신은영 공역, 『성의 역사』, 나남, 1990.

_____, 이상길 역, 『헤테로토피아』, 문학과지성사, 2014.

발터 벤야민, 조형준 역, 『아케이드 프로젝트』, 새물결, 2006.

_____, 조만영 역, 『독일 비애극의 원천』, 새물결, 2008.

사뮈엘 베케트, 오증자 역, 『고도를 기다리며』, 민음사, 2000.

셰익스피어, 이태주 역, 『셰익스피어 4대 사극』, 범우사, 2003.

아리스토텔레스, 로즐린 뒤퐁록·장 랄로 주해, 김한식 역, 『시학』, 웅진씽크빅(펭귄클래식), 2010.

요한 볼프강 폰 괴테, 김수용 역, 『파우스트』 1·2, 책세상, 2006.

윌리엄 셰익스피어, 이상섭 역, 『셰익스피어 전집』, 문학과지성사, 2016.

장자크 루빈, 김애련 역, 『연극이론의 역사』, 현대미학사, 2004.

자크 라캉, 『에크리』, 새물결, 2019.

조셉 칠더즈·게리 헨치, 황종연 역, 『현대문학·문화비평 용어사전』, 문학동네, 1999.

질 베르 뒤랑, 진형준 역, 『상징적 상상력』, 문학과지성사, 1983.

테오도르 아도르노, 김주연 역, 『아도르노의 문학이론』, 민음사, 1989.

페터 지마, 허창운·김태환 역, 『이데올로기와 이론』, 문학과지성사, 1996.

프리드리히 니체, 김훈 역, 『선악을 넘어서』, 청하, 1982.

_____, 이진우 역, 『니체전집 3-유고(1870년~1873년) 디오니소스적 세계관·비극적 사유의 탄생』, 책세상, 2001.

_____, 김정현 역, 『니체전집 14-선악의 저편·도덕의 계보』, 책세상, 2002.

_____, 강용수 역, 『니체전집 9-유고(1876~1877/78년 겨울) 미학, 윤리학과 행복론에 관하여 외/유고 (1878년 봄~1879년 11월)우화에 의한 헤시오도스의 예술 외』, 책세상, 2005.

_____, 이진우 역, 『니체전집 2-비극의 탄생. 반시대적 고찰』, 책세상, 2005.

_____, 정동호 역, 『니체전집 13-차라투스트라는 이렇게 말했다』, 책세상, 2005.

Colin Chambers(ed), *Continuum Companion to Twentieth Century Theatre*, London, Cotinuum,

2002.

T.S. Eliot, *Poetry and Drama*, London ： Faber & Faber, 1950.

T.S. Eliot, edited by Jewel Spears Brooker, Ronald Schuchard, *The Complete Prose of T.S. Eliot, 1905-1933*. 4 Volumes, Baltimore ： Johns Hopkins University Press, 2014~2015.

기타자료

https://fr.wikipedia.org/wiki/Vers_libre.(검색일 ： 2020.4.29)